重返诗经的原野

张正蒙 著

新 星 出 版 社　NEW STAR PRESS

目　录

序一　风正一帆悬（连中国）　/001
序二　中式教育长大成人（张耀南）　/005
代自序　重返诗经的原野　/014

第一章　传统文化之旅　/001

我的旅程开始于日复一日单调的诵读，这在别人看来无趣的行为，却将中国人几千年来思想的清泉送到我的心中，在有形或无形中牵引我。

传统文化之旅　/002
"孝道"：内涵、古代影响与当代意义　/005
尧舜禹时代何以成为儒家政治之最高理想　/024
我读《诗经》　/060

第二章　关于生命，关于责任　/081

也许我们今天还没有太好的办法，但只要这颗火种在我们的内心点燃了，我们一生都会带着它的温暖与力量，为更好的明天而努力着。

关于生命，关于责任　/082
——三位医生采访实录

小医生实习日记　/115

山西二十里铺支教心得　/126

灵魂的思考　/132
——冯小宁采访手记

第三章　文字如歌　/137

文源于字，字有风采，然文非字之堆叠，文中可有广大之景观、广大之气象，广大之景观背后有广大之心胸，广大之气象背后有广大之人格。广大生境界，境界生优美，优美生隽永。

文字如歌　/138

天人合一　/141
——在古诗中发现人与自然相处之道

阅读悲剧　/147

小中蕴大　/151

见　证　/154

李白的飞扬与落寞　/157

陶渊明的隐逸与孤独　/162

庄子的启迪　/167

生命的觉醒　/170

——读李后主《破阵子》有感

一样的感发，不一样的人生　/172

——读张若虚《春江花月夜》有感

君子的风范　/177

——读《诗经·周南》有感

不过是"开且落"　/182

——读王维《辛夷坞》有感

顿悟之后　/184

——《红楼梦》宝黛钗三人之对比

那一代知识分子的幸福和自由　/187

——读《上学记》有感

第四章　精神的故乡　/189

于是我们踏上寻找故乡的征途。一切无用的事物，艺术、文学、哲学，不都是我们在赶路时的创造吗？

精神的故乡　/190

流　浪　/193

问　/196

心灵本真的声音　/198

读书人的寂寞　/201

论幸福　　/204

寒　风　　/206

谈谈现代科学　　/208

从夸克到宇宙　　/211

关于传统文化传承的思考　　/213

我有一个梦　　/215

第五章　在远方　/217

　　柏拉图说灵魂在一个完美的地方生活过，见识过完美无缺的美和善，所以在现实世界中遇到美和善的事物会使人们朦胧地回想起那个理想世界。

在远方　　/218

真正的音乐　　/221

艺术的反叛　　/225

谜　/228

我与小提琴的遇见　　/232

诗与诗意　　/235

诗遇上歌　　/243

我多么怀念　　/250

——献给我的盛新楼

二班之歌　　/252

轻　问　　/254

——风

雪夜 /258

徘徊 /260

一丝不挂 /262

第六章　诗情大地　/265

我深深感受到，大地深处的诗情不仅来自大地本身，更来自生活在这片土地上的人们，永不熄灭的生命之火。

诗情大地 /266

相　片 /268

什刹海 /271

三种秋天 /274

秋行三记 /277

泥土的味道 /283

那个夏天 /285

乙未春节杂忆 /288

时间都去哪儿了 /291

与玉兰花告别 /294

威斯敏斯特之行 /296

后　记 /306

跋　致十八岁的正蒙（陆丽云）　/311

序一　风正一帆悬

连中国

正蒙，是北京四中 2017 届毕业生。在与正蒙相处的过程中，我逐渐看到了这是一位内心充盈、胸襟壮丽的好学生。所以，当正蒙嘱我作序，我便欣然允诺了。谨以此，来纪念我们共同走过的那段岁月，在她最重要的那段成长期，我有幸与她在一起。

正蒙喜欢阅读，涉猎广泛，思考深入。她勤于写作，善于将内心的感受与对事物的思考变化成文字。我常常可以从她的文字中感受到她内心的激荡与感悟。她有着丰富、细腻的内心世界，较同龄孩子有着更加成熟的心智。我发自内心感谢并喜欢她交给我的那些跳跃着心灵珠光的感悟与不断求索的思考。

这一次，借着写序言，我又进一步读到了正蒙的作品，惊讶之余，我充分地感受到了一颗怦然跳动、勃勃待发、朝气蓬勃、气象万千的灵性生命。她的字里行间，思维敏捷，善于想象，对文字有敏锐、准确的把握。

她在《诗情大地》一文中说：

我发现我们古人的很多习俗，都是在鼓励人们走到大地上去。清明时踏青，踏过的是松软湿润的春泥；重阳节登高，踩着的是光滑清脆的落叶；冬日踏雪寻梅，感受的是雪被踩实的那一刻脚下的摩擦。我爬山时喜欢找未铺设楼梯的土路，就是因为只有踩在大地上，感受到大地的质感，才会体会到与自然的和谐统一。土地是我们触碰自然的直接媒介，我们通过土地感受自然的流转，也通过土地留下我们的足迹。我想中国古人之所以要在不同的时节走出门去，踏上土地，就是为了为心中的诗情找到厚重而隽永的归宿。

我深深感受到，大地深处的诗情不仅来自大地本身，更来自生活在这片土地上的人们，永不熄灭的生命之火。

她郁勃的文字从后土从岁月从历史深处长出，带着宽广的根基与执着的寻找。她的抒情饱满激越，想象丰富瑰丽，语言自然流畅，富于形象。

正蒙对许多问题，都有着她内在而独立的思考：有关文化，有关传统，有关生命，有关科学，有关诗歌，有关远方……她这样展开她对李白的认识：

但李白终究是李白，寂寞也好，痛苦也好，都无法遮掩他喷涌而出的光芒，这尾句"长风波浪会有时，直挂云帆济沧海"，又完成了升华与突破。我想这才是真正的李白，我们容易只看见他的飞升，而忘了他努力飞升的目的是释放痛苦,飞升是外在的李白,矛盾是内在的李白。不过李白的生命姿态终究还是昂扬的,这只渴望翱翔于穹宇的大鹏,不会被双翅上沾染的浊泥束缚,它轻轻一抖,一切尘世的浊泥便如大雨般散落,然后它缓缓拍打展开翅膀,便又回到了属于它的高远而无瑕的蓝天。就像叶嘉莹先生所说:"一般人写悲哀就是悲哀,可李太白不是的,他总是把他的悲哀寂寞写得飞扬潇洒。"我想这是对李白最好的概括。

她竟然可以进入到这样宏大的主题中:

"天人合一"是中国哲学里一个核心的理念,儒家从道德层面赋予"天人合一"含义,而道家则是从人与自然的关系去探讨"天人合一"的内涵。我很赞同季羡林先生对于"天人合一"的阐释:"'天人合一'就是人与大自然要合一,要和平共处,不要讲征服与被征服。"道家的哲学似乎更本质地思考了人与自然的相处之道,其中所讲的顺应自然、清静无为的观点,仍然值得现代人去反思。

正蒙已经开始了如此庞大的思考,这在同龄人中是很少见的。有这样的思维品质,与她执着认真、勤于思考的性格是分不开的。记得,她曾与我一起讨论科学与人文的关系。看着她求索而闪动着灵性的眼睛,我对她说,简单说,现代化就是和谐号列车一族高速行驶在《诗经》的原野里。不仅自然有《诗经》翁郁青葱的样式,人类的精神境界也有着《诗经》透明的高贵纯度。人类在科技、物质高速发展的进程中,"日之夕矣"的时候,还有一群群的"牛羊下来",一只只牛羊神气地走在闪耀着夕阳金色的土气里,身上散布着乡野粗大清新的令人雀跃的气息;还能有"蒹葭苍苍,白露为霜"的秋天让人苍远,让人缥缈;姑娘们还能为"青青子衿"(只是个儒雅的学生啊)而"悠悠我心";小伙子爱的是"窈窕淑女","寤寐思服"求而不得之后,还能"辗转反侧"。一日不见,还能"如三秋兮",不记效率与时间,为了这真挚的爱情,而在心灵上消损枯萎自己;每个人的心灵中都有"所谓伊人",大家都虔诚地"溯洄从之"般地去追寻。物质、科技高度的发达与自然、心灵的纯净构成了现代化可贵的两极。这些话,似乎给了正蒙启发,她这次欣然地将她的这部作品命名为——《重返诗经的原野》,并且她在序言中进一步阐发说:

终有一日,科学会带我们重返诗经的原野。这个原野一方面是物质的,蒹葭苍苍,白露为霜,杨柳依依,雨雪霏霏,自然的灵秀与深沉,将时时刻刻滋养着我们。这个原野也是精神的,上下求索,一往而深,反复追寻,怀抱最初的天真烂漫,生机盎然。

这一切都是我与正蒙在一起用心思考、真诚面对世界与未来的一份见证!

我,真心期待着正蒙有更卓越的思考与更精粹的文字问世。

潮平两岸阔,风正一帆悬。正蒙,这艘巨舰,正待出海……

是为序。

2017 年 4 月 14 日

序二　中式教育长大成人

张耀南

人类为何要有"教育"？我们讨论了许多年，讨论不清楚。

中国为何要有"教育"？我们讨论了许多年，讨论不清楚。

"人类"太大了，我们且就管"中国"吧！

中国为何要有"教育"呢？

没有"教育"，我们就不吃饭了吗？谁也不信。那么多文盲不照样有饭吃。

没有"教育"，我们就不穿衣了吗？谁也不信。那么多文盲不照样有衣穿。

没有"教育"，我们就不婚丧嫁娶了吗？谁也不信。那么多文盲照样婚丧嫁娶。

如此说来，有没有"教育"，岂不都一样！有"教育"，我们是吃饭穿衣、婚丧嫁娶；无"教育"，我们照样是吃饭穿衣、婚丧嫁娶。

"教育"似乎是可有可无的。

或对曰："教育"能教我一项技能，帮我谋得一份好职，所以"教育"还是应该有的。

或对曰："教育"能提高我的地位，帮我在同辈中鹤立鸡群，让我光宗耀祖，所以"教育"还是应该有的。

王五对曰："教育"能给我发家致富之资本，让我有机会侪身大款之列，也好买车买房，所以"教育"还是应该有的。

假如"教育"只是为"谋职"而设，那就不是"中式教育"；假如"教育"只是为"身份"而设，那就不是"中式教育"；假如"教育"只为"发财"而设，那也不是"中式教育"。

那"中式教育"是为什么而设的呢？

是为"大我"而设，为"跳出小我"而设，为"跃进大我"而设。

我们围绕自己画一个小圈，待在里头不出来，这叫"安于小我"。"安于小我"者，凭本能而生活，他是不需要"教育"的。

我们在小圈之外画个中圈，有些人会想跳出小圈，跃进中圈，这就叫"不安于小我"。"不安于小我"者，以为凭本能生活，与禽兽无异，他不愿意。他不愿意与禽兽为伍，凭什么而成？凭"教育"。

我们再在中圈之外画个大圈，有极少数人还想跳出中圈，跃进大圈，这就叫"太不安于小我"。"太不安于小我"者，不仅不满足于本能，而且不满足于俗世，不仅不满足于"混吃等死"，而且不满足于"当官发财"。他不满意于"凡人",凭什么而成？凭"教育"。

我们从小圈跳到中圈，需要"低度教育"，此种"教育"为"谋职"而设，为"身份"而设，为"发财"而设。

我们从中圈跳到大圈，需要"高度教育"，此种"教育"为"君子"而设，为"大儒"而设，为"大人"而设。

"中式教育"不是"低度教育"，而是"高度教育"。"中式教育"之设，只为让受教育者成为"大人"。

《大学》（载于《礼记》，传为曾子之作，凡千七百五十一字）把从中圈至大圈（小圈与中圈不在其考虑之列）之过程，细分为八层，后人称为"八目"。此"八目"为：格物、致知、诚意、正心、修身、齐家、治国、平天下。

《大学》是假定我们在中圈里，已经完成了五件事：

第一件事，走遍天下，这叫"格物"；

第二件事，构建学说，这叫致知；

第三件事，找准价值坐标，这叫"诚意"；

第四件事，认准奋斗目标，这叫"正心"；

第五件事，确立行为准则，这叫"修身"。

五件事合起来，都是为"完成自我"，使自己看上去像个"人"。

这个"人"已经不是小圈中的那个"人"了；小圈中的那个"人"，是"小人"，与禽兽相差不远；中圈中的这个人是"中人"，修炼了五件事，把自己"私心"整没了，有了向大圈跃进的资本。

大圈的第一层是"家"（要注意，此"家"在夏商周三代乃是一行政单元,非现在所谓小家庭)。"家"是第一个放大的"自我",把这个放大的"自我"整顿好,就叫"齐家"。

整顿好与伴侣的关系就够了吗?不够,伴侣之上还有父母,伴侣之下还有子女。整顿好与伴侣父母子女的关系就够了吗?不够。伴侣那边还有"姻族",父亲那边还有"父族",母亲那边还有"母族",儿子那边还有"孙族",儿媳那边还有"媳族"。就像土里的竹鞭,一根接一根,一串连一串,是永无穷尽的。要把这个放大的"自我"整顿好,很不容易。这就叫"齐家难"。

大圈的第二层是"国"。"国"是第二个放大的"自我",把这个放大的"自我"整顿好,就叫"治国"。"齐家"这个圈里的人,以"血缘"关系为主,整顿的方式可以单一一些。来到"治国"这个圈,情况不同了,这个圈里的人,"血缘"退居其次,"政缘"占据了主导地位,"齐家"时行之有效的那些原则,现在不管用了。

你除了"老吾老",还要"以及人之老",还要"以及天下人之老";你除了"幼吾幼",还要"以及人之幼",还要"以及天下人之幼"。这事说起来好听,做起来难,比"齐家"难很多。这就叫"治国难"。

大圈的第三层是"天下"。"天下"是第三个放大的"自我",把这个放大的"自我"整顿好,就叫"平天下"。到了这个圈,"血缘"不管用了,"政缘"不管用了,"地缘"反而开始起关健作用。你处在两个"恶邻"之间,免不了要受气;你周边尽是些"小不点"国家,自然就有颐指气使之机会。

相对于"己国"而言,那是些"异类",族异则心异,心异则德异,要处理"己族"与"异族"之关系,实乃天下第一难事。这就叫"平天下难"。

假如我们的教育使受教育者，不知有"天下"，只知有"国"，这教育是失败的；

假如我们的教育使受教育者，不知有"国"，只知有"家"，这教育是失败的；

假如我们的教育使受教育者，不知有"家"，只知有"自我"，这教育是失败的。

教育成败之根本指标，是看它使多少受教育者成功地从"小我"逃出，进入"中我"及"大我"。

从"小我"到"中我"，我们通过"格物"、"致知"、"诚意"、"正心"、"修身"五项修炼，成功实现"自我完成"。这个过程儒家叫"内圣"。

由此进入大圈，先"齐家"，后"治国"，再"平天下"，成功实现"大我完成"。这个过程儒家叫"外王"。

"内圣外王"就是儒家为我们设计的"人生路线图"，就是"中式文明"为我们设计的"人生路线图"。教育只为实现这个"人生路线图"而设。

"八目"让我们从"中圈"跳到"大圈"，"大圈"之里又让我们从"齐家"进至"治国"，从"治国"进至"平天下"，每一步都很难。有不有什么告诫，有不有什么指引呢？

有的，第一叫"明明德"，第二叫"新民"，第三叫"止于至善"。

这三大告诫，合起来就叫"三纲"。

"明明德"者，朱熹释为"天之明命，即天之所以与我，而我之所以为德者也"。什么意思呢？就是告诫我们：出"小我"而入"大我"，乃是"天命"，乃是我们每个人之"天命"。你对此"天命"有明确之意识，颠沛流离，念念于兹，就是"明明德"。"小我"是暗，"大我"是明，出"小我"而入"大我"，就是从黑暗走向光明。你明确意识到这是人之"天命"，就是"明明德"；你对此从未有认识，就是"昧于明德"，就是"小人"。

"新民"者，朱熹释为"新其德以及其民"。什么意思呢？就是告诫我们：更新自我之德还不够，还应用心于更新他人之德。更新自我之德，目的在完成"出小我而入大我"之"天命"；更新他人之德，目的在帮助他人完成"出小我而入大我"之"天命"。"新民"就是"自度度人"，"新民"就是"自益益他"。自我超度，并非儒家终极追求；"己欲立而立人，己欲达而达人"，你与我，我与他，他与你，联手超度，方为究竟。

"止于至善"者，就是各就各位，各司其职，共同协作，以济一体之用。《大学》之解释为"为人君，止于仁；为人臣，止于敬；为人子，止于孝；为人父，止于慈；与国人交，止于信"。"止"是什么意思呢？就是"有所不为"。儒家明确意识到生命之有限性，个体精力之有限性，故明确告诫我们：人当有所不为。"止于仁"，就是不为"仁"之外的事，止于"敬"，就是不为"敬"之外的事。只有有所不为，才能真正有所为，所以"止"乃是很高的一种智慧。目止于视，方能专心于视；耳止于听，方能专心于听；手止于执，方能专心于执；足止于行，方能专心于行。耳、目、手、足各就其位，各司其职，方能成就整体之用。

"八目"要我们走出"小我"，"三纲"教我们如何走出"小我"，"三纲""八目"构成完整的平台，让我们长大成人。

孙中山以为"欧洲之所以驾乎我们中国之上的，不是政治哲学，完全是物质文明"，并说："政治哲学之真谛，欧洲人还要求之于中国……就人生对于国家的观念，中国古代时候有很好的政治哲学，我们以为欧美的国家近来很进步，但说到他们的新文化还不如我们的政治哲学完全。中国有一段最有系统的政治哲学，在外国的大政治家还没有见到，还没有说到那样清楚的，就是《大学》中所说的'格物、致知、诚意、正心、修身、齐家、治国、平天下'那段话。把个人从内发扬到外，由一个人的内部做起，推到平天下止。像这样精微开展的理论，无论外国什么政治哲学家都没有见到，都没有说出，这就是我们政治哲学的知识中独有的宝贝，是应该要保存的。"

自政治方面而观，是"政治哲学"；自人生方面而观，则又是"人生哲学"。"三纲""八目"并不把人生与政治分开，而是认定政治乃实现人生之途，政治是迈向"大我"之必需途程。

张正蒙《重返诗经的原野》，收录了她在高、初中阶段所写诸文及其所思所想，包括《传统文化之旅》、《"孝道"：内涵、古代影响与当代意义》、《尧舜禹时代何以成为儒家政治之最高理想》、《我读〈诗经〉》、《天人合一——在古诗中发现人与自然相处之道》、《庄子的启迪》、《君子的风范》、《关于传统文化传承的思考》等等。

整体而观，这些文字已经来到"中式教育"之大门口：只为"成就大我"而写，非为"谋职"而写；只为"成就大儒"而写，非为"身份"而写；只为"成就大人"而写，非为"发财"而写。

这些文字，也是奔着"中式教育"之目标而去的：追求"内圣外王"之道，追求"出小我而入大我"之道，追求"长成中国人"之道。

"教育"是为"大我"而设的，不是为"谋职"而设的；"教育"是为"大儒"而设的，不是为"身份"而设的；"教育"是为"大人"而设的，不是为"发财"而设的。张正蒙这些文字，正是想挖掘此种"中式教育"之精神，正是要追寻并努力弘扬此种精神。

在《关于传统文化传承的思考》一文中，十二岁的张正蒙说："在这个科技的时代，或者说是崇洋媚外的时代，我们该怎样传承中国传统文化，似乎成了问题。"又说："而在中国，我们最传统的四书五经，却在历史老师口中成了阻碍社会发展的腐败思想，成了同学们最讨厌的东西。"

"文化传承"，本是所有民族之"共识"，是"全球共识"。它本不是问题，但在中国却"成了问题"。"文化传承成了问题"，这就是"甲午国耻"以降中华文化发展之大背景。很多人看不清这个大背景，"商女不知亡国恨，隔江犹唱后庭花"。一个中学生，能隐隐约约地，甚至明明白白地看清这一层，确是难能可贵；能大致提出应对之方与改进之策，更是难得。

她的这一本"课余习作"，可算是"警醒"当今教育之作，亦可视为努力回归"中式教育"之精神与理想的,沉郁而苍凉的"童声独唱"。

民谚云:"瞎子瞎,有个稳当法,前脚没踩稳,后脚莫去提。""稳当",就是"返本开新",正乃"中式教育"之精神与理想。亦可名曰"瞎道"。

"文化传承"体现的,其实就是"瞎道"。中华民族,正是赖此"瞎道",而成就万年不倒之奇观。

张正蒙这些文字,正好体现着此种"瞎道"之"稳当"精神,她似乎一直在找寻着此种"瞎道"之"稳当"精神,努力在返本中开出新路。

故愿为之序。

2017年5月9日

代自序　重返诗经的原野

盘古开天地，打破混沌，文明之河开始流淌。

我们的先民曾以极大的热忱在这片土地上创造生活。尽管奔涌的河流，燃烧的烈日，跳跃的百兽于他们而言充满神秘与未知，但神秘点燃诗情的火焰，未知激发生命的力量。你看那新石器时代的陶器，笨拙而野蛮，纹饰怪诞而荒谬，但它的线条是如此浑厚，笔触是如此硬朗，让人的脑中怎不构想出先民们围绕篝火狂放起舞的景象，人类对自然最原始的期待、幻想、怀疑、畏惧、信仰，积淀在这古老的艺术品之中。你看那威严而狰狞的青铜面具，渲染着深不可测而鲜血淋漓的命运感，仿佛是来自某种权威的威胁与劝服，划破天空，昭示着人类从野蛮走向文明所要饮下的鲜血。这是人类对自然、对命运最深刻的畏惧，它吞食着、压制着、践踏着人类的身心，它越残酷就越具有通向无限深渊的美感。

混沌与畏惧，却赋予了先民们对美敏锐的洞察与对生活富于激情的创造。仓颉的双眼窥见了宇宙的神奇，自然的奥妙在他的笔下幻化为兼具流动美与庄严美的汉字，写下一个字就是在画下一副凝聚着天地大美的图画。楚人们则在楚辞中创造着一个奇幻的世界，美人香草，百亩芝兰，那个世界里行走着神仙，也行走着恶兽，时而鲜艳，时而深沉，一派人与自然优美的天籁。汉人的雕塑，浑厚而刚硬，静止之中蕴藏着力量感，放大着人的力量，歌颂着人的生活，是人类在逐渐摆脱自然的未知之后，对自我的歌颂。

先民们生活的土地上，人神共舞，一切都是混沌的、天真的，却又那么活泼、那么赤诚，充满了生机与热情，赞扬着自然的不可征服之美。

但科技的发展却在逐渐改变着人与自然的关系。人不再畏惧自然，转而开始研究自然、预测自然，甚至是改变自然。于是自然不再成为人类崇拜与仰望的对象，它被从信仰的体系中割裂出来，人们不再以火热的心感受自然、歌颂自然，而是用理性与冷静审视自然。奔涌的河流，燃烧的烈日，跳跃的百兽，少了几分诗的浪漫，多了几分严谨、精确。

科技好像新的一次盘古开天地，又打破了许多新的混沌，一切变得清晰而明朗，可就在人们一路高歌向前猛进时，却发现我们正在失去很多东西。比如我们不需要再次围着篝火祈祷，可是我们要在城市里漫无目的地奔波。我们不需要用狰狞的青铜器去祭祀，可是我们毁灭着家园，把昔日混沌的大地变成今日混浊的大地。我们甚至不需要写字，输入文字变得异常简单又异常随意，文字里少了许多独一无二的创造与变换，少了我们的灵魂。我们也不再需要楚辞里的那个世界，神和兽,早已被证明是不存在的。机器是不是另一种歌颂人类力量的方式呢?但没有人再呕心沥血制作一个雕塑,工业化生产让这样的歌颂少了许多激情。

科技割裂了人与自然浑然一体的状态,再没有人和神的舞蹈了,人类生出一种藐视自然的狂妄自负,自然成为冷酷而待被征服的外物,与人的生命再不相干。

但为何科学也带给我们那么多混沌的不可知感呢?那布满陨石坑的月球表面,荒凉而沧桑,其中所蕴含的原始而朴拙之感,让我仿佛又体会到了远古陶器上硬朗的线条与不规则的裂痕所展示出的野蛮与洪荒。木星璀璨而轻盈的光环,清冷神秘,绚丽闪烁,怎么让我似乎感受到了楚辞的风采,产生了无尽的遐思呢?人体内的元素含量与地壳中元素含量惊人的相似,是否也在暗示我们与大地的关联呢?胚胎干细胞是否也在讲述着生命最初的故事呢?基因之中又蕴含着多少未知的可能?细胞内部的运作比任何一部机器都要精密,我们的身体每一刻都在上演着无比复杂却又无比精准的控制与协调。量子捉摸不定的运动方式与存在状态,好像另一种混沌,粒子在微观的世界里以人类不可知的方式上演着人类不可知的纠缠。而最微观的粒子世界的运行规律,竟然与最庞大的天体系统的运动规律有着惊人的相似性。似乎我们对自然探索得越深,就越发现我们的有限,我们的冷漠渐渐融化,热情重新点燃,只是这种热情,不来自恐惧而来自好奇。

所以我想,或许科学最终不会带领我们远离自然,也不会带给我们彻底的清晰,科学是带领我们以另一种姿态回归自然,用另一种心境面对混沌。我们不会再像先民那样,自然对我们而言不再是无尽的深渊,而是可以触摸与感知的事物。它的捉摸不定在于它有时伟大,有时幽微。人与自然之间应达到另一种和谐,不是征服与被征服,而是启迪与被启迪。人对自然是礼赞、欣赏,在自然中获得审美的、艺术的满足。科学教会我们求索的精神与理性的思维,这种精神与思维,不是为了割裂人与自然,而是在割裂之后,重塑人与自然新的统一,新的融合,一种更加关乎精神与信仰的统一,一种更加富于哲思的融合。

终有一日,科学会带我们重返诗经的原野。这个原野一方面是物质的,蒹葭苍苍,白露为霜,杨柳依依,雨雪霏霏,自然的灵秀与深沉,将时时刻刻滋养着我们。这个原野也是精神的,上下求索,一往而深,反复追寻,怀抱最初的天真烂漫,生机盎然。

(2017年3月18日)

第一章
传统文化之旅

　　我的旅程开始于日复一日单调的诵读,这在别人看来无趣的行为,却将中国人几千年来思想的清泉送到我的心中,在有形或无形中牵引我。

　　后来,我的旅程更进一步,不再是背或听,而是变成了发自内心的思考。思想的力量在我的心中发酵。传统文化从不是让你当场就明白,而是通过时间的积淀,经过涵泳体察,慢慢变成大智而非小慧。

　　我的传统文化旅程不过刚刚开始,她会是我生命中最重要的旅程。不仅带给我知识和观念,更融进了我的血脉里,成为我诗意栖居的精神家园,为之奋斗的不竭动力。

传统文化之旅

我出生在文人家庭，爸爸是研究哲学的，妈妈学历史出身。他们常常说，了解了西方哲学，看完了世界历史，才发现中国传统的样样都好。也许正是这种对传统文化的敬意，使我注定要踏上这条伟大而被遗忘已久的旅程。

我的旅程开始于日复一日单调的诵读，这在别人看来无趣的行为，却将中国人几千年来思想的清泉送到我的心中，在有形或无形中牵引我。我从简单的启蒙读物开始，《三字经》、《千字文》，勾勒出五千年的中国历史和自然伦常。我大一些后，就开始了更广阔的旅程。《论语》的"人而无信，不知其可也"，《大学》的"致知在格物"，《中庸》的"天命之谓性，率性之谓道，修道之谓教"，《孟子》的"不以规矩，无以成方圆"，儒家经世致用的仁义之道，是我旅程中最重要的风景。当然，我的旅程中也有其他景色，道家"以辅万物之自然而不敢为"、"人法地，地法天，天法道，道法自然"是人与自然的相处之道，《周易》的

"太极生两仪,两仪生四象,四象生八卦"、"云从龙,风从虎,水流湿,火就燥"是玄而不明的阴阳变换,《诗经》的"陟彼高冈,我马玄黄,我姑酌彼兕觥,维以不永伤"是周人绝美的诗篇。一天天,一年年,我游览过一个个风景名胜,一步步接近中国人心目中的理想世界。

当我读了些书后,就有了和父亲高谈阔论的资本。君子的"时中"之道,就是顺自然而为,做当下该做的事;欲平天下者,从物格、知致、意诚、心正、身修、家齐,最后才可国治;"天下难事,必做于易,天下大事,必做于细"、"合抱之木,生于毫末,九层之台,起于累土",一切事情都要从细节做起;还有中国人的"海中地",西方人的"地中海",中国的科举与西方的贵族世袭……这段旅程,让一个中国的影子在我心中逐渐清晰,我走得越来越明朗。

后来,我的旅程更进一步,不再是背或听,而是变成了发自内心的思考。思想的力量在我的心中发酵。传统文化从不是让你当场就明白,而是通过时间的积淀,经过涵泳体察,慢慢变成大智而非小慧。我花了半年多的时间,思考尧、舜、禹时代为何可以得到儒家学派的肯定,成为儒家政治之最高理想。我探讨了尧、舜、禹是如何从自身做起,以"絜矩之道"推己及人,取信于民,教化于民,最终无为而天下治的。在这段关于思考的旅程中,我把传统文化的各个部分串联,好像把一颗颗散落的珍珠,穿成一串光彩四溢的项链。对传统文化的思考,为我的旅程带来无限快乐,也让我真正浸润在由中国文化组成的路旁美景中。

我的传统文化旅程不过刚刚开始,她会是我生命中最重要的旅程。不仅带给我知识和观念,更融进了我的血脉里,成为我诗意栖居的精神家园，为之奋斗的不竭动力。而对于我们这个民族来说，正是因为无数人坚定地踏上了这条旅程，我们才得以在这片土地上生生不息。我因这个旅程而快乐，也为它而骄傲。

(2014年2月28日)

"孝道"：内涵、古代影响与当代意义

近读汤一介先生发表在《北京大学学报》2009年第4期上的《"孝"作为家庭伦理的意义》一文，有很多感想。汤先生虽然是以"家庭伦理"为文章主题，实际上不只是谈"家庭伦理"，而是已扩大到社会层面。汤先生说："'孝'的本质属性是'仁爱'，其他附加于'孝'的内容，则是可以随着社会的变化而可改可变、可有可无的，'仁爱'对于人类社会是具有'普遍价值'的意义。"文章认为"孝"作为"家庭伦理"具有"普遍价值"，那作为"社会伦理"又如何呢？汤先生对此同样持肯定态度，认为"由'亲亲'而'仁民'而'爱物'这一'孝'的扩大过程的社会意义应为我们所重视"，认为儒家"孝"的理念"对建设'和谐家庭'、以至'和谐社会'都是有意义的"。

汤先生认为"孝"的"附加内容"可以随社会变化而可改可变、可有可无之思路，给了笔者很大启发。本文即按照这个思路，来谈谈个人有关"孝道"的一些粗浅看法，以就教于各位师长。

"孝道"作为中国文化中最重要的组成部分，对中国社会有着深远的影响。但是近现代以来，中国社会发生了巨大的变革，无论是政治制度、家庭模式还是个人的观念与意识，都与古代社会有着很大的不同。所以想更好地理解"孝"的含义，一方面是要理解它的定义与哲学意义，另一方面也要研究其对古代社会的影响。如此才能对"孝道"有一个客观的解读。

本文主要分为三部分，一是对"孝"的含义的总结与梳理，二是谈一谈"孝道"影响下的古代中国社会，三是谈一谈"孝道"对当代社会的意义。由于儒家的理论是最强调"孝"的，所以第一部分也将以儒家的理论为核心，对"孝"的本义进行解读；第二部分将说明，"孝"是由于社会需要而产生的，"孝"的含义也在随着社会的发展而变化，在"孝道"的理论基础下发展出来的家庭制度、社会制度，是理解中国古代社会的核心内容；第三部分则强调，如今的社会模式和人们的思考方式已经和古代大不相同，所以把古代的理论照搬过来是不现实的。但是孝道对于现代社会还有着什么样的积极意义，需要现代人深思。

一、解读"孝"的内涵

解读"孝"的内涵，对理解"孝道"对于古代中国社会的影响，有着重要的意义。只有理解"孝"的含义，才能对在其理论基础上建立起的种种制度，有着更客观、更深刻的解读。

但是随着社会的发展，历朝历代由于自身的政治需要对"孝道"的解读也在不断变化着，而我们今天对"孝道"的批判，也主要是针对这些已与最初的"孝"理论不同的理论而展开的。所以,笔者将主要参考儒家经典,对"孝道"的内容进行梳理与总结,以求还原"孝"的本身含义。至于"孝"在历史发展中的变化,笔者将在其他部分进行解读。

《大学》开篇有一段经典的话:"古之欲明明德于天下者,先治其国;欲治其国者,先齐其家;欲齐其家者,先修其身;欲修其身者,先正其心;欲正其心者,先诚其意;欲诚其意者,先致其知。致知在格物。物格而后知至,知至而后意诚,意诚而后心正,心正而后身修,身修而后家齐,家齐而后国治,国治而后天下平。自天子以至于庶人,壹是皆以修身为本。"这里说的是人有"修身"、"齐家"、"治国平天下"三个层次,而笔者对于"孝"的解读,也将参考这三个层次展开。

(一)"孝"在个人层次上的含义

在儒家理论里,"仁"是人内心情感的真实流露,仁爱之心是人先天所具有的感情,也是使人获得温暖的方式。而"孝"的根基就在于"仁","孝"是人内心情感的真实表达,应该是发乎于心的,是人不加修饰的情感,也是一个人个人修养的体现。

《论语·学而》中孔子的弟子有子说过这样一句话:"孝悌也者,其为仁之本欤!"而《孝经》的《序》中也有类似的话:"孝者德之本欤!"都是强调"孝"在儒家"仁"、"德"概念里的重要性。而"孝"对个人而言,更重要的是体现一个人"爱人"的情感。《中庸》引孔子的话说:"仁者,人也,亲亲为大。"这里前一个"亲"作动词,是"爱"的意思,而后一个"亲"则是指"亲人"。这里实际在说"仁爱"精神是人天生所具有的,爱自己的亲人是一个人最基本的本性。

而曾子也认为,"孝"是实现个人修养的方式。他说:"民之本曰孝……夫仁者,仁此者也;义者,宜此者也;忠者,中此者也;信者,信此者也;礼者,体此者也;行者,行此者也;强者,强此者也。"(《大戴礼记·曾子大孝》)。学者一般解读为:讲求仁爱的人,只有通过孝道才能体现出仁爱;讲求仁义的人,只有通过孝道才能掌握适宜的程度;讲求忠的人,只有通过孝道才能真正合乎忠的要求;讲求信的人,只有通过孝道才能合乎真正的诚信;讲求礼的人,只有通过孝道才能对礼有真正的体会;讲求德操的人,只有通过孝道才能真正实践德操;讲求坚强的人,只有通过孝道才能真正表现出坚强。进一步说,实现了孝的目标,同时就兼修了仁、义、忠、信、礼各种美德。曾子强调的是实践孝道与个人修养的一致性,他强调提高修养的方法,在于行孝过程中的实践与内心的反省。

可知"孝"在个人的层次上,更多是一个人仁爱之心、修养的实践方式与体现方式,是人的道德规范与行为准则,对个人有着很重要的意义。

(二)"孝"在家庭层次上的含义

"孝"最早就是作为家庭伦理规范出现的,并没有强调"孝"对于个人的意义,也没有上升到社会规范的层次。可以说,"孝"最初的目标,就是规范家庭关系。远在西周社会,"孝"作为一种道德观念已经有了文字记载。《尚书·酒诰》说:"肇牵车牛,远服贾,用孝养厥父母。"《尔雅·释训》有"善父母为孝"的说法,意思是敬爱、赡养父母。

虽然儒家"孝悌"思想日后的影响更深远,但这里也还不妨提一下法家的管子。因为《管子》对于"孝"的理论阐述，是最早的，早于孔子。《管子》的孝论中，重点论述了以血缘为纽带的家族系统、以政体为纽带的君臣系统以及以教育为纽带的师承系统，而家庭关系是其中的核心。《管子》中不仅有对于父子、夫妻、兄弟关系的论述，甚至还明确提出了媳妇和父母之间的关系，而维持这些关系的重要支撑，便是"孝道"，这也可以看出"孝"在家庭伦理中的重要性。

后来孔子、孟子等儒家代表人物，也一样强调"孝"作为家庭伦理规范的重要性。这里的家庭伦理规范，一方面是体现在长幼有别、尊卑有序，人人扮演好自己在家庭中的角色。比如《大学》说："为人子，止于孝；为人父，止于慈。"《论语》说："君君，臣臣，父父，子子。"都是规范每个人的职责。

另一方面，这种伦理也体现在对祖先的尊敬和对后代的教育上。汤先生在文章中告诉我们，尊敬祖先是要求对自己的民族传统文化有一种敬意，因为中华的优秀文化体现在祖先的"三不朽"上。而家庭也对子孙的教育负有伦理上的责任。《孝经注疏》说："夫子谈经，志取垂训。"孔子说《孝经》的目的在于给后人以教训，基于"仁爱"的"孝"必须负有对后代的培育责任。

总之，"孝"作为家庭伦理规范，在维持家庭关系稳定方面有着完善的理论，而家庭伦理规范也是"孝"的重要内容，有着重大的意义。

(三)"孝"在社会层次上的含义

儒家所讲的"孝"，其实不只是个人的修养或是家庭伦理规范，它更多是与儒家的"仁政"思想密切相关,已经演变成一种社会道德准则。

孔子的弟子子夏说:"事父母能竭其力,事君能致其身。"认为在家事父母为孝,在外事君主也是孝。已经包含有忠孝一体的思想。这就意味着把孝从家庭扩展到社会,从父母推广到君主。《孝经》也提倡以孝事君,忠孝一体,认为孝是忠的原因,忠是孝的结果,在家孝父,在朝孝君;孝是忠的缩小,忠是孝的扩大,移孝作忠,忠孝合一。

孔子也说过:"其为人也孝悌,而好犯上者,鲜矣;不好犯上,而好作乱者,未之有也。"强调孝是忠的保障,能够做到"孝"的人,必然也可以做到"忠"。这种忠孝合一的传统格局,虽然为传统社会的合理性论证与政府运行提供了最大限度有效而重要的宝贵资源,然而也在相当程度上扭曲了"孝"观念的原本含义,后世的批评,也主要针对这扭曲后的"孝道"。

另外,"孝"也与施行仁政的理念密不可分。《大学》说:"所谓平天下在治其国者,上老老而民兴孝,上长长而民兴弟,上恤孤而民不倍,是以君子有'絜矩之道'也。"认为君主有"孝"的品德,才能起到示范意义,使天下人民效仿,让仁政得以推行下去。

总之"孝"的理念扩展到政治上,便是"忠",对君主自身而言"孝"是"以礼治天下"的前提,所以在儒家理论中,"孝"在政治上也是有很大意义的。

二、"孝"对古代中国社会的影响

在理解了"孝"的内涵后,再谈古代中国社会,就会有依据得多。由于儒家一直作为古代中国社会的主流价值观,而"孝"又是儒家的核心理论,所以"孝"对中国社会的影响,涉及社会的方方面面,在此仅选择最具代表性的几点来谈。

(一) 构建父母与子女的关系

中国式的父母与子女的关系,和西方是不一样的,而这种区别在今天依然十分明显。比如中国子女更注重对父母的赡养,而中国父母对子女的付出也比西方父母更无私,而这与中国几千年受孝文化的影响是密切相关的。

这里必须要强调一点,先秦所提倡的"孝"从来都是一种双向的关系,而不是后来的那种愚孝。《论语·八佾》中定公问:"君使臣,臣事君,如之何?"孔子对曰:"君使臣以礼,臣事君以忠。"还有孔子说:"君君,臣臣,父父,子子。"强调的都是"父慈子孝"、"君仁臣敬",是一种双向的责任,一种平等的关系。

但遗憾的是,后来"孝"的含义被曲解得很严重,"孝"变成了一种单向的义务,片面强调父母的权利以及子女的义务,这也导致了诸多社会问题,比如父母肆意虐待子女,尤其是对女童的虐待。这也是很可惜的一点。

从父母的角度来说,父母对子女有抚养和教育的义务。上面提到过,父母对子女的教育负有伦理上的责任,因为"孝道"中讲求传承,对后代的教育实际上是将家族发扬光大。这一点在如今的中国社会依然有所体现。父母往往为了子女教育不惜血本，一方面是为了子女自身的发展，一方面也是父母乃至整个家族的传承，"光宗耀祖"的思想至今根植在中国人的心中，而这种思想的产生和"孝"是分不开的。

从子女的角度来讲，子女对父母的孝敬也有很多层次。最低的层次是养亲，即尽心尽力供养双亲，使父母在物质生活上尽可能地得到满足。但是仅仅养亲是不够的，孔子说："今之孝者，是谓能养，至于犬马，皆能有养，不敬，何以别乎？"曾子也说："君子之孝也，忠爱以敬，反是乱也。"都是强调"孝"不仅是建立在血缘关系上的爱，更是一种发自内心的对父母的尊敬。当然要赢得子女的尊敬，父母也需要提高自己的修养。

让笔者觉得很有意思的一点是，中国古代孝文化中还有一个"谏亲"的部分。也就是说，当父母有过错时，子女是应该曲意，还是以义劝谏？曾子就此请教过孔子，孔子没有正视这一现实难题，但还是作了回答："故当不义，子不可以不争于父，臣不可以不争于君。故当不义，则争之，从父之令，又焉得为孝乎？"

这意味着，父母若有过错，子女向其劝谏，非但不违"孝道"，而且是子女应尽的义务。只是这种劝谏，应该尽量委婉一些，父母不听也不能有怨言。"谏亲"是孝文化中开放平等的一个部分。

当然，"孝"也有消极的一面。比如"身体发肤，受之父母"的思想，认为子女躯体是父母"一体"在另一种生命形式上的延续，父母"全而生之"，子女应"全而归之"。基于这种生命理论，损伤自己的身体就是损伤父母的身体。这个观念的出发点是好的，是强调人要爱惜自己的生命，但由此衍生出的众多规矩，像孝子不登高、不履危等，却是对人的束缚。其中的一些观念在如今有着消极的影响，比如中国的器官捐献率一直很低，就是受这个思想的影响。

在"孝"的影响下，中国的父母与子女之间形成了一种伦理关系，虽然在中国古代并不是人人能践行"孝道"所要求的职责，但父母与子女关系之基调与框架，却与"孝"是密不可分的。这种关系模式在如今的中国，依然深刻影响着中国人，也成为中国文化的标志。所以谈"孝"对古代中国社会的影响，这一点不得不提。

（二）宗法制度

宗法制大规模实行是在周代，我们关注的也更多是王室的宗法制。但事实上，不论大到天子国家，小到平民家庭，都受到了宗法制的影响。所以这里所谈的宗法制不仅仅是国家层面的，也涉及家庭的伦理准则，是一种广义上的制度。

宗法制度主要表现在权位继承上。商代有"兄终弟及"制，也有传子制，到周代便形成了明确的宗法制。周王自称天子，王位由嫡长子继承，成为天下的大宗，是同姓贵族的最高家长，也是政治上的共主，掌握国家的最高军政大权。

这种宗法制度，也实行于各分封国内。商代虽然已开始分封诸侯，但到周代才大规模实行，以封地连同居民赏给王室的子弟和部分有功之臣。诸侯在本国是大宗，对天子则是小宗。相应地，从卿到大夫，到士，也有大宗与小宗之分。由天子大宗到最小的小宗，形成一个以血缘关系为纽带的嫡长子继承系统和政治统治系统，政权与族权紧密结合在一起。

在这样的宗法与分封制度下,只有强调对祖先和父兄的崇敬和孝顺,才能巩固周王室的政权。因此,"孝道"与宗法制是相辅相成的,宗法制是"孝道"的具体实践,而有了"孝道",宗法制下的周王室才能维护统治、稳定社会。后来,分封制虽然取消了,但宗法制却一直以各种形式存在着,这就是为什么"孝"文化在中国处于特殊地位的历史根源和社会根源。

再缩小到家庭,我们依然可以在其中窥见宗法制的影响。当然,这和中国古代的生产模式是密不可分的。中国古代以农业生产为主,而农业生产又是以家庭为单位来进行的。农业生产要有固定的区域和家庭男耕女织的分工,农业生产经验主要靠长辈的积累和传授,这是父亲在家庭中的权威得以建立的经济基础。

一个庞大的家族聚集在一起,其中难免会有纠纷,而为了使农业生产可以稳定进行,就需要一种规则来维护长幼、尊卑的秩序,需要家族里的人各司其职,才能满足生产的需要。中国家庭关系的复杂性,至今还可以窥见,比如"舅舅"、"叔叔"、"伯伯"在英文中可以用一个词来表达,在中文中却是有严格的区分的。

这种家庭关系的复杂性和精确性,与"孝道"对家庭的影响是分不开的。所以,我们可以看出,一个大的家庭就是一个国家的缩影,其中也存在着大宗小宗的关系,也存在着嫡长子继承制,而这种制度的理论基础是"孝道",维持方式也是"孝道"。可以说,有了这些制度,才催生了"孝"的理论,而有了"孝"的理论,这些制度才得以屹立几千年而不倒。

总之"孝"与宗法制息息相关，而宗法制又是中国社会最基础的制度，可见"孝"对中国社会的影响是非常深刻的，这种影响甚至有可能决定了这个民族的历史进程。

(三) 政治制度与道德准则

上面提到过，在儒家理论中，"孝"最终上升为一种政治准则和社会准则，又由于统治者的自身需要，"孝"在中国历史上一直被广泛推行，也影响着中国的社会制度和道德准则。

上一节所说的宗法制，也属于政治制度的范畴，但由于宗法制的影响非常巨大，所以应当单独拿出来分析。历代统治者注释《孝经》的现象非常普遍，晋元帝有《孝经传》，梁武帝、简文帝有《孝经义疏》，唐明皇有《孝经注》，清雍正帝有《孝经集注》。可以看出，统治者非常推崇"孝道"，与此同时，也制定出了一系列以"孝道"为道德体系的社会规则。

战国时期的法律，就已经有了"不孝有罪"的内容。战国晚期的睡虎地秦简《封诊式》中之"爰书"有一段记载：父亲控告子女不孝，向司法机关起诉，要求判处死刑，司法机关依法受理。可见至少战国的法律制度中确实存在着"不孝有罪"的法律规定。

到了汉代，为了表彰和鼓励行孝，在选拔官吏制度上设有专科，汉惠帝时就有"孝弟力田"科。汉武帝时，由董仲舒的奏请，设立"孝廉"科，与"贤良"同由各郡在所属吏民中举荐。举孝廉者，被任为"郎"。反之，对于不遵守孝道者，除了道德上的谴责外，还要绳之以法，"五刑之属三千，罪莫大于不孝"。同时，汉代皇帝流行以孝为谥，如孝惠、孝文、孝景、孝昭等等。《汉书·霍光传》云："汉之传谥，常为孝者，以常有天下，令宗庙血食也。"东汉以"孝道"教化天下，让天下人诵读《孝经》。

不过在汉代，"孝"获得了新的哲学解释，儒学成为官方承认的唯一合法统治思想，也使"孝"获得了新的地位。汉代董仲舒用阴阳来讲君臣、父子、夫妇关系，既表明君臣之间、父子之间、夫妇之间不可偏废，但主导方面则是君、是父、是夫。由此汉章帝时班固整理《白虎通》，把三纲直接表述为"君为臣纲，父为子纲，夫为妻纲"。从此，三纲便成为两千多年束缚人的三根绳索，孝悌不再是独立于三纲的单纯道德范畴。而"孝"的新形式"三纲"的提出，无疑对日后的中国社会产生巨大影响，这其中有积极的因素，但更多的还是消极影响，尤其对于弱势群体而言。

唐律作为中国秦汉六朝法律之集大成者，总结了各代的立法精神与司法实践，使之系统化、完善化，成为有效调节社会关系的法律规范。另一方面，唐律成为宋、元、明、清编纂法律与诠释律例之准则，为历朝历代所沿用。这样一部影响深远的法律，其中就受到了"孝"文化的很大影响。

唐律中有"十恶"，而"不孝"是其中之一。唐律中对"不孝"的定义是违反父母尊长意志，侵犯父母尊长的尊严。学者研究表明，此间的"孝"范畴，已实现了忠孝合一，即家庭伦理与政治伦理的合流，孝与不孝的标准，主要表现为是否在意志与行动上绝对无条件地服从父母尊长的意志。

宋明理学是儒学发展的新阶段，它以研究和论述"天理"、"心性"

为主题，为传统伦理道德涂上了理学色彩，使之升华到哲学的高度。宋明理学一直延伸到清朝。清统治者很重视孝悌，坚持以孝治天下。比如康熙，他不仅继承朱熹关于道德来源于天理的观点，并且强调三纲五常，而在三纲五常中又把"孝"放在首位。康熙九年，他颁发《人心风俗致治美政十六条》，孝悌便是第一条。清代为了加强孝治，在科举制度上设有孝廉方正科。

由此可见，"孝"对中国政治制度和道德准则都有深远影响，也被统治者充分利用，作为治理国家的手段。这也是"孝"对古代中国社会影响的最重要的部分。

（四）礼仪风俗与思想观念

"孝"的理论对中国社会礼仪风俗和思想观念的影响是最普遍的，这些风俗直到今天还在这片土地上生生不息，而这些观念则至今都深深扎根在每一个中国人的心里，也是最让人感受到"孝道"影响力的一部分。

首先谈一谈礼仪风俗。谈到礼仪风俗，就不得不提到祭祀的礼节，这种礼节兴起于周代，在先秦的古籍里有很大篇幅的记载，儒家也很重视祭祀之礼。后代也将此礼节沿用下来，在中国一直都有祭祀祖先或者祭祀天地日月的活动，大到国家层面，小到百姓家庭，都会举行这类活动。而这类活动背后的道理，就是"孝道"。

周代祭祀宗庙时，有严格的礼制。比如排列官爵区分贵贱，位高辈尊者走在前面，宴饮时根据头发的黑白来排列座位。大家就位以后，升起先王的牌位，举行先王留下的祭礼，演奏先王的音乐，敬其所尊，爱其所亲，就好像死者还在。这就是所谓的大孝、至孝。而这种宗族上的祭礼，可以起到巩固宗族关系的作用。

随着家族的扩大，时间的推移，参加祭祖礼的贵族与周王之间，很难仅仅通过一个遥远的共同祖先的情感纽带，紧密团结在一起，这种情况下，强调现实社会中的"亲亲"来达到"敬宗"以至"收族"，无疑具有更好的效果。孝文化认为只要子孙保持"孝"的美德，那么他们就将得到祖先的保佑，这样就在子孙的行为与祖先的赐予之间，达成了一个默契的协议，这个协议就是"孝"。这样"孝"就不仅仅是情感维系上的需要，也同时兼有与祖先沟通的社会功能。而祭礼也不单是简单的风俗，而是维持家族稳定、社会稳定的重要手段。

谈到祭祀祖先，就又引出了中国人的一种观念，那就是"可久可大"。在儒家孝文化结构中，德行的绵长、个人的修养不是一次就能完成的，它是需要生生不息，是"生生之谓道"、"生生之谓易"，要不断地发扬光大，薪火相传，要一代一代往下传。《论语》说："三年无改于父之道，可谓孝矣。""孝道"要求子女要努力认同并继承父母的精神志业，使其发扬光大，绵延不绝。一般常言的"幼承庭训"、"家学渊源"，亦是体现"孝道"的重要方式。

当然，"继志述事"不仅是子代的职责，而且还必须创造新的生命以使父志母愿能够永远承行于世。因此有"不孝有三，无后为大"的说法。西方人认为所有人都是上帝的子民，所以父母与孩子之间没有绝对的上下关系，但中国人尊敬祖先，尊敬父母，认为孩子是父母生命的延续，强调传承和延续，这种观念是"孝"的具体表现，也深深影响了上面所提到的父母与子女的关系。

其实这种传承的观念，在今天还影响着中国人，比如父母对子女教育十分重视，常常将自己的理想寄托在子女身上。在今天的观念看来，一味强加自己的理想，是忽略对孩子独立个体的尊重。而且中国人还一直有"传宗接代"的想法，但这件事情一旦走向极端，就成了一种对人的压迫，尤其是对女性的压迫。笔者认为在当今时代，"传宗接代"是极其不值得提倡的。虽然形式上会走向极端，但"可久可大"这种思想本身，是极具哲学价值和思想价值的，也深刻影响了中国社会。

《大学》在这里还讲到一个问题，就是一个人达到了完善，还不是最美好的世界，要使他人同样完善，要使所有的人达到完善，这个社会才是完美的社会。这和西方强调个人自由不同，中国人强调的是和谐，强调谦让，要与周围的人和谐相处。这种对和谐的追求，也是"孝道"的一种体现，因为"孝"本身追求的，就是小到个人，大到家庭，最后到国家的和谐关系。至今中国人都比西方人更强调集体意识，强调在集体中的和谐，虽然集体与个人的冲突将会困扰如今的人，但中国社会一直都是一个讲求群体性的社会，在很长一段时间内也不会改变。

礼仪风俗的另外一个方面，体现在至今仍在这片土地上生生不息的诸多礼节和讲究上。礼是孔子及儒家的政治与伦理范畴，儒家还有一本专门阐述"礼"的经典——《礼记》。儒家认为只有经过"礼"，"仁"才能由内在的德性转化为外在的德行，而"孝"作为"仁"之本，自然也受到"礼"的规范，"礼"是行孝的准则和方式。

以丧礼为例。儒家很重视丧礼，《论语》说："生，事之以礼，死，葬之以礼，祭之以礼。"丧礼的形式很复杂，也有一套规范，比如葬时的棺和椁可以使用几层，使用什么样的仪制，下葬时陪葬用的物品的规格以及坟墓的规格，都是有规定的。下葬的风俗也多种多样，从水葬、火葬、土葬，直到特殊的崖葬，还有守灵等习俗，都是"孝道"的延伸。丧葬之礼不仅体现了对先人的尊重，也将人世间的尊卑贵贱延续下去，受到孝文化的影响很大。

再比如说婚姻习俗。古代父母尊长拥有主婚权，而在婚姻关系解除方面，男性又拥有主导权，这都和"孝"影响下所形成的社会秩序是分不开的。

曾子曰："慎终追远，民德归厚矣。"朱熹解释这句话说："慎终者，丧尽其礼。追远者，祭尽其诚。民德归厚，谓下民化之，其德亦归厚矣。盖终者，人之所易忽也，而能谨之。远者，人之所易忘也，而能追之；厚之道也。故以此自为，则己之德厚，下民化之，则其德亦归于厚也。"

在"孝"的意识中所体现的，不仅是对亲情人伦的关切，同时也是一种自我历史意识的认同，"孝"是一种面对过去和已经存在的生命的态度。所以与其说"孝"是一种观念，不如说"孝"已经潜移默化为中国人的生存态度，成为中国人认知世界的尺度。"孝"对中国人思想观念影响之大，是难以估量的。

三、"孝"的当代意义

研究"孝道"对古代社会的影响，其最终目的之一，还是要给现代社会以启发。

"孝"是在社会的需要下产生的，也在随着社会的需要而演变。今天的社会模式与思想观念，已与古代大不相同，人们需要的东西也与古代不再相同。"孝"如何在新的时代发挥积极作用，是学者一直在思考的问题。在此简单讨论，为本文殿以一个开放性的收尾。

现代文化下人们追求个体的独立性，但这会为现代人带来困扰。人们会觉得自己被忽视和忘记，很难与他人进行交流，觉得自己得不到理解。一方面，个性得到了解放；另一方面，人自己作为社会的主体，也将承受更多的难以抵御的苦难和痛苦。

在有宗教信仰传统的国家里，解决这个问题的办法，是追溯于神明的力量，在宗教信仰下，得到内心的充实和平静。在中国这样一个缺乏"神"的文化背景下，我们的"孝"观念或许可以帮助我们克服个体主义的困惑。

因为在"孝"的观念里，我们会突破个体中心的观念：我们是一种中介的存在，我们继承着过去，也打开着未来，我们是作为人类历史生生不息的一个环节而存在的。这或许是解决社会矛盾和现代人困惑的一条可能途径。"孝"的亲子关系，让我们在经历人生的种种苦难和困难时，觉得不是一个人在面对。

另外，"孝"强调一种秩序性，在某种意义上也可以维持家庭的和睦，同时也有助于提高个人修养，进而促进社会和谐。

"孝"也许可以成为现代社会的一种规则，一种道德体系，成为现代人精神寄托的一种选择。但这个过程中，不应对古代的东西完全肯定之，也不能完全否定之。

正确的做法是，理性地丢掉不合时宜的东西（比如"三纲"，片面强调一方的权威，忽略了平等的重要性），同时发扬"孝"文化中仍有生命力的部分，包括那些具有普适性的美好价值（如汤先生所说的"普遍价值"），为现代人类社会提供精神支撑。

参考文献：

1. 杨伯峻：《论语译注》，中华书局1980年版。
2. 朱熹：《四书章句集注》，中华书局1983年版。
3. 王文锦：《礼记译解》（上、下），中华书局2001年版。
4. 胡平生：《孝经译注》，中华书局2009年版。
5. 钟克钊：《孝文化的历史透视及其现实意义》，《江苏社会科学》1996年第2期。
6. 罗新慧：《试论曾子关于孝的理论及其社会意义》，《齐鲁学刊》1996年第3期。
7. 曾振宇：《儒家孝文化及其影响》，《理论学刊》2000年第1期。
8. 魏英敏：《论"孝"的古代意义与现代价值》，《江苏社会科学》2005年第4期。
9. 汤一介：《"孝"作为家庭伦理的意义》，《北京大学学报》2009年第4期。
10. 王岳川：《孝结构在中国文化中的意义》，《广东社会科学》2010年第1期。
11. 周怀宇等：《〈管子〉的孝论》（一）（二）（三）（四），《安徽省管子研究会2011年年会暨全国第十六届管子学术研讨会交流论文集》，2011年5月11日。
12. 曾振宇：《"一准乎礼"：儒家孝观念对唐律之影响》，《理论学刊》2013年第4期。
13. [美] 安乐哲、[美] 罗斯文：《〈论语〉的"孝"：儒家角色伦理与代际传递之动力》，《华中师范大学学报（人文社会科学版）》2013年第5期。
14. 胡正访：《〈诗经〉祭祖诗的德孝观念与收族功能》，《中华文化论坛》2014年第3期。

15. 何宜蔚:《浅谈〈论语〉之"孝"及其当代价值》,《文学教育》(上) 2016年第2期。

16. 李翔海:《从"孝"看礼乐文明的现代意义》,《中国儒学》(第九辑)。

(2016年6月1日初稿,6月15日修改,6月28日定稿)

尧舜禹时代何以成为儒家政治之最高理想

在"言必称尧舜"与"言必称希腊"之间
——张正蒙《尧舜禹时代何以成为儒家政治之最高理想》序

《中庸·祖述章》云:"仲尼祖述尧舜,宪章文武,上律天时,下袭水土。"《孟子·滕文公上》云:"孟子道性善,言必称尧舜。"从"祖述尧舜"始,至"言必称尧舜"终,表达的就是中华民族之"政治梦想"的成型。

此"政治梦想"之核心,就是所谓"禅让"。"禅让"者,最高权力之"和平交接"也。交与本人之内外亲眷,非"禅让";交与官二代、富二代,非"禅让";交权则旧朝废、新朝立,非"禅让"。以最后一条而观曹魏之代刘汉、司马晋之代曹魏、刘宋之代司马晋等等,名为"禅让",实非"禅让"也。此无他,曹接权则汉废,司马接权则魏废,刘接权则晋废,均不合尧舜禹"禅让"之规程。以此而观中华五千年国家史,真正合格之"禅让",只出现在尧舜禹三帝间。

呜呼,尧舜禹时代之成为中华民族之"政治梦想",由来有自。

此"政治梦想"由三大"信念"而支撑:一曰"良政必选贤与能",二曰"大官必出于劳苦",三曰"天下必得于民心"。

尧,贤且能;舜,贤且能;禹,贤且能。有贤且能者在高位,则良政可待。后世之人,品德不全,或贤而不能,或能而不贤,如此则如之奈何?答曰:宁取贤而不能者,不取能而不贤者。由此酿成中华民族"道义优先"之政治"信念"。

所谓"劳苦",即孟子"劳其筋骨,苦其心志"之类。历朝历代所以先盛而后衰,无一永恒者,莫不因其君其臣无以"历劳苦",不能"历劳苦"。清史家赵翼读唐史,曾证得"名父之子多败德"之命题,虽理有偏颇,然亦斑斑可考。此即中华民族所以蔑视官二代、富二代之因。于是汉以降有千年之"察举",隋以降有千年之"科举",目标均在寒门草根,认定那里方能出"大官"。由此酿成中华民族"科考选官为上"之政治"信念"。

所谓"天下必得于民心",即今"重民意"之类。舜得"小民意"而有摄政资格,历二十八年,又待政三年,接受"大民意"之考验,方得正式上任。禹得"小民意"而有摄政资格,历十七年,又待政三年,接受"大民意"之考验,方得正式上任。得两次选举,得两番民意,方得上任,此即"得民心者得天下"之具体内涵。由此酿成中华民族"民贵君轻"之政治"信念"。

"良政必选贤与能"、"大官必出于劳苦"、"天下必得于民心",此三大政治"信念",均源于尧舜禹及其"禅让"之时代精神。故尧舜禹时代之成为中华民族之"政治梦想",由来有自。

在此三大"信念"支撑下,吾中华民族始终站在全球文明之高地,俯瞰无数民族之兴起与衰亡。吾中华土地,西汉千五百万平方公里,唐千六百万平方公里,明千三百万平方公里,清千四百万平方公里,民国千二百万平方公里,恒冠全球。吾中华人民,夏初二百七十万,商初四百五十万,周初千万,秦四千万,汉末六千万,唐七千万,北宋一亿,明二亿,清四亿,恒冠全球。吾中华财富,占全球经济总量,南宋四分之三,明末二分之一,清末三分之一,恒冠全球。土地、人民、财富三指标,能恒冠全球者,天之下地之上无有第二家。没有上述三大"信念"之支撑,又如何能得如此之成就!

然晚清以降,中土备受欺凌。在此大背景下,人民渐失对于"中华文化"之自信,甚至陷入"言必称希腊"之可悲境地。教育史家毛礼锐曾谓:"西方教育家很重视古代希腊的教育,所谓'言必称希腊',而中国古代学者也是'言必称尧舜'。'称希腊'和'称尧舜'是富有历史意义的,并非随便说说。我们要研究中国与西方教育各自的特点,就必须从这里开始。"西人"言必称希腊",中人"言必称尧舜",本为两场齐头并进之运动,各行其"返本开新"之使命。然晚清以降吾中华所谓"知识分子",首先"自宫",变"受虐"为"自虐",绝"言必称尧舜"之后路,将中土三千年教育强行搬上"言必称希腊"之轨道。让中华之后世子孙,不知有汉,无论魏晋,不知有三皇五帝,只知有希腊罗马。"数典忘祖",正乃晚清以降中土教育之写照。

要将中土教育重新搬回"言必称尧舜"之正轨,重拾吾族人民对于固有文化之"自信",何其困难!然《老子》云:"合抱之木,生于毫末,九层之台,起于累土,千里之行,始于足下。"《荀子》云:"不积跬步,无以至千里,不积小流,无以成江海。"难则难矣,只要起步,便永远不晚。故有识之士,从我做起,不等不待。余愿为"马前卒",在张正蒙小学阶段之最后三年,以每天四十分钟之时光,强迫她完整背下《大学》、《中庸》、《论语》、《老子》四书,又熟读《孟子》,正待背下《孟子》之时,她进入初中,学业陡增,背诵于是戛然而止。于是她头脑中只得大、中、语、老四书及《孟子》之"梁惠王上"、"梁惠王下"两篇。此四书两篇,就成为中华文化之"种子",植于其心田,总有一天要发芽。果然在初中二年级,她写下这篇《尧舜禹时代何以成为儒家政治之最高理想》,洋洋洒洒,超过二万言。于当今十三四岁之初中生而言,算是"宏文",亦当是"壮举"了!

没有人要问她,是她自己要问;没有人逼她写,是她自己要写。这就是"种子"之力量:"种子"植于田,总有一天要发芽。这篇"宏文",是第一株嫩芽,将来必还有第二株、第三株;这嫩芽将来必定会长大,人长一岁,芽长一节,直到长成参天大树。这就是"教育"之力量:以"教"而植"种子"于心田,以"育"而呵护嫩芽一天天长大。

此即"教育"之根本宗旨:教一人得一树,教百人得百树,教万人得万树。以每日四十分钟之时光,吾人就可以收获莽莽森林,何愁没有"中华文化"复兴之一日!关键是要起步,关键是要开头。以渺小个人之毫末,而成就合抱之木;以渺小个人之累土,而成就九层之台;以渺小个人之足下,而成就千里之行;以渺小个人之小流,而成就汪洋大海。一日二日,一载二载,吾人终可将中土教育搬离"言必称希腊"之轨道,重归"言必称尧舜"之正轨。

或问："言必称希腊"有何不对？西人可"言必称希腊"，中人为何不可？答曰：西人有西人之父，中人有中人之父，中人以西人之父为父，可目为"认贼作父"；西人有西人之母，中人有中人之母，中人以西人之母为母，可目为"有奶便是娘"。中人拾西人之涕唾，"言必称希腊"，"认贼作父"者也，"有奶便是娘"者也，"数典忘祖"者也。中人之父非耶稣基督，而三皇五帝，而禹汤文武；中人之母非圣母玛利亚，而周室三母，而孔母孟母。呜呼，弃自己之父而认人之父，可乎？弃自己之母而依人之母，可乎？

以欧为师，中土学不会唯利是图；以俄为师，中土学不会背信弃义；以日为师，中土学不会寡廉鲜耻。以一切列强为师，中土学不会杀人放火。中土只能走"自己之路"，以尧舜禹为师。

宋初石介徂徕先生（1005—1045）撰《中国论》，先斥文化思想之"西化"乱象："各以其人易中国之人，以其道易中国之道，以其俗易中国之俗，以其书易中国之书，以其教易中国之教，以其居庐易中国之居庐，以其礼乐易中国之礼乐，以其文章易中国之文章，以其衣服易中国之衣服，以其饮食易中国之饮食，以其祭祀易中国之祭祀。"文末则提出应对之方："各人其人，各俗其俗，各教其教，各礼其礼，各衣服其衣服，各居庐其居庐，四夷处四夷，中国处中国，各不相乱，如斯而已矣。则中国，中国也；四夷，四夷也。"

石介徂徕先生提出此应对方案，将去千年。千年之后而返观之，觉其有得有失。得者，立此"并置论"，而开启北宋以降"中华文化"之重建；失者，止于"并置"，而不知"并置"之上尚有"化西"一境，或"化胡"，或"化夷"，或"化外"，总之尚有一"化"境。

于是吾人得立"化西"之境云：各人其人，然后化其人；各俗其俗，然后化其俗；各教其教，然后化其教；各礼乐其礼乐，然后化其礼乐；各衣服其衣服，然后化其衣服；各居庐其居庐，然后化其居庐；各道其道，然后化其道；各书其书，然后化其书；各文章其文章，然后化其文章；各饮食其饮食，然后化其饮食；各祭祀其祭祀，然后化其祭祀。

呜呼！在"言必称尧舜"与"言必称希腊"之间，吾人不当再徘徊，吾族不当再徘徊。而应以雷霆万钧之势，成就"化西"之境。吾女正蒙以此篇而迈出第一步，可喜可贺。然余之所寄望于未来者，尚厚！宜时以"致君尧舜上，再使风俗淳"为念。

是为序。

张耀南

2013 年 9 月 25 日

自　序

如今这篇文章算是写完了，尽管有不满意的地方，但当手握着这沓厚厚的纸时，心里还是有不小的成就感。

这篇文章的写作持续了半年多，秋来秋去，冬来冬去，如今已是春天了。季节变化，景致变化，只有稿纸上的黑笔画从未变。在别人看来，写这种东西太无聊了，不仅是几千年前的事，还要读那些深奥的古书，但我不得不说，我确实在写作的过程中找到了一种清静，仿佛心已回到过去，从现实中解脱了。

歌手出专辑时，总要有一段感谢词，我也要感谢一下，不然显得太自私，况且这也不是我一个人的功劳。我最要感谢的人是我爸爸，要不是他这么多年来坚持陪我背书，这篇文章和我本人都会比现在肤浅得多，我脑子里稍有些新鲜的思想和见解是在他影响下产生的。如今我很少碰古书了，常会觉得愧疚，我只能尽力去多接触些，虽然我知道我做得还不够。我还要感谢我的妈妈，每当我被自己困住时，她总能以阳光般温暖的乐观为我解围。我有时真想一直跟她待在一起，这样一切阴云会瞬间散去。还有王小琼老师，尽管她不说些什么，但当她那双女神般深邃的双眸凝视我时，我便又有力量继续前进，走向更远的远方。

你可能要问我写这文章有何意义，首先的目的是将尧舜禹的故事和他们的精神传承下去，说大一点也是将中国性格传承下去，勉励自己，也勉励所有今天，如果可以，未来的人。其次，这也是一种获得快乐与享受的途径，不管这篇文章本身怎样，从中得到的幸福是无可代替的。

这是我迈出的勇敢的一步，中间当然有困境，不过现在我的脚终于又落了地。我愿意所有人给我建议，批评可以，赞扬可以，我一定会接受，并感谢你。不听别人的话，怎么会有长进呢？

我要读书去了，写文章是吃老本，我可不要坐吃山空。

我还会再尝试更大的挑战的。

2013 年 3 月 10 日

帝尧，名曰放勋，陶唐氏，史称唐尧，高辛之子，帝挚之弟；帝舜，名曰重华，有虞氏，史称虞舜，盲者瞽叟之子；帝禹，姒姓，名曰文命，鲧之子，颛顼之孙。三者皆为帝。尧既没，舜继尧之位；舜既没，禹继舜之位。然三人非亲眷，尧授天下于舜，舜授天下于禹，谓之"禅让"。尧在帝位九十八年，舜在帝位三十九年，禹在帝位十年，总计一百四十七年。帝尧、舜、禹皆为部落联盟之首领，禹之子启建立夏朝，乃为"禅让制"之终结。所以予将帝尧、帝舜、帝禹在位时期，统称为"尧舜禹时代"。

儒家，乃孔子创立之思想门派。其产生且壮大于春秋战国时期，并在之后的几千年中，不断被后人解读、传播，也因此对中国文化产生了不可估量之影响。几千年来，"儒道"一直被中国人尊崇为为人处世、治国平天下之"大道"，儒家之"四书五经"，也向来是读书人必修之书目。之所以说它对中国文化产生了不可估量之影响，是因为在其发展过程中被尊为"大学问"、"大思想"，尽管有秦始皇之"焚书坑儒"等极端行为，但儒家思想对中国人，不论是统治者、读书人还是老百姓，所产生的涓涓细流般之浸润，尤其是对中国人世界观、道德观及国家观之影响，从未中断，并且还在继续。可以说，儒家是中国文化最重要之组成部分，是中国式世界观之体现。

政治，自从有社会和国家以来，就是关乎所有人生活，也是被所有人关注的重要活动。政治，对于统治者来讲，是怎样"治国平天下"，使百姓"信服"；对于人民来讲，是能否获得安定之生活，得到公平之对待。既然政治是人为产生并且由人操控之事物，则不同时期，不同人所操控之政治，就必然有相对之好坏。东方和西方，不同国家，不同学派，对政治有各自的理解和评判标准，也有各自心目中之理想君王、政治体系及社会状态。例如在英国，被人们极度称赞的君主之一就是使英国成为"日不落帝国"的维多利亚女王，其时代也是英国人心中之理想社会。而在儒家眼中，最理想的君主和社会之一，就是尧舜禹及尧舜禹时代。

尧舜禹时代之所以成为儒家眼中之理想社会，客观上讲，是由于在儒家思想产生之前，即春秋战国之前，只有三皇五帝及夏、商两朝，最多不过到周代，所以可供参考的实例并不十分丰富。换言之，从三皇五帝到孔子创儒家，虽历三四千年，但"文献不足征"，信史待勘定。但是，尧舜禹之所以能够成为儒家最为推崇之君主，尧舜禹时代之所以能够成为儒家最为推崇之社会，"文献"上之原因恐怕不是主要的。它们能成为儒家政治之最高理想，一定有其他特别之原因。

本文以"尧舜禹时代何以成为儒家政治之最高理想"为题，尝试以尧舜禹时代之政治特点为线索，寻找尧舜禹时代之所以成为儒家政治之最高理想的原因，并探索它在当代所具有的价值。主要资料来源于儒家四书，即《论语》、《孟子》、《大学》、《中庸》，及司马迁所著之《史记》。

一、尧舜禹时代是儒家政治之最高理想

要想探索尧舜禹时代何以成为儒家政治之最高理想，需先了解其在儒家政治理论中之地位，如此才可以更好地解释它之所以成为最高理想之原因。

诸子百家，每一家都有其独特的政治理论，儒家亦然。儒家之政治理论，讲求"道之以德，齐之以礼"，用"仁政"治国，"以德化民"，达到天下太平，追求上下皆"有耻且格"之理想社会状态。在提出理论之同时，为了使人信服，诸子百家亦会用理想社会及君王为"典范"，来证实自己的政治理论，使之更有说服力。

在儒家著作中，亦可以找到这样的代表人物。例如在提及"贤君"及"仁政"及理想社会时，最经常被说到的便是尧舜禹，还有商汤及周文王、周武王；而在提及"暴君"、"暴行"及动乱社会时，最经常被说到的便是桀、纣。举例言之，在《论语》中，提及尧舜禹者共九章，且均为有赞美、敬仰之意的语句；在《孟子》中，提及尧舜禹者共十三章，其中不包括《万章上》几乎全部章节（均论尧舜禹），亦均为有赞美、敬仰之意的语句；《中庸》中有三章提及尧舜禹；《大学》中有一章，亦皆是赞美、敬仰之语句。由此可见，尧舜禹及其时代在儒家思想中，是"贤君"、"仁政"及理想社会之代名词。此是其基本地位。

《孟子·滕文公上》载："孟子道性善，言必称尧舜。"孟子对尧舜之尊重与敬仰，代表着整个儒家之共同态度。

若想更清楚地了解尧舜禹及其时代在儒家思想中之地位，需仔细研讨儒家经典，才可找到更有力之证据。

《论语·泰伯》中提到："大哉尧之为君也！巍巍乎！唯天为大，唯尧则之。荡荡乎，民无能名焉。巍巍乎，其有成功也，焕乎，其有文章。"这段话亦曾被孟子引用。又有："巍巍乎，舜禹之有天下也，而不与焉。"亦有："禹，吾无间然矣。"《中庸·大知章》中有："舜其大知也与。"《孟子·滕文公下》中有："尧舜既没，圣人之道衰。"《孟子·尽心下》中有："尧舜，性者也。"孔子说尧"大哉尧之为君也"，形容其"巍巍乎"，甚至说"唯天为大，唯尧则之"，称尧"有成功"、"有文章"；孔子说尧舜"巍巍乎"，把自己同禹比较后，说"禹，吾无间然矣"；孔子还称舜为"大知"者。孟子亦是如此，称尧舜为"圣人"，称其为"性者"，无须修身就具备了仁义的本性。由此可见，在儒家眼中，尧舜禹皆为"仁"、"德"兼具的君子，本身就具有很好的品德与才华，是其时代成为儒家政治之最高理想的基础。

《史记·五帝本纪》中说："皋陶为大理，平，民各伏得其实；伯夷主礼，上下咸让；垂主工师，百工致功；益主虞，山泽辟；弃主稷，百谷时茂；契主司徒，百姓亲和；龙主宾客，远人至；十二牧行而九州莫敢辟违；唯禹之功为大，披九山，通九泽，决九河，定九州，各以其职来贡，不失厥宜。方五千里，至于荒服。南抚交阯、北发，西戎、析枝、渠廋、氐、羌，北山戎、发、息慎，东长、鸟夷，四海之内咸戴帝禹之功。于是禹乃兴《九招》之乐，致异物，凤凰来翔。天下明德自虞帝始。"

在《史记》的记载中，禹执政时，"上下咸让"，"百谷时茂"，"百姓亲和"，"民各伏得其实"；并且"远人至"，"四海之内咸戴帝禹之功"。可见帝禹时代，不仅国内安定，且四方之人皆来投靠，敬仰他的功劳。这正像叶公问政时孔子所答——"近者悦，远者来"，是儒家心目中之理想社会。并且，禹时代之社会状况，乃为尧舜禹时代社会状况之缩影。由此可见整个尧舜禹时代之社会状况，皆如孔子所述最理想之社会状态。

所以说，尧舜禹时代不仅在儒家思想中拥有较高地位，且可基本称为儒家政治之最高理想。其不仅拥有仁德的君主作为"天下兴"之基础，更有"近者悦，远者来"之理想社会状态。由此可见，其之成为儒家政治之最高理想，也便是理所应当之事了。

二、尧舜禹时代何以成为儒家政治之最高理想

社会，是一种既简单又复杂之事物，简单在其只是人类活动之载体，复杂在社会中人与人联系之紧密与多样。

一个社会，若想至少称得上安定，就需要多方面之因素。首先统治者要"博施"于天下且以民为重，之后百姓才能亲和，社会才会安定。社会安定后，若再想实现经济繁荣、科技发达或是讲求道德，那就更为困难，需要更完善之政治与统治者更长远之眼光。

予前面已言，儒家之政治理论，希望社会不仅安定，且上下皆"知耻"，追求"道德仁义"。予亦已论证，尧舜禹时代是儒家政治之最高理想。所以说，尧舜禹时代之所以在儒家政治理论中获得如此之地位，其原因也必定是复杂多样的。

予经过对儒家四书及《史记》之研读与分类，总结出四条尧舜禹时代成为儒家政治之最高理想的原因。一是"絜矩之道"；二是"仁政"，其中包括"举直错诸枉"、"博施于民而能济众"、"务民之义"、"化四方蛮夷"；三是"民信之"；四是"无为"而"天下治"。四条原因是因果关系，上一条是下一条之基础，它们之间如龙一般，脉脉相承，任何一条都不可或缺。

予将在下文一一解释并证明这四条原因，找到尧舜禹时代之所以

成为儒家政治之最高理想的奥秘。

（一）原因之一："絜矩之道"

提到儒家政治理论，就不得不提到"絜矩之道"。孔子曾说："《书》云：'孝乎惟孝，友于兄弟。施于有政。'是亦为政，奚其为为政？"（《论语·为政》）可见孔子对"为政"之理解，即为"为政之人"要有"絜矩之道"。孟子也说："以力假仁者霸，霸必有大国；以德行仁者王，王不待大。"（《孟子·公孙丑上》）孟子对国家、对真正的"政"之理解，亦为"絜矩"之思想。这种在儒家思想中最独特也最重要的政治思想，是儒家认为一个社会可以安定且所有人皆讲"仁德"的基础。子路问政，孔子曰："先之，劳之。"（《论语·子路》）也都是这个道理。孔子也说："好学近乎知，力行近乎仁，知耻近乎勇，知斯三者，则知所以修身，知所以修身，则知所以治人，知所以治人，则知所以治天下国家矣。"（《中庸》）所以，尧舜禹时代可以成为儒家政治之最高理想，其必定是讲求"絜矩之道"的。

"絜矩"一词，出现于《大学》。《大学·絜矩章》云："所谓平天下在治其国者，上老老，而民兴孝；上长长，而民兴悌；上恤孤，而民不倍。是以君子有絜矩之道也。""絜"，指"量度物体周围的长度，泛指量度"；"矩"，指"法则，规则"。"絜矩"之字面含义，即为"构建规矩"。但"絜矩"之"构建规矩"，与众不同之处在于，"絜矩之道"是从"上"，即统治者自身开始，"己欲立而立人，己欲达而达人"、"以身作则"、"推己及人"，将"道德"和"规矩"推行到天下。

《大学·明德章》载："古之欲明明德于天下者，先治其国；欲治其国者，先齐其家；欲齐其家者，先修其身；欲修其身者，先正其心；欲正其心者，先诚其意；欲诚其意者，先致其知；知致在格物。物格而后知致，知致而后意诚，意诚而后心正，心正而后身修，身修而后家齐，家齐而后国治，国治而后天下平。"可见，若想"平天下"，必须从"格物"，即"推究事物的道理"开始，直至"知致"、"意诚"、"心正"、"身修"，再将个人的道德推广到别人，实现"家齐"、"国治"，才能"天下平"。这就是"絜矩之道"——从统治者自身开始，将道德推行于天下，以身作则，实现社会规矩之建立。"不以规矩，不能成方圆"，构建规矩，是社会发展之基础。

但"絜矩之道"为何可以"构建规矩"，又是怎样实现统治者之"以身作则"、"推己及人"，要想得到答案，还需考证儒家经典。《论语·宪问》载："上好礼，则民易使也。"又载："修己以安百姓。"《论语·颜渊》载："政者正也，子帅以正，孰敢不正。"《论语·季康子》载："子欲善，则民善矣。君子之德风，小人之德草，草上之风，必偃。"《论语·子路》载："上好礼，则民莫敢不敬；上好义，则民莫敢不服；上好信，则民莫敢不用情。"《孟子·滕文公上》载："上有好者，下必有甚者矣。君子之德，风也；小人之德草也。草尚之风，必偃。"《孟子·离娄上》载："舜尽事亲之道，而瞽瞍厎豫。瞽瞍厎豫而天下化。"

前六条话语，从理论上说明了"絜矩之道"之作用，即"在上位"之人"正也"，且有"礼"、有"德"、有"义"、有"信"，才可使"在下位"之人"正"，且有"礼"、"德"、"义"、"信"。最后一条出自《孟子》的话，则用实例说明了"絜矩之道"之作用，就是统治者"教化"人民，而不是对人民实施"管制"。《论语·子路》说："苟正其身矣，于从政乎何有，不能正其身，如正人何。"用自身之行为，实现"化天下"之状态，所以说，统治者及"在上位"之人有"絜矩之道"，对社会繁荣，尤其实现儒家式之社会理想，是最关键之要素。

《史记·五帝本纪》载："(尧)其仁如天，其知如神。就之如日，望之如云。富而不骄，贵而不舒。黄收纯衣，彤车乘白马，能明驯德，以亲九族。九族既睦，便章百姓。百姓昭明，合和万国。"尧，有天一般广阔的仁德，神灵般的智慧。更关键在于，他"富而不骄，贵而不舒"，财富众多而不骄奢，地位尊贵而不放纵，生活极其朴素，有"顺天应人"的美德。但尽管尧"富而不骄"，"食无求饱，居无求安"，却"志于仁"，"好于礼"，"以仁存心，以礼存心"，是儒家观念中真正的君子。正因为有这样的美德，尧才可以"亲九族"，之后"章百姓"、"和万国"，实现"絜矩之道"，这也从一方面反映了"絜矩之道"之正确与重要性。

舜以其"仁德"及"大孝"实现絜矩之道。《孟子·尽心下》载："舜之饭糗茹草也，若将终身焉；及其为天子也，被袗衣，鼓琴，二女果，若固有之。"《孟子·尽心上》载："舜之居深山之中，与木石居，与鹿豕游，其所以异于深山之野人者几希：及其闻一善言，见一善行，若决江河，沛然莫之能御也。"又载："鸡鸣而起，孳孳为善者，舜之徒也；鸡鸣而起，孳孳为利者，跖之徒也。欲知舜与跖之分，无他，利与善之间也。"《孟子·公孙丑上》载："大舜有大焉，善与人同，舍己为人，乐取于人以为善。"舜与尧一般，"衣敝缊袍"，"饭糗茹草"，"居深山之中"，"食无求饱，居无求安"。孟子说："是故贤君必恭俭礼下。"（《孟子·滕文公上》）舜拥有"俭"之品德，"被袗衣，鼓琴，二女果，若固有之","尊德性而道问学"(《中庸》)。并且,他也"好学","鸡鸣而起,孳孳为善","善与人同"、"乐取于人以为善","闻一善言,见一善行"则"沛然莫之能御也"。孔子说:"君子喻于义,小人喻于利"(《论语·里仁》),说:"吾未见好德如好色者也。"(《论语·子罕》)孟子说:"君子莫大乎与人为善。"(《孟子·公孙丑上》)舜"用其力于仁",好"善",好"德",是儒家理论中之"君子"形象。

舜亦实现"大孝"。孔子曰:"弟子入则孝,出则悌,谨而信,泛爱众,而亲仁。"(《论语·学而》)其对后生小子之要求,将"孝"放在第一位,可见儒家对孝之重视。孔子也说:"出则事公卿,入则事父兄,丧事不敢不勉,不为酒困,何有于我哉?"(《论语·子罕》)孔子将"入则事父兄"作为对自己的要求之一,可见他对"孝"的在意。《论语·为政》载:"子游问孝,子曰:'今之孝者,是谓能养。至于犬马,皆能有养。不敬,何以别乎?'"孔子将"敬父母"作为"孝"的要求,也将这种"孝",作为人与犬马之区分,可见"孝"在儒家思想中是人之基本品格。《中庸·问政章》载:"仁者,人也,亲亲为大。""仁者"本身就是不凡之人,却也要以"亲亲"为大事,只有"亲亲"之人才称得上"君子"、"仁人"。由此可见,"孝"在儒家文化中,是最基本、最重要之为人准则,是儒家文化核心思想之一。而舜,就是"孝"之楷模。

《孟子·万章上》载:"帝使其子九男二女,百官牛羊仓廪备,以事舜于畎亩之中,天下之士多就之者,帝将胥天下而迁之焉。为不顺于父母,如穷人之无所归。天下之士悦之,人之所欲也,而不足以解忧;好色,人之所欲,妻帝之二女,而不足以解忧;富,人之所欲,富有天下,而不足以解忧;贵,人之所欲,贵为天子,而不足以解忧。人悦之、好色、富、贵,无足以解忧者,惟顺于父母,可以解忧。"可见舜之"忧"矣,不在于如何获得富贵、美色,而在以"顺父母"为至上之事,为此而忧。由此可见,舜将"孝"作为道德底线,所以才能"视天下大悦而归己犹草芥也",却把"得乎亲"、"顺乎亲"、"事亲"看得无比之重要。"仁者,人也,亲亲为大",舜以"亲亲为大",且落实到行动上。

《史记·五帝本纪》载:"舜父瞽叟盲,而舜母死,瞽叟更娶妻生象,象傲。瞽叟爱后妻子,常欲杀舜,舜逃避;及有小过,则受罪。顺事父及后母与弟,日以笃谨,匪有解。"由此事可看出,尽管瞽叟常欲杀舜,象及后母亦待他不好,舜却依然能够"顺事父及后母与弟",每天谦恭谨慎,从不怠慢。舜之孝,不是因父母待他好而为之,而只是将孝作为"责任",作为"大事",将"尽孝"看作为人之基本规则,而不是工具,行其于每日每时。舜之"孝",实为不易。

《史记·五帝本纪》载:"舜父瞽叟顽,母嚚,弟象傲,皆欲杀舜。舜顺适不失子之道,兄弟孝慈。欲杀,不可得;即求,尝在侧。"让他的家人们甚至找不到杀他的借口。其父顽劣,其母嚣张,其弟傲慢,舜若孝敬他们,亦无从得以回报,但舜却依然能尽孝之道,予实钦佩之。

《史记·五帝本纪》载:"瞽叟尚复欲杀之,使上涂廪,瞽叟从下纵火烧廪。舜乃以两笠自扞而下,去,得不死。后瞽叟又使舜穿井,舜穿井为匿空旁出。舜即入深,瞽叟与象共下土实井,舜从匿空出,去。瞽叟、象喜,以舜为已死。象曰:'本谋者象。'象与其父母分,于是曰:'舜妻尧二女,与琴,象取之。牛羊仓廪予父母。'象乃止舜宫居,鼓其琴。舜往见之。象愕不怿，曰：'我思舜正郁陶。'舜曰：'然，尔其庶矣。'舜复事瞽叟爱弟弥谨"。瞽叟及象虽纵火烧舜、困舜于井中，事后，舜依然"事瞽叟爱弟弥谨"。可见舜将孝作为理所应当、无需理由之责任，因其为瞽叟之子，故事之，不为财，不为利。更关键在于，舜可以将孝坚持下去，当其父母及弟一次次加害，依然能"即求尝在侧"，"不失子之道"，始终如一。

孟子曰："大孝终身慕父母。"（《孟子·万章上》）就是说"大孝"要终身依恋父母，并且要坚持，长久。又曰："五十而慕者，予于大舜见之矣。"孔子曰："舜其至孝矣，五十而慕。"（《孟子·告子下》）舜"五十而慕"，无时而失"子之道"，况其父常欲杀之，依然能"顺事"其父母，实可谓"大孝"！所以说，舜有仁德，亦能"大孝"，可谓之儒家之"君子"。

《史记·五帝本纪》载："舜居妫汭，内行弥谨。尧二女不敢以贵骄，事舜亲戚甚有妇道。尧九男皆益笃。舜耕历山，历山之人皆让畔；渔雷泽，雷泽上人皆让居；陶河滨，河滨器皆不苦窳。一年而所居成聚，二年成邑，三年成都。"可见舜以其品德，已实现从家室到乡邦之"小教化"，为其尔后实现天下之"大教化"，奠定了基础。

禹亦有"大德"。《史记·夏本纪》载："禹为人敏给克勤；其德不违，其仁可亲，其言可信；声为律，身为度，称以出；亹亹穆穆，为纲为纪。"禹在日常为人处世中，从不"违德"，一言一行皆合法度，"笃信好学，守死善道"，成为天下人之楷模，可见其德行之尚也。

《孟子·离娄下》载："禹恶旨酒而好善言。"《孟子·公孙丑上》载："禹，闻善言，则拜。"可见禹亦是"好善"之人，"闻善言，则拜"，视

"善"为"大事",且用其心力于"善"。并且如《孟子·离娄下》所载:"禹、稷当平世,三过其门而不入。"可见他以天下万民之生计为重,以"施善"于天下为重。所以说,禹,乃有"大德"之人。

由此可见,尧、舜、禹皆为"好善"、"好德"且有"善"、有"德"之"仁者"、"君子",实现了"絜矩之道"——即从统治者自身行为开始,"教化"天下,这也为其尔后实现"得天下"、"治天下"、"平天下",打下了坚实的根基。

总而言之,"絜矩之道"是一切政治行为之基础,只有实现"絜矩之道",才可通过其他更多的途径,统治天下。所以正因为尧、舜、禹实现了"絜矩之道",再加上予将提到的政治手段,其社会成为儒家政治之最高理想,也就不足为奇了。

(二)原因之二:"仁政"

孟子曰:"尧舜之道,不以仁政,不能平天下。"(《孟子·离娄上》)又曰:"不仁而得国者有之矣,不仁而得天下者未有也。"(《孟子·尽心下》)可见,即便尧舜禹已实现"絜矩之道",但其若想实现"平天下"之大理想,还需"仁政"作为有力之支持。

何为"仁政"?孟子曰:"先王有不忍人之心,斯有不忍人之政矣。"(《孟子·公孙丑上》)"仁政"之根本,就是以"不忍人之心"来施行"不忍人之政",以"不忍人之政"平济天下。

《论语·颜渊》载:"樊迟问仁。子曰:'爱人。'问知,子曰:'知人。'""仁"之释义,即为"爱人"、"知人",所以"仁政"之释义,也可谓之"爱民"、"知民"。何为"爱民"?即深爱着人民,以给予人民好处为责任，而不是剥削。何为"知民"？即知民之所需，不仅给予其好处，还让人民自己觉得幸福。所以说，以"不忍人之心"施行"不忍人之政"，实现"爱民"、"知民"，即可谓之"仁政"。

但用"爱民"、"知民"解释"仁政"终究太笼统，故予将其具体化、现实化，归结为"举直错诸枉"、"博施于民而能济众"、"务民之义"、"化四方蛮夷"四条，一一解释说明之。

1."举直错诸枉"

《论语·为政》载："哀公问：'何为则民服？'子曰：'举直错诸枉，则民服；举枉错诸直，则民不服。'"《论语·颜渊》载："樊迟问仁。子曰：'举直错诸枉，能使枉者直。'""举直错诸枉"之思想，是儒家极度赞扬之治国思想，也是其认为最重要之政治手段之一。

何为"举直错诸枉"？《论语·颜渊》载："仲弓为季氏宰，问政。子曰：'先有司，赦小过，举贤才。'""举贤才"即为"举直错诸枉"，"举直错诸枉"即为"举贤人"、"舍不贤人"，让贤人掌管天下。

"举直错诸枉"之目的与作用可归结为两点，一是使民信服，二是带动"枉"之人走向"直"。孔子曰："举直错诸枉，则民服；举枉错诸直，则民不服。"孟子曰："不信仁贤，则国空虚。"（《孟子·尽心下》）又曰："尊贤使能，俊杰在位，则天下之士皆悦，而愿立于其朝矣。"（《孟子·尽心下》）可见若统治者实现了"举直错诸枉"，可使"枉"者亦欲"直"，实现天下人皆"直"之状态。所以说，"举直错诸枉"对实现"天下平"之大业，有重要之作用。

综上可见，若想实现理想社会之状态，"举直错诸枉"乃必不可少之政治手段，而尧舜禹亦皆为"爱贤"之君主。

《史记·五帝本纪》载:"尧曰:'谁可顺此事?'放齐曰:'嗣子丹朱开明。'尧曰:'吁!顽凶,不用。'尧又曰:'谁可者?'驩兜曰:'共工旁聚布功,可用。'尧曰:'共工善言,其用僻,似恭漫天,不可。'尧又曰:'嗟,四岳,汤汤洪水滔天,浩浩怀山襄陵,下民其忧,有能使治者?'皆曰鲧可。尧曰:'鲧负命毁族,不可。'岳曰:'异哉,试不可用而已。'"尧于是听岳用鲧,九岁,功用不成。之后的事在《五帝本纪》中没有记载,但在《夏本纪》中却有,结果,正像《史记·夏本纪》所载:"于是帝尧乃求人,更得舜。"舜到四方巡视,助尧完成了天子之大业,而且荐禹于尧,禹在之后不久,便成功治理了天下之水患。由此故事可见,尧在用人时是无比谨慎的。其再三思量,在左右皆曰可时,亦慎重考察其人,以求授此治水大业于真正之贤才。所以说,尧乃爱才之人,且亦在治国中实现"举直错诸枉",为"平天下"打下了坚实之基础。

舜亦为"爱才"之人。《论语·颜渊》载:"舜有天下,选于众,举皋陶,不仁者远矣。"《史记·五帝本纪》载:"舜谓四岳曰:'有能奋庸美尧之事者,使居官相事。'"又载:"昔高阳氏有才子八人,世得其利,谓之'八恺'。高辛氏有才子八人,世谓之'八元'。此十六族者,世济其美,不陨其名。至于尧,尧未能举。舜举八恺,使主后土,以揆百事,莫不时序。举八元,使布教于四方。"又载:"舜宾于四门,乃流四凶族,迁于四裔,以御螭魅。"又载:"于是舜乃至于文祖,谋于四岳,辟四门,明通四方耳目。"又载:"舜曰:'嗟!女二十有二人,敬哉,惟时相天事。'三岁一考功,三考绌陟,远近众功咸兴。"

舜实现"举直",举皋陶,举"八恺"、"八元","宾于四门","谋于四岳",使"能奋庸美尧之事者","居官相事";舜实现"错诸枉",使"不仁者远矣",并"流四凶族";而且,舜还在为禹、弃、皋陶等二十二贤人分工后,"三年一考功,三考绌陟",以保证其贤明行事,不至迂腐。所以说,舜乃"爱才"之人,做到"举直错诸枉"。后来也正是因为这些贤人"行厚德"于天下,舜才可以"平天下",受到百姓之爱戴。可以说,实现"举直错诸枉",是使舜之形象在儒家政治思想中成为"贤君"之楷模的又一大原因。

禹也重视"举直错诸枉"。禹曰:"辅德,天下大应。"(《史记·夏本纪》)可见他对任用有德之贤人,有自己独到之看法。他的看法,得到舜之肯定,并且,正因为他认可"举直错诸枉",才可在之后实现"平天下"之大业。《史记·夏本纪》载:"禹曰:'辅成五服,至于五千里,州十二师,外薄四海,咸建五长,各道有功。苗顽不即功,帝其念哉。'"禹辅佐舜实现"举直错诸枉","咸建五长",教化百姓,而且念"苗顽不即功",请求舜撤除其职。可以说,禹亦为"爱才"之人,其之"爱才",为其个人,也为舜实现"治天下",作出莫大之贡献。

综上所述,尧舜禹皆实现"举直错诸枉",任用贤人,抛弃不贤之辈,将天下大任,交予可承担、可信任之人。尧舜禹之所以能成为后代君王之政治楷模与理想,亦是儒家所崇尚之治国贤君,而"举直错诸枉"后那些贤士为"平天下"所作出之奉献,对这些观念之形成,是功不可没的。

2."博施于民而能济众"

上一节,予阐述了尧舜禹时代成为儒家政治之最高理想的原因之一——治国时实现"举直错诸枉",让贤人掌管天下。但"举直错诸枉"

之目的无他，只是要使统治者在圣贤之人辅佐下，广施仁政，平济天下，使人民获得安定之生活，也就是做到"博施于民而能济众"。

《大学》曰："财聚则民散，财散则民聚。"若不施于民，怎可聚民心。子贡曰："如有博施于民而能济众，何如？可谓仁乎？"子曰："何事于仁！必也圣乎。"（《论语·雍也》）在孔子看来，能做到"博施于民而能济众"之人，必为圣贤之君。但即便是圣贤之君，并有贤人辅佐，实现此事亦非易事。何谓"博施"？"博施"即广泛地给人民好处，广施仁政，"以民为贵"。何谓"能济众"？"能济众"即能帮助人民生活得好，不仅是给人民好处，更要"施其所需"，使人民生活安定觉得快乐。总之"博施于民而能济众"，可谓之统治者非"独乐乐"，而是"与民同乐"，将好处分给天下之百姓，使社会中所有人，皆获得安定与快乐。

尧舜禹就能做到"博施于民而能济众"。

《史记·五帝本纪》载："尧知子丹朱之不肖，不足以授天下，于是乃权授舜。授舜，则天下得其利而丹朱病；授丹朱，则天下病而丹朱得其利。尧曰：'终不可以天下之病而利一人。'而卒授舜以天下。"大哉尧也！非以其子丹朱之利为重，而以天下之利为重，授天下于舜，命其造福百姓，此何不为"博施于民"！能有"终不可以天下之病而利一人"之言者，非以"博施于民"之大业为己任者，谁可？

《史记·五帝本纪》载："（尧）乃命羲、和敬顺昊天，数法日月星辰，敬授民时。分命羲仲，居郁夷，曰旸谷……申命羲叔，居南交……申命和仲，居西土，曰昧谷……申命和叔，居北方，曰幽都……"尧命羲、和观察天文，告诉人们播种与收获之季节，又命羲仲、羲叔、和仲、和叔居四方，帮助和提醒人民进行播种、耕作、收获与储藏。在当时农业社会之大背景下，农业乃国家发展之主要支柱，只有农业兴旺发展，百姓之生活才可有所保障。所以说，尧选派贤人去到四方，专门管理及研究农业之举措，不仅促进了国家发展，保障了人民基本生活，同时也为百姓获得幸福、安定生活，创造了物质条件之基础，可谓之"博施于民而能济众"。故予谓尧已实现"博施于民"及"济众"。

舜亦能做到"博施于民而能济众"，主要体现在两方面。一是在治理水土与管理农业上，他做得尽心尽力，让黎民不至受灾和挨饿。舜曰："禹，汝平水土，维是勉哉"；"弃，黎民始饥，汝后稷，播时百谷"（《史记·五帝本纪》）。他派禹去整治水土，派弃去主管农业，皆是帮助百姓更好地耕作，以获得更加美好之生活，可谓之"博施于民"且"能济众"。二是在执法施刑上，舜从来做到"仁"、"恕"，不会无故予与重刑，而是无比之谨慎，甚至有时还会适当宽恕之。《史记·五帝本纪》载："（舜）象以典刑，流宥五刑，鞭作官刑，扑作教刑，金作赎刑。眚灾过，赦；怙终贼，刑。钦哉，钦哉，惟刑之静哉！"舜以图画形式公开各种刑罚，并且依据情节流放或赦免。他要求在不同地点使用不同刑罚，更关键在于，他对那些非故意之过失犯罪给予宽恕，对怙恶不悛之人却加以严惩。舜之执法可谓之"法"之"大境界"——不仅实现"五刑有服，五服三就，五流有度，五度三居"，更在执法时怀有"仁"、"恕"之心，谨慎行事，故可谓之"法"之"大境界"。

并且，在执法时做到"仁"、"恕"与谨慎，不仅可以使无罪之人不被冤屈，也让有罪之人得到改过自新的机会，也只有这样社会才能安定,人民才会生活得好。执法时做到如此完善,舜可谓实现"博施于民而能济众",再加上前面提到舜在治理水土与管理农业上所行之事,可以说,舜在广泛地给人民以好处,又能帮助大家生活得很好这件事上,是做得很好的。

禹也在"博施于民而能济众"上做得很好。《史记·夏本纪》载:"禹乃遂与益、后稷奉帝命,命诸侯百姓兴人徒以傅土,行山表木,定高山大川。禹伤先人父鲧功之不成受诛,乃劳身焦思,居外十三年,过家门不敢入,薄衣食,致孝于鬼神。卑宫室,致费于沟淢。陆行乘车,水行乘船,泥行乘橇,山行乘檋。左准绳,右规矩,载四时,以开九州,通九道,陂九泽,度九山。令益予众庶稻,可种卑湿,命后稷予众庶难得之食。食少,调有馀相给,以均诸侯。"此段文字所记载乃禹辅佐舜时所做之事。他为治理天下水土"劳身焦思","菲饮食而致孝乎鬼神,恶衣服而致美乎黻冕,卑宫室而尽力乎沟洫","居外十三年,过家门不敢入"。他的生活极为简朴,却将大量金钱与精力用于"开九州,通九道,陂九泽,度九山"。他经过家门却不敢进去,视治天下之水土为重任,而行此重任之目的,就是让百姓少受灾难,能更好地耕作、收获,获得更多的财富与更好的生活,而且,禹还命令益把稻种分给民众,并让他们在低湿的田地上工作;他还让稷把食物从多的地方匀给少的地方,"损有馀以补不足",让天下之民都不至于挨饿。禹之治理水土、分发稻种、迁民于良地及"损有馀以补不足",在当时农业社会之大背景下,就可以实现"定众民"、"治万国",实可谓之"博施于民而能济众",但禹做的还不仅如此。

《史记·夏本纪》载:"六府甚修,众土交正,致慎财赋,咸则三壤成赋。"禹规定，尽管所有土地皆需赋税，但税之多少，非强制规定，而以贫瘠程度，将土地分别不同等级，按等级收税。这样收税，就不会再有尸骨遍野之情形，亦不会发生"县官急索租，租税从何出"之场景，因为不同土地，收获多少亦不尽相同，只有按实际情况，按等级征税，百姓才不至有太多负担，才可安居乐业，讲信修义。所以说，禹之举措，可谓之广泛地给人民好处，助其更好地生活，再加上前面所述之治理水土、分发稻种、迁民于良地及"损有馀以补不足"，禹可以说真正做到了"博施于民而能济众"。

综上所述，尧舜禹不仅举贤以为政，而更于贤人之辅佐下，"博施于民而能济众"，广泛地给人民以好处，助其更好地生活。也正因为他们广施"仁政"于天下，实现"爱人"、"知人"，百姓才会信服，顺从其统治。所以说，实现"博施于民而能济众"，可谓在物质层面，为"平天下"奠定了坚实之根基。

3."务民之义"

《礼记》载："大道之行也，讲信修睦，故人不独亲其亲，不独子其子。男有分，女有归。是故谋闭而不兴，盗窃乱贼而不作，故外户而不闭，是谓大同。"《礼记》对"大同社会"之描述，并非人们穿得多好，吃得多饱，过得怎样富足，而是说整个社会要"讲信修睦"，讲求"仁信"，创造和睦之气氛。而此"人不独亲其亲，不独子其子"、"谋闭而不兴"、"盗窃乱贼而不作"、"外户而不闭"之和睦气氛，需要统治者之引领与教化。孟子曰："不教民而用之，谓之殃民。"（《孟子·告子下》）所以说，尧舜禹在实现"博施于民而能济众"，使百姓生活得好后，更要"务民之义"，"教化"人民，才会让整个社会，趋于"大同"。

何为"务民之义"？子曰："民之于仁也，甚于水火。水火，吾见其蹈而死者也，未见蹈仁而死者矣。"（《论语·卫灵公》）百姓需要仁德，甚于需要水火，而仁德之方向，需要统治者正确之引领与教化，此引领与教化，即可谓之"务民之义"。《论语·雍也》载："樊迟问知。子曰：'务民之义，敬鬼神而远之，可谓知矣。'""务民之义"谓之知，知谓之大道，大道谓之"兼善天下"。

为何要"务民之义"？老子云："不尚贤，使民不争；不贵难得之货，使民不为盗；不见可欲，使民心不乱。"（《道德经》第三章）只有将人民引向"义"，引向"仁德"，百姓之心才会清净、无欲，而一切动乱之根源，不都是为"欲望"所驱使的吗？所以说，让百姓之心"无欲"，而只专注地向往"仁德"，对"平天下"除动乱有非同小可之意义。与此同时，"务民之义"也使统治者得到民心。孟子云："仁言不如仁声之入人深也，善政不如善教之得民也。善政，民畏之；善教，民爱之。"（《孟子·尽心上》）百姓所爱戴之，并非完善、强大之政策与法律，而是统治者之教化，用温和的手段将其带向仁德。以"务民之义"之方式，不仅可轻松且有效地平治天下，除去动乱，更可得百姓之心，实乃治国之大道，必虔心以行之。

《史记·五帝本纪》载："（舜）举八元，使布五教于四方。""八元"乃高辛氏才子八人，世济其美，保持着世代之美德。舜任用他们，命其主管国家之教育，以其美德教化人民，实可谓举贤以"务民之义"。

《史记·五帝本纪》载："舜曰：'契，百姓不亲，五品不驯，汝为司徒，而敬敷五教，在宽。'"舜见百姓不亲，五品不驯，即命契担任司徒，认真地对百姓进行五种伦常关系的教育，还嘱其以宽厚为原则。

可见，舜对教育之重视，可谓至大至极，见天下乱，并非制定严法以管教，而是教化人民，以"善教"入民心。

《中庸·大知章》曰："（舜）隐恶而扬善。"从自身开始，弘扬善而摈弃恶，以居上位之威信，教化人民，"帅天下以仁而民从之"，引领社会之风气至于善。

以舜之例，大可见尧禹之行，不仅举贤以教百姓，还以自身之行为引领人民。所以说，尧舜禹以"务民之义"，使社会安定，民心团结，以至成为儒家政治学说之治国典范。

4."化四方蛮夷"

"蛮夷"，乃古时对周边少数民族之称呼。因互相邻近，从尧舜禹时起，蛮夷部落即与中国冲突不断。所以说，怎样处理与少数民族之关系，是关乎国家安定之大事。

在对待他族之方法上，中国人自古有独特之道路，与西方人不同。西方人对待其眼中之"野蛮人"，会将其征服，或干脆灭掉那个民族。而中国人则不同，《中庸》曰"继绝世，举废国，治乱持危，所以怀诸侯也"，孔子曰"兴灭国，继绝世，举逸民，天下之民归心焉"。中国亦称少数民族部落为"野蛮人"，却帮助他们恢复灭亡的国家，承续已断绝的世代，还对他们进行教化，这在西方看来是不可理解的。然而，以此之道，反而使四方平定，蛮夷不再骚扰，而归服于中国，自己国家也不会因战争而损失惨重。同样对待野蛮民族，西方以武力，东方以教化，然"兵强则灭，木强则折"，西方之征服都不长久，反而东方之教化，以柔而成全自身之利益。

教化之道自尧舜禹始。《史记·五帝本纪》载："于是舜归而言于帝，请流共工于幽陵，以变北狄；放驩兜于崇山，以变南蛮；迁三苗于三危，以变西戎；殛鲧于羽山，以变东夷。"又载："舜曰：'皋陶，蛮夷猾夏，寇贼奸宄，汝作士，五刑有服，五服三就；五流有度，五度三居；维明能信。'"舜以教化与严明之执法对待四方蛮夷，视其若己之百姓，并无偏见之心。以此，则远人至，四方皆归服于舜。"方五千里，至于荒服。南抚交阯、北发，西戎、析枝、渠廋、氐、羌，北山戎、发、息慎，东长、鸟夷，四海之内咸戴帝舜之功。"(《史记·五帝本纪》)

尧舜禹时代之所以少有战乱，四方安定，与三帝"化四方蛮夷"之行密切相关。尧舜禹以"兴灭国，继绝世"、"仁德"之"怀诸侯之道"，使四方之民虔心归服，与之同乐乐。此何不为以柔克刚之道？无刀枪，无刑罚，而以仁声入人心，善教得民信。嗟，大道欤！

（三）原因之三："民信之"

禹曰："能安民则惠，黎民怀之"。尧舜禹既已行仁政而治天下，便理应得到黎民之爱戴，得到黎民之爱戴者，治国其如置诸掌乎！

子贡问政。子曰："足食，足兵，民信之矣。"(《论语·颜渊》)若必不得已而去，则去兵去食皆可，然民之信不可无。何谓"民信之"？"民信之"非仅为百姓之爱戴，亦为百姓之信任与对治国者之信心。"民信之"亦可谓之"得天下"，天下民心皆归于一。

《史记·五帝本纪》载："(尧)就之如日，望之如云。"人们对其倾心归附，如葵花向阳；对他的企盼，若大旱之望云雨。尧崩，则"百姓悲哀，如丧父母"，可见其对尧之爱戴。

《史记·五帝本纪》载："尧崩，三年之丧毕，舜让辟丹朱于南河之南。诸侯朝觐者不之丹朱而之舜，狱讼者不之丹朱而之舜，讴歌者不讴歌丹朱而之舜。"天下之人皆信舜，愿其为一国之君，舜之荡荡乎，民无能名焉！

禹亦有类似之经历，舜崩，三年丧毕，禹欲让位于舜之子。然天下人皆归于禹，颂禹之德。禹得民之信，诸侯之信，四方蛮夷之信，万国咸服。

由此而见，尧舜禹以其仁心与仁政使黎民怀之，皆可谓之"民信之"。既得民之信，乃得民之心，得天下之大脉。至于"平天下"之事，乃若置珠于掌上，珠为民，掌为君。

（四）原因之四："无为"而"天下治"

子曰："无为而治者，其舜也与！夫何为哉，恭己正南面而已矣。"（《论语·卫灵公》）以通常之想法，治天下必"有为"，何以"无为"而"天下治"？

孔子已给出答案——"恭己正南面而已矣"，在君位，则守君位，行君之事，"不在其位，不谋其政"，天下自君而安。子曰："为政以德，譬如北辰，居其所而众星拱之。"（《论语·为政》）上治者居其所，下民效而从之，若如此，何必"有为"？

尧舜禹既已正其身，广行仁政于天下，得民之信，且居其位，尽君之责，则由君之家室至君之臣，由君之臣至君之民，由君之民至天下万国，无人不居己位以尽己责。《史记》之《五帝本纪》和《夏本纪》如此描述尧舜禹时代："信饬百官，众功皆兴"；"父义，母慈，兄友，弟恭，子孝，内平外成"；"远近众功咸兴"；"九州攸同，四奥既居，九山刊旅，九川涤原，九泽既陂，四海会同"。父行父道，母行母道，兄行兄道，弟行弟道，子行子道，众功行众功道，山川河泽皆各行其道，"于是四门辟，言毋凶人也"。

"不在其位，不谋其政"，君居其所而民亦行其道，夫若此，岂不"无为"而"天下治"！此何不为"天下治"之"大境界"！

三、尧舜禹时代之当代价值

予已用大量史料，讲述尧舜禹时代成为儒家政治之最高理想之过程与理由。然予所述之事距今甚远，事件本身已无太多现实意义，故予尝求其中可供后世研究利用之经验及其间中土思维方式之体现，谓之"当代价值"，略述之以望启迪今人。

予反复翻阅前文，思有二者值得细究，一曰"为君之道"，二曰"中土之道"。"为君之道"可分为两点，一是"正身之道"，二是"治国之道"。"中土之道"即可谓之中土特有之思维方式与行事之道，予将对比西方文明，以突出其独特之处。

（一）"正身之道"

从"正身之道"讲起。予之所以在此单讲"正身之道"，乃因"身正"为"国治"之前提，而尧舜禹三帝之为人处世，恰又有许多可钦佩与学习之处。

其一乃舜之"大孝"。总有人讲孝敬父母是为回报，可舜已推翻了这个言论——孝乃尽子之道，问其原因，只因你是父母的孩子。看看舜的父母，父几欲杀舜，母死，而后母又宠其子象，然舜依然对其恭敬、孝顺，总是陪在他们身边，此不为"大孝"而乃何？若有如此父母亦能尽孝道，何况那些慈爱本就该得到回报之父母呢？

其实对国家亦是如此。现今总有人去外国，说中国对我不好，予为何要对她好？殊不知"大孝"、"大爱"不以他人待我之好坏为予待他人好坏之标准，因予生于父母，长于故土，予则必尽子之责、民之责，何需他由？

二乃尧之刚正，不授位于其子，因其若为之则利其子一人而不利天下之人，遂断然授位于舜。三乃禹之无私，出外治水十三年，三过其门而不入，损己而利天下民。

总而言之，三帝之品德与处世之道，我们后人应学习与思考。若能正其身如三帝之所作，行君子之道如三帝之所为，则治国其难乎？圣贤其远乎？长久其不可乎？

（二）"治国之道"

再说"治国之道"，其实与其说"治国之道"，不如说"国治之道"。因为若"治"其国则国不可长治，只有"化"其民则国才可治。尧舜禹以身正率天下以正，以其仁政得四方百姓之心，以其无为而治天下，这种政治模式，是后人必须借鉴的。如今的许多统治者，总忧国家不能安定，而后制定强硬政策，加强管理，修订法律，殊不知关键之事不在治民，而在于思民之所思，想民之所想，举贤人以率百姓至于仁德。不能让人民因惧而畏其君，而应因信而畏其君。孟子曰："不信仁贤，则国空虚；无礼义，则上下乱；无政事，则财用不足。"（《孟子·尽心下》）既已"信仁贤"，"得礼义"，则"为政事"有何难乎？若能行此道，则君乐其乐，民乐其乐，何有国不治之事？

予仅仅列举个别方面，其实尧舜禹之为君之道还有许多可挖掘之处，予今在此不作更多讨论，但予依然会尝试从不同角度发现更多可供今人与后世思考学习之处，以后再单独讨论。

(三)"中土之道"

接下来，予将以尧舜禹时代之状况及其背后所包含之思维方式，及中土几千年来以此为基础发展衍生之思想、在此思维模式之支持下所产生之事件与历史，与西方之历史与思维模式相比较，以体现中土文明之特点。

有人曾讲西方文明乃"海洋文明"，中国文明乃"黄土文明"，"海洋"意味着开放、包容，"黄土"意味着封闭、狭隘，但予认为，若论开放、包容及宽厚，西方人其实不如中国。中国人自古讲"恭、宽、信、敏、惠"，"宽"乃为人之五常之一，而在中华文明几千年之发展历程中，不论居上者或是处下者，皆视"宽"为做人之准则。至于包容、开放，予认为中国人做得胜于西方人，举几例便可察之。

首先是"举贤"。也就是上下层社会之流通，古时西方是不如中土的。西方之统治者，皆为世袭贵族，下层社会之人少有进入上层社会之机会，一切权利被固定群体垄断。而中国不同，尧舜禹时期乃"禅让"，舜之父为盲者，禹之父亦为平民，皆无地位可言，但舜禹乃为贤人，便可得帝位。夏朝以后虽"家天下"，但"任贤使能"或"举贤与能"，始终是中华民族亘古不变之政治观与价值观。由是而有汉以降千年之"察举",由是而有隋以降千年之"科举",下民之子若有才学,皆有机会为官治国,而这一切在西方是很少见甚至是不可能的。二者谁更开放、包容,想必显而易见。西方之所以产生现代民主之概念,恐怕和古时之过度垄断有些关联。

再是婚姻制度。在西方王室,公主嫁给平民几不可能。贵族只能和贵族通婚,这也是为何欧洲王室多有女王之原因。而在中国,尧将二女许配给舜,而当时舜也不过是平民,只是贤能罢了。这样的事在之后还有许多,予就不一一列举了。

三是对他国之态度。予在"化四方蛮夷"一节中简述过——西方人热衷征服,而中国人热衷教化。西方之亚历山大大帝,出兵东征,灭掉波斯,占领小亚细亚、两河流域及埃及;罗马帝国之屋大维,多次发动侵略战争,使其疆域跨欧亚非三洲;英国之维多利亚女王,率领大不列颠成为"日不落帝国",其殖民地遍布世界各地。似乎西方之强大帝国,皆依靠征服其他民族而实现自我强大。予不是说中国没有征服,没有灭他族之事,只是中国从来不赞美征服,从来是推崇"兴灭国,继绝世,举逸民"。就像尧舜禹教化四方少数民族使周边国家都来归服,一样实现自我强大。东西方,一个以武力而征服,一个以教化而征服,若不看目的只看过程,予认为论包容、宽厚则东方甚于西方。

予不是说西方文明不如中土文明,只是说以"黄土文明"形容中土文明实为不当。中土文明从不狭隘、封闭,而是包容、开放、宽厚的,不仅是对自己人,更是对其他民族的人,中国人就是再强大,也从未想过侵略消灭他族。在上文予所叙述之尧舜禹之事中,也可充分体现此点。如今这种思维方式还在被中国人传承,不仅是语言文字上的,更是心灵深处的。也许政治制度在变，社会环境在变，今人行事之方式也应改变，但中土文明传统之包容、开明与宽厚，后世不应随时代而遗忘。

予思尧舜禹之当代价值，在于其为人、治国之道，亦在于其作为中土新文明时代之开端，为中土文明之发展奠定政治模式与思维模式之基础。之所以说这些是当代价值，乃因以儒家为首之后世学者，将其视为典范以发扬传承，这样尧舜禹之精神得以影响中国几千年，并至今仍在中国人心中扎下深深的根。另一方面，这些道理也是今人必须思考与借鉴以完善自我的，不然，社会与人类将无法前进，因为今天的人是站在古人肩上的。

结　语

如今不论是中国还是世界，人与人之间还是国与国之间，都常因各种原因而发生冲突，实在谈不上和平与安定。其实在人类历史上，本就没有绝对完美之社会与国家，但人类对完美社会与国家之追求，却从未停止，并将永远持续下去。

于是各种人、各个民族便有了政治理想，有了对完美社会与国家之描述，亦从历史上寻找典范加以说明。尧舜禹就是这样的典范，儒家政治之最高理想——"大同社会"之典范。一直以来，都有人怀疑尧舜禹时代之真实性，但因时间太久远而无法考证，这种争议便一直在持续。但予认为尧舜禹及其社会之价值已与其存在与否无太大关联，乃因其已作为中国式之"理想人格"与中国式之"理想政治"，影响几千年来中土人之为人方式、治国方式甚至是思维方式，成为中国文化不可或缺的部分。这种影响的程度，是无法估量的。

予之文笔尚还稚嫩，学问亦不深厚，之所以大胆撰写此文，乃想以尧舜禹给后世一个"理想人格"、"理想社会"之典范，以此勉励予及所有后人终生努力，如追求最近似之圆一般，无限接近这个儒家，亦是中土、世界之最高理想、最高典范，无限接近那个完美人格、完美社会与国家理想，这样人类才能生活得更好，实现多少年来所向往之和平与安定！也许有一天，这一切会成为现实。

也许尧舜禹时代是存在的，亦或许它只是个传说罢，但这样的传说之所以产生并流传，不正是因为它是中国人和世界人几千年来用毕生去追求的理想吗？

始于西元 2012 年 9 月

迄于西元 2013 年 3 月 9 日

我读《诗经》

【序言】

　　诗是来源于生活而高于生活的,《诗经》里的诗也一样。很多学者在解读《诗经》的时候为其附上许多历史典故、道德观点,这些当然对学术而言很重要,但我觉得对我而言,诗句里渗透的感情,讲述的故事,和我自己在看完别人的人生后所产生的思考,可能对我而言更重要。所以这里选择了一些我喜欢的篇目,我为其写了白话的故事,故事是依据原文而来的,但也有我加进去的理解。还有简评,简评一部分是历代学者对这首诗的理解,另外一部分是我自己的看法。我希望这篇文章记录我在读《诗经》中成长和体悟的瞬间,这就是《诗经》带给我最大的收获。

国风·周南·葛覃

葛之覃兮，施于中谷，维叶萋萋。黄鸟于飞，集于灌木，其鸣喈喈。
葛之覃兮，施于中谷，维叶莫莫。是刈是濩，为𫄨为绤，服之无斁。
言告师氏，言告言归。薄污我私，薄浣我衣。害浣害否？归宁父母。

【故事】

不觉之间，风儿已经温暖。在家中干活的时候，偶然抬眼看到窗外，春色在阳光下静静绽放，我停下手中的活，留一点时间，看春光静好。你瞧葛菜的枝叶，又开始生长，嫩绿色的枝丫多讨人喜爱，而那些老的叶子呢，又有一些岁月洗礼的稳重。几只黄色的小鸟飞在一片绿光隐隐中，它们的叫声多么清脆而充满生机。可是在这好季节，我却心生忧伤。嫁到这里来许久，许久不看见家乡的春色，听见家乡的雨声，闻到家乡的气息。也不知父母身体是否还硬朗，不知小妹妹出嫁没有。家乡有那么多想知道的事，想重温的景色。可是啊，还有许许多多事情没有干完呢，我不好意思说要回家乡啊。

就这样过日子，每天依旧侍奉公婆，伺候夫君，只是看到窗外景色时，才拿着抹布想得出神。你看那葛菜啊，又长长了，它的枝叶延伸到山谷之中，拖拖拉拉地，但却是蓬勃的。现在是夏天了，燥热的气息扑面而来，嫩绿的新叶不见了，地上长满了各种各样的草，这时的绿色是沉静的，安详的，不像春天那样蠢蠢欲动。

是到了采葛菜的时候了，我拿着篮子，走到山谷中，选那长得最好的一株，轻轻放进我的篮子里。给家人添几件新衣裳，也是给大家一点新气息，对了，要不要给父母也带一件，还有我的小妹妹，她长多高了，会不会高过了我，还有我的孩子，我要给他做最柔软的。

　　我回家之后，开始做衣服。葛菜先要割，然后要煮，煮好了以后要织成粗细两种布，再织成衣服。我一根一根煮，一片一片织，一针一针缝，织布机声轧轧不息，蝉鸣也愈发浓烈，偶尔抬头看故乡的方向，渐渐有了回去的勇气。一阵兴奋后又埋头干活，午后的田野很安静。

　　衣服终于做好了，献给公婆，带给丈夫，给孩子穿上，给自己穿上，我凭自己的双手把家里安排得井井有条，大家都其乐融融，我心中有多大的满足感。虽然我们家有能力买衣服，但是还是自己做的最有心意啊。我这下有面子回家了，我要好好想想措辞，我一定要跟公婆请求一下。

　　我告诉我的师傅，又禀告公婆，想不到他们点头同意了。赶紧洗我的衣服，对，还要带上几件隆重一点的衣服，女子为何不能衣锦还乡？哎呀，我真的等不及了，到底带哪几件好，我脑子一片空白，因为我想赶紧上路。我要回去看父母啦，我要回家乡了。

　　可是又有一种恐惧袭上心头，要是父母病了怎么办，要是家乡变了怎么办，都不认识了怎么办，怎么要走了，偏偏开始近乡情怯了呢？

　　不管这些了，我只要打包好行装快快上路。

【简评】

　　这首诗塑造了一个端庄贤惠的女子的形象,虽然关于女子的身份是有争议的,争议主要在这位女子到底是未出嫁,还是出嫁后回娘家,但可以肯定的一点是这一定是一名贵族女子,因为她有"师氏",相当于保姆的身份。《毛诗序》说:"《葛覃》,后妃之本也。后妃在父母家,则志在于女工之事,躬俭节用,服浣濯之衣;尊敬师傅,则可以归安父母,化天下以妇道也。"认为此诗描述的是后妃出嫁前跟着师傅学习的经历,这位女子贤良淑惠,可以好好地"归宁",让父母安心。朱熹在《诗集传》里也说:"此诗后妃所自作,故无赞美之词。"而以孔颖达为代表的学者则认为这是出嫁后的诗,他在《疏》里说:"后妃先在父母之家,则已专志于女功之事。复能身自俭约,谨节财用,服此浣濯之衣而尊敬师傅。在家本有此性,出嫁修而不改,妇礼无愆。当于夫氏,则可以归问安否于父母,化天下以为妇之道也。"

　　但抛开身份的争议不谈,这首诗绝对是一个理想中国古代妇女的形象。美好,安静,可以买得起衣服但却还是要亲手制作,很能干,会持家,勤劳,节俭。而且还很孝顺,想着回家看望父母,但是事情没有忙完前不会擅自离开,事情做完了还要请示师傅和公婆,是非常懂礼节的。这正好体现了"勤、俭、敬、孝"这四种美好的品德,是值得我们今天的女孩子学习的。

国风·周南·卷耳

采采卷耳,不盈顷筐。嗟我怀人,寘彼周行。
陟彼崔嵬,我马虺隤。我姑酌彼金罍,维以不永怀。
陟彼高冈,我马玄黄。我姑酌彼兕觥,维以不永伤。
陟彼砠矣,我马瘏矣。我仆痡矣,云何吁矣!

【故事】

　　昨夜梦见远方的人,梦见我们在一起时候的样子,心中荡漾起甜蜜的滋味。可是梦终究会醒来,太阳照进屋子的时候,依旧是空空的四壁,空空的枕头。我梦见你,是不是因为你也在想念我,我好激动,但我却不能告诉你我的喜悦,不行,我心头好酸楚,我要出去转转。

　　但是也不能出去什么也不干呀,要不去卷耳吧,好久不吃了。

　　可是这一路上,我怎么停止得了思念,我想得入神,连马车来了也忘了让路。那个梦多美好啊,多希望那是真的呀。哎呀,这儿有卷耳,弯腰采了一点,就又分神了。你吃得饱吗?穿得暖吗?没有受伤吧?还想起我吗?回过神来,太阳已经高高挂在头顶,哎呀,一上午怎么这么一个浅浅的筐都填不满?赶紧采啊!哎呀,不行,我根本没法专心采,算了,我到大路上去看看,万一他回来了呢?

　　于是我走到大路上,把筐子放在地上。他当时就是沿着这条路走的,那么依依不舍,那么含情脉脉,那一刻我真是又幸福又心酸。他也许就在路的另一头，也在看我呢。可这路太长，我不知道它的头在哪里。为什么要打仗？为什么不让我们相聚？我恨透了征兵啊。算了算了，他能回来不就是千幸万幸，在战乱的年代，我还有什么可指望的？

他在爬那崔嵬的高山，那山高到云中，还险要得很。杂草长在只容得下一人的石路上，但他一刻不停地爬啊，他以为那样可以看到家乡。爬了好久好久，他的马也累了，他也累了，于是坐下来，酌满一杯烈酒，在这寂静的山中醉倒吧，在糊涂中找一点快乐吧。哎呀，这里也有卷耳，我该采一点给她，她最喜欢了。

然后啊，他继续赶路，往最高的山上爬。马一摇一晃地，慢慢悠悠地消磨这时光，山间好景谁来留恋，孤独一人好景岂非虚有。走了好久好久，我的马倒下了，它真的走不动了。那就再喝一杯，与天地同祝！

终于爬到了山顶，翻过一个又一个巨大的石块，我的马病了，我的仆人倒下了，这样险峻的山，谁能经受得起？为何要来这样荒芜冷峻的地方，哪像家乡山清水秀。我往家乡的方向看，但只看到一座又一座山头，我的家，那小小的家，藏在哪里？我侧耳，听那里的声音；我闭眼，闻那里的气味。可是什么也没有，除了土地的寂寥，什么也没有。

她坐在大路上笑了，你若这般相思，那我也无悔无憾。就当是我想得那样，我也要回家喝酒啦，与你干杯！

【简评】

《卷耳》的主题是怀人，但是旧说如"后妃怀文王"、"文王怀贤"、"妻子怀念征夫"、"征夫怀念妻子"诸说，都把诗中的怀人情感解释为单向的，其实换一种角度会发现这首诗其实特别巧妙。第一段是思念征夫的妇女来写的，而第二段则是写她在外的征夫旅途的艰难和惆怅。一个是怀念丈夫，无心工作，一个是怀念家乡的妻子，只能借酒来消除思念，两个人虽然处境不同，干的事情不同，但都怀有同一种思绪，所谓"向天涯一样缠绵，各自飘零"。两个人这样的情感相互呼应，让人感到悲哀的同时又感到欣慰，至少思念还在。

怀人是世间永恒的情感主题，这一主题跨越了具体的人和事，它本身成了历代诗人吟咏的话题。《卷耳》为怀人诗开了一个好头，其深远影响光泽后世。徐陵《关山月》、张仲素《春归思》、杜甫《月夜》、王维《九月九日忆山东兄弟》、元好问《客意》等抒写离愁别绪、怀人思乡的诗歌名篇，多多少少体现了与《卷耳》一脉相承的意味。

另外，《卷耳》中的语言也是值得思索的。比如第一段"不盈倾筐"，并没有对女子有直接的描写，却把她思念的样子生动地展现出来。再比如旅途的艰难是通过对山的险阻的描摹反映出来的：诗人用了"崔嵬"、"高冈"、"砠"等词语；而旅途的痛苦则是通过对马的神情的刻画，用了"虺隤"、"玄黄"、"瘏矣"等词语间接表现出来的，以此体现思念之深。而最后一段连用四个"矣"，像歌曲最后壮烈的悲叹，只能叹息这愁苦，不能再说什么了！

小雅·鹿鸣之什·采薇

采薇采薇，薇亦作止。曰归曰归，岁亦莫止。靡室靡家，猃狁之故。不遑启居，猃狁之故。

采薇采薇，薇亦柔止。曰归曰归，心亦忧止。忧心烈烈，载饥载渴。我戍未定，靡使归聘。

采薇采薇，薇亦刚止。曰归曰归，岁亦阳止。王事靡盬，不遑启处。忧心孔疚，我行不来！

彼尔维何？维常之华。彼路斯何？君子之车。戎车既驾，四牡业业。岂敢定居？一月三捷。

驾彼四牡，四牡骙骙。君子所依，小人所腓。四牡翼翼，象弭鱼服。岂不日戒？猃狁孔棘！

昔我往矣，杨柳依依。今我来思，雨雪霏霏。行道迟迟，载渴载饥。我心伤悲，莫知我哀！

【故事】

刚刚从军打仗的时候，薇菜才刚刚生长，一边采着薇菜一边思念家乡，归家之日并不远吧，岁月流逝是一种幸福，如果时间快一点就好了，我并不害怕不得安居的生活，只是为何故乡还在眼前，和谐的鸡鸣，村庄的炊烟，或许孩子又长大了，或许妻子正饱受思念之苦，可是我什么都不知道，家书难求。

时间过得不知不觉，薇菜已经又柔又嫩，这是它最可口的时候啊。可是我的忧愁,却也日日不去,日日渐浓。掐下嫩嫩的薇菜,心里如火烧一样,我天天说归去啊归去,可是归期却越来越渺茫。战事正是最紧的时候,连固定的驻守的地方都没有,我多害怕千里寄来的家书却找不到收信的人,那里面的思念就被丢弃在荒芜中了。

采薇啊采薇,连薇菜都变得硬硬的,再也不可口了。吃着苦涩的薇菜,却觉得苦涩也罢,只要知道归家的时日,又饥又渴又如何?我多想就走了,走过这漫漫的路,再也不会来。可是猃狁没有平定啊,王事没有稳定啊,手中拿着干硬的薇菜,心也像这草一样枯槁。

看那棠棣的花开得多茂盛,多想驻足久久凝望,可是这花旁已经站着四匹气宇轩昂的战马,花瓣落在它们的身上,那是将军的车啊。看那四匹马,都是如此强壮,精神饱满,马儿马儿啊,我们一起卖力打仗,这样就可以快快归家了。或许我还可以和妻儿一起看家乡的棠棣花,而不是在这荒郊野岭,感叹这易碎的美丽。

看那将军坐在车里多么神采奕奕啊,打了胜仗那是他的功劳啊。是啊,一个月就有三次胜利,这消息多么鼓舞人心啊,快快胜利吧,快快归家吧。掩藏在将军的马车旁,时时戒备,猃狁的事很急啊,容不得掉以轻心啊。

终于战争胜利了,终于踏上了归家的路,可我并不像我所期待的一样快乐。当初我走的时候,杨柳正是嫩嫩的绿色,春日的暖阳照在湖面上。可现在,却是大雪纷飞,天寒地冻。还是慢慢走路吧,永远不要走到家乡,多害怕看到物是人非,一切我眷恋的早已烟消云散。

哎，谁知道我的忧愁啊！

慢慢走，慢慢走……

【简评】

　　这首诗是《诗经》里描述戍边士兵的名篇之一，《毛诗序》说："采薇，遣戍役也。文王之时，西有昆夷之患，北有猃狁之难，以天子之命，命将率、遣戍役，以守卫中国，故歌《采薇》以遣之，《出车》以劳还，《杕》以勤归也。"这首诗的视角很独特，写的是走在回家的路上思念家乡的情景。诗歌的前三章是按时间顺序描写薇菜的生长，薇菜从长出嫩芽，到成熟，再到变老，一年的光阴在流逝，岁月在苍老，战事在继续，但唯一不变的是思乡之情。而四五段写的则是军旅生活的漂泊不定，以及军队威严庄重的气氛。

　　最后一段，是最著名的一句"昔我往矣，杨柳依依，今我来思，雨雪霏霏"。临近家乡，却害怕物是人非，走的时候是杨柳青青，依依不舍，如今许久不见，诗人的思念未变，只怕思念的事物早已幻灭。这句诗用春色的生动和冬雪的凄凉，借景抒情，抒发了一种既期待，又无奈，又不甘心等等很多很多的情感。刘义庆的《世说新语》里有这样的记载："谢公因子弟集聚，问：'《毛诗》何句最佳？'遏称曰：'昔我往矣，杨柳依依；今我来思，雨雪霏霏。'公曰：'訏谟定命，远猷辰告。'谓此句偏有雅人深致。"清代王夫之则认为，这句话的反衬手法表达出了一种深邃而复杂的情感："'昔我往矣，杨柳依依；今我来思，雨雪霏霏。'以乐景写哀，以哀景写乐，一倍增其哀乐。"方玉润的《诗经原始》评："此诗之佳，全在末章，真情实景，感时伤事，别有深意，不可言喻，故曰'莫知我哀'。不然凯旋生还，乐矣，何哀之有耶？"

我则认为，这首诗永垂不朽，在于其真实。这首诗里的情感，既不是单一的思念家乡、感时伤逝的悲伤，也不仅仅是报效国家、打败敌人的热血，这里有对光阴的惋惜，有对美好时光的思念，有对国家的忠心耿耿，有对敌人的痛恨，有对权力的敬畏，有对战争的认真和牺牲，有对未来无知的恐惧，这里所写的是一个完整的人，完整的心灵，而不是刻意要歌颂什么或伤感什么。所以这首诗是打动人的，诗中与我们对话的，是一个真实存在的心灵，讲的是一切真实存在的思绪。

国风·邶风·谷风

习习谷风，以阴以雨。黾勉同心，不宜有怒。采葑采菲，无以下体。德音莫违，及尔同死。

行道迟迟，中心有违。不远伊迩，薄送我畿。谁谓荼苦，其甘如荠。宴尔新昏，如兄如弟。

泾以渭浊，湜湜其沚。宴尔新昏，不我屑以。毋逝我梁，毋发我笱。我躬不阅，遑恤我后。

就其深矣，方之舟之。就其浅矣，泳之游之。何有何亡，黾勉求之。凡民有丧，匍匐救之。

不我能慉，反以我为雠。既阻我德，贾用不售。昔育恐育鞫，及尔颠覆。既生既育,比予于毒。

我有旨蓄,亦以御冬。宴尔新昏,以我御穷。有洸有溃,既诒我肄。不念昔者,伊余来塈。

【故事】

山谷里盛怒的大风毫不留情地吹着我,我无心捂住衣衫,在风中享受这样壮阔的悲凉。天色一直很昏暗,仿佛快要下雨的样子,大风吹个不停,就像我那破碎的家啊,一波未平,一波又起,这次真的什么都结束了,那里不再属于我,我和这风雨一样,无依无靠,漂泊终老,风雨啊,带我去那荒凉的山谷,看那些花木野性的生长吧,我多想像疯子一样奔跑,你知道我的哀愁吗?

唉,我慢慢告诉你。

都是因为我那丈夫啊,我尽了一切努力迁就他,顺从他,我对他很好了,可是他还是那么没有良心,对我发怒,对我拳打脚踢,他根本没把我的付出放在心上。你说夫妻不就是应该像拔芜菁和萝葡一样吗,根和叶一起吗,怎么能生生分离呢?你可是讲过的啊,你说要和我一起死去,你说我们要白头偕老,不离不弃,可是你的话,是不是也被这大风给吹走了?你给我一个答案好不好,你到底把我当成什么了?我不知道我做错了什么啊!

我慢慢地走,不时回头张望。好歹多年夫妻,怎么我走的时候你都不来送一送呢,你送我出门也好啊,可是连这个愿望都实现不了,我就这么孤单地走了,你知道我心中的怨恨吗?谁说那荼菜是苦的,那苦和我现在的痛苦相比,真是甘甜啊!你们新婚欢乐,把我忘得一干二净,这是我的家啊,你凭什么把我赶走!我以后怎么办?你替我想过吗?世上还有你这样没心没肺的人!

我知道,就是因为那新娘漂亮呗。可是是泾水使得渭水显得混浊了,可是渭水停止不流时,也会显得清澈啊。我也有年轻貌美的时候,但是我的青春不都奉献给这个家了吗,奉献给你了吗,你这么做对得起我吗?哦,那新娘,管你是谁,你千万别到我的堵鱼坝那里去,别打开我的捕鱼篓,那是我的东西,你不会用,你也没有资格用!你知道家里的东西都在哪吗,你知道鱼塘里有什么鱼吗,你知道邻居怎么相处吗?你究竟知道什么,你在这里什么也不是!罢了罢了,我自身难保,还哪里管得上我走后的事,这个家已经容不下我了,只希望你别糟践了我的心血。

拍着胸脯说,我这个妻子当得问心无愧。就像过很深的水,要用筏子和小船,而过浅浅的水,就要游泳过去,我知道什么事怎么应付,我可以灵活应对各种问题,你会吗?希望你会!家里有什么没什么,我都会检查清楚,有的,就不用花多余的钱去买,没有的,想办法去添补,日子就是这么精打细算过下来的,家人吃得饱,穿得暖,你以为不要打算啊!而且,对于亲朋好友也热心相助,他们有什么困难,我几乎是连跑带爬去帮忙的,所以大家都爱戴我们家的人,都尊敬我们,我们有困难他们也会帮忙,你以为这些都是白白得来的啊!可是我的好丈夫,我这么贤良淑惠的妻子,你竟狠得下心来赶我走,你到底有多狠心,没有我你今天会是什么样子,你自己想想看!还有那个新娘,你除了会漂亮逗趣,你还会什么吗?你肯定要把这个家给败了!

　　你这狠心的丈夫啊,你真狠心啊!你娶个妾也罢了,可是你非但不收留养活我,还把我当成仇人一样,我问问你,这些年是谁与你不离不弃,患难与共,是我,不是她!我这样美好的品德,谁不称赞,你偏偏不会欣赏,就像有好的货物却卖不出去那样。从前你担心我不能生儿子,可是我生了好几个儿子呢,为你延续血脉,而且还把他们抚养长大。现在孩子长大了,你就嫌我老了,把我当作毒物,你有什么理由恨我,是该我恨你才对,可是我还是努力对你好,我除了你没有什么依靠了,我没法养活自己,可你就是这么绝情,真的好绝情,我都怀疑过去的一切是否真的发生过。

　　我想起,到了冬天,我会存一些好的干菜来御冬。我问你,我和那干菜有什么两样,你当初不过把我当成干菜,来抵御那穷苦的日子,我只是御寒的干菜,天一暖我就没什么用了,然后你就可以把我扔了,扔的时候头也不回。这么多年里里外外我一手把持,劳苦的事我一人承担,我不觉得累,我不要别的,只要一个安安稳稳的家。可你呢?对我怒气冲天,拳打脚踢,你怎么不想一想我刚嫁给你的那段时间啊!那遥远而美好的光阴啊!

　　哈哈哈!哈哈哈!我要与风为伴,走到天涯海角,我还有壮阔的天地为伴,我不想再看见你们在一起的样子。罢了,罢了,我认了,我的命苦啊!雨啊,风啊,快来吧,快来淹没我!

【简评】

虽然一些学者认为这首诗讲的是朋友之间的关系，但现在的观点还是认为这是一首弃妇诗比较妥当。这首诗真实地描写了被遗弃的女子离开家时的所思所想，一气呵成，荡气回肠，我在写故事的时候也感觉完全沉浸在那种悲怨的氛围中了。裴溥言说："通篇用顺序的对照的手法：'今'和'昔'对照，'新'和'旧'对照。用回忆的手法，写出'今''昔'之异，用比较的手法，道出'新''旧'之别。"

在古代的婚姻中，女子是处于被动地位的，没有独立生存的能力，也没有申诉的地方，所以一旦被丈夫抛弃，那真的是没有办法了。所以这位女子的悲伤程度便可想而知。开篇"习习谷风，以阴以雨"，就衬托出了她悲伤的心情。

对于这首诗，我不想再做文字上的解读了。我只想再借这首诗谈谈婚姻关系。首先这段婚姻的破裂，男子有绝对的责任，他是个忘恩负义的人，"只见新人笑，不闻旧人哭"，这样的人是万万依托不得的，所以女孩子在选丈夫的时候一定要看他的人品。当然，我也得说，那位女子在这段婚姻的破裂中也有不可逃避的责任，我觉得她有点把精力全放在生活上了，而没有维持住婚姻的美满和丈夫的忠实。所以一个女子光有品德、能力，光会持家都是不够的，她要会经营婚姻，要避免丈夫的不忠，一味牺牲不一定换来好结果。所以我真的很同情诗中女子的命运，我希望这样的命运不用再重演。

国风·齐风·鸡鸣

"鸡既鸣矣,朝既盈矣。""匪鸡则鸣,苍蝇之声。"
"东方明矣,朝既昌矣。""匪东方则明,月出之光。"
"虫飞薨薨,甘与子同梦。""会且归矣,无庶予子憎。"

【故事】

"喂喂,你这个懒汉啊,你听鸡都在打鸣了,你怎么还不起床?朝堂里的人都已经到了,可是你还在睡觉!你快起来啊,衣服为你备好了,早上还有你爱吃的包子,快起来啊。"妻子一边推搡丈夫,一便大声喊道。

丈夫努力睁开眼睛,窗外还是漆黑一片,只有妻子点的油灯散发着微弱的光亮。"你这疑神疑鬼的,明明是苍蝇叫,怎么说是鸡鸣?"丈夫有些不耐烦。

"你居然还不信?"妻子双手叉腰,"那你自己睁眼看看,东方都已有日出的光亮了,朝堂上早已人头攒动,你就不怕迟到丢人吗?"

"哎呀我的爱妻,那明明是月亮的光啊,月光如水,多浪漫啊。"丈夫挥挥手,"来吧来吧,和我一起做一个美好的梦,那朝堂上怎样管他呢,怎么能搅和了咱俩的美梦?"

"我才不呢!"妻子转过身去,"人家都干完活回家了,可别怪别人骂你懒!真是个懒汉啊!"妻子用手指顶了顶丈夫的额头。

【简评】

　　古代关于这首诗,更多解释为贤良的妻子害怕丈夫上朝迟到,一再催促他起床,体现了妻子美好的品德。《毛诗序》以为是"思贤妃",说:"(齐)哀公荒淫怠慢,故陈贤妃贞女夙夜警戒相成之道焉。"宋朱熹《诗集传》则以为是直接赞美贤妃,谓其"言古之贤妃御于君所,至于将旦之时,必告君曰:鸡既鸣矣,会朝之臣既已盈矣,欲令君早起而视朝也","故诗人叙其事而美之也"。清方玉润《诗经原始》以为是"贤妇警夫早朝",说:"此正士夫之家,鸡鸣待旦,贤妇关心,常恐早朝迟误有累盛德。"

　　但是我想抛开这些品德的东西不谈,怎么就不能把这看成生活中一个有趣的画面呢?丈夫赖床不起,妻子就恐吓说,你看鸡都叫了,东方都亮了,而丈夫则不屑一顾地说,明明是苍蝇和月光了,来"挖苦"恼人的妻子。然后丈夫又讨好妻子,来和我一起再睡会儿,可是妻子却又反咬他,人家干活的都收工了,都骂你懒呢。其实这就是生活中一个最真实又最生动的画面,把夫妻之间一种轻松逗趣的关系展现出来,家庭里这样其乐融融地相处,不是很好吗?这样看来,这对夫妻可真是模范啊!所以说《诗经》是来源于生活,用生活的视角去看反而更有趣味。

国风·邶风·柏舟

泛彼柏舟,亦泛其流。耿耿不寐,如有隐忧。微我无酒,以敖以游。

我心匪鉴,不可以茹。亦有兄弟,不可以据。薄言往愬,逢彼之怒。

我心匪石,不可转也。我心匪席,不可卷也。威仪棣棣,不可选也。

忧心悄悄,愠于群小。觏闵既多,受侮不少。静言思之,寤辟有摽。

日居月诸,胡迭而微?心之忧矣,如匪浣衣。静言思之,不能奋飞。

【故事】

我坐在柏木船上,顺流而下,我也不知要漂泊到何方,罢了,我多想像那大鹏一样飞到远方,我不是那小麻雀啊,这里不是我的归属!你看这坚硬的柏木船啊,本来是来运送货物的,可是如今也只能在水中飘飘荡荡,像浮萍一样,不能发挥自己的价值啊!我心中好像有无限的忧愁,这忧愁我不知怎么表达,可是它让我夜不能寐,心中不时隐隐作痛。你说干嘛不喝酒呢?我说不是我们有酒,只是这忧愁岂是喝酒、遨游可以了却的,我不能放下这忧愁啊!

我的心不是镜子,什么都能照出来,我只能容纳美好的品德,我看不得同流合污,狼狈为奸,我看不得小人们的作风!我也要兄弟,可是我不能依靠他们,每次我说这样的风气我怎么做官,他们都会嘲笑我,挖苦我。他们是依靠不得的了,但是这邪恶的社会更依靠不得,我那治国平天下的理想，怎么去实现啊！

我的心不是一块石头，它是不可以被转动的。我的心不是张席子，不是可以被卷起来的。我的意志是坚定的，我绝不会向恶势力低头的。我相信天下会重新成为一个有礼有仁有义的社会，可是这一天会来吗，我又能做些什么呢？但我唯一能做的，就是坚持我的原则，我是正气凛然的人，在这方面没有任何选择的余地，我不会妥协的！

我的忧愁好深啊，我是真心想做点事情啊，却不料得罪了那些小人，于是他们就让我受了许多侮辱，你明白我心里的痛苦吗？可我找谁去诉说呢？想来想去，翻来覆去，我只能猛然惊醒拍打胸膛，纵使你们逼我上绝路，我也问心无愧！

太阳啊，月亮啊，你们为何轮流不放光芒？到底哪一天我才能看到光明啊？我心里的忧愁，让我像穿着没洗过的衣服那样难受。我静静地想啊，想啊，却还是找不到光明的方向，哈哈哈，不如插上翅膀飞向远方，飞到美丽的仙境啊！

【简评】

这首诗，讲的是"怀才不遇"之苦，诗人心怀理想，却在黑暗的现实社会中屡屡碰壁，只能作此诗以发泄愤恨之情。《毛诗序》说："《柏舟》，言仁而不遇也。卫顷公之时，仁人不遇，小人在侧。"《笺》说："'不遇'者，君不受己之志也。君近小人，则贤者见侵害。"

不过就我个人而言，我并不欣赏作诗的这个人。如果回头看看历史，似乎每一个朝代都有黑暗的官僚，有那些钩心斗角的小人，"怀才不遇"，难以忍受世风日下，似乎一直就是士大夫阶层文学创作的主题之一。但我觉得这首诗的作者这样的人挺梗的，他远离污浊黑暗去追求光明美好很好，但这个世界就是有黑暗的一面，你为什么非要消灭呢？"宰相肚里能撑船"，难道你连包容这些的心胸都没有吗？即使知道社会的黑暗，你的心灵就没有力量还依然热爱光明和善良吗？你为什么要为那些人生气，真的值得吗？为什么不能比他们活得更坦荡，更大度，他们是计较名利，你不就是计较所谓的"仁义"吗？

我觉得社会一定有黑暗，面对黑暗有两种选择，要么像庄子、陶渊明那样彻底隐居，远离尘世，过一种仙人一样的生活。要么就学会灵活应对社会上的黑暗，远离但接纳那些人，当你会和每一种人相处了，你才能得到更多机会去实现理想，在那里抱怨社会黑暗什么也做不了。所以要学会儒家的经世致用，不过心里有道家的自在，有出世的心，却又做得了入世的事。

【主要参考书目】

周振甫：《诗经译注》，中华书局2002年版。

裴溥言：《诗经——先民的歌唱》，中国友谊出版公司2013年版。

（汉）毛亨传，（汉）郑玄笺，（唐）孔颖达疏：《毛诗注疏》，上海古籍出版社2013年版。

【鸣谢】

　　首先感谢我的导师刘葵老师,她给我指导研究的方向,还在过程中鼓励我有兴趣就坚持读下去。还有我的爸爸妈妈,他们给我研究方向的建议,还为我推荐书目。

(2015 年 6 月 1 日)

第二章
关于生命，关于责任

有一点出乎我意料的是，医生们对于疾病和生命，反而除了科学上的理性判断外，好像比我们并不了解医学的人，更平和，更顺应大自然的规律一些，也许是看到了太多医学也无可奈何的事情后，归于平常的一种释然吧。

也许我们今天还没有太好的办法，但只要这颗火种在我们的内心点燃了，我们一生都会带着它的温暖与力量，为更好的明天而努力着。二十里铺的同学们带给我失望、希望，也为我的人生增加了一份责任，那就是为消除落后，尤其是思想和观念上的落后而努力。

关于生命，关于责任

——三位医生采访实录

本来一开始是抱着对医学的热情，以纯理想主义的态度来进行这个采访的，但是越到最后，越感到一种酸楚，或者叫不知所言。医生，作为一个与生命打交道的职业，他们身上有我们共有的悲欢，但又不只这些。我不想把他们说得多伟大，因为可能正是我们认为他们很伟大，所以忽略了他们作为一个"人"的那一面——他们也有家庭，他们也要生活，而现在的社会给他们的时间和物质，其实都和他们的付出是不匹配的。但是事实上，很多医生依然在为别人奉献着，他们没有忘记自己的责任，在传递着关怀和爱。

我希望每一个看到这篇采访的人，包括我自己，可以对医生多一些理解，多一些信任。因为在我问他们对医学的态度时，答案出奇的一致——我热爱医学，我愿意为它付出。

但是，另一句话我也常常听见——但是，现在的环境不太好。

我们是不是辜负了那些热爱呢?

⊙医生是谁

——可以说是生命的守护者,也可以说是在巨大的
责任下无比辛苦的负重者

医生是谁?对于这个简单的问题,说实话,我之前也把对它的解答仅限于医院里看病的人,但那仅是从我自己的立场出发。其实到一个更大的视角去看,医生是一个直接面对生死、面对生命的职业,这种经历大部分人是不常有的,而在一群痛苦的人中生活却是医生的常态,所以这就更考验了一位医生的素质和职业修养。我将具体地来阐述。

▼医生的日常工作量大且繁杂

我问到医生们工作是不是很忙,答案都是肯定的,我想这件事很多人也可以感觉到。"就是除了这个日常的工作,就是医疗工作以外,还要担负很多教学任务,还有很多会诊的任务,还有很多科研的任务。"尹玥阿姨说。而作为科主任的王殊阿姨,在门诊、手术、科研、教学、行政管理上,则有更多的事务。"我睡觉非常晚,一般都是在两三点钟睡觉,这个不值得推荐啊,但是习惯了,对,习惯了,要不你做不完。"她说。当时听到这句话,第一感觉很不可思议,然后是尊重和心酸。"尤其是外科医生,经常就是不准点,今天如果有手术,很有可能就是下班以后还没做完就接着做。"蒋子毅叔叔说,

"有时候一人干个二十小时，三十多小时也是常有的事。"但是由于精神高度集中，其实在医院的时候，并没有强烈的感觉，但是一休息下来就会觉得很累，我知道王殊阿姨有一个"本领"，不管在哪里，倒头就睡。

而且很多时候，由于病情的需要和对病人的关怀，医生需要把自己的休息时间也让给病人一些。比如在节假日的时候，对于自己的病人，还要额外腾出时间去观察他的病情，等他稳定了，才能离开。"如果有一些病情变化或特殊情况，值班医生会问我，这个病人你打算怎么处理。就是经常是你的休息时间，最简单的，他会问你对一些病人的处理意见，其实还有很多时候有的是因为病人比较危重，有的时候休息时要来看自己的病人，比如说你要查房，放假的时间，像春节放假啊，像十一啊这种长假，三天以上的假，我们肯定是中间要有一天过来查房。"尹玥阿姨说。"做医生的来说最怕的就是节假日，越是节假日我们越忙，因为我们都得要增加值班，增加值班医生，所以我们节假日都没有完整的一个休息时间。"蒋子毅叔叔说，"我们都希望少点节假日，我们真不希望过节假日。"

再比如，大医院的门诊量很大，要有良好的沟通又不得不延长一些交流的时间，还有一些加号的请求，病人等到很晚也不能打发走，所以医生常常会出门诊超过预定的时间。"我中午看到快一点，那病人就在那儿排队等我，因为我不会三言两语把她打发走了，有的时候她问的那些问题，在我看来就是从医学的角度来看，可能根本不值得解答，根本可能她就没有病，她就是心理上，就是——或者刚刚跟孩子生气啦，跟老公吵架，她不高兴所以她觉得哪哪儿都不舒服，一种心源性的，一种心理上的。但是你坐下来跟她沟通几句帮他减轻一点负担，可能沟通确实很重要。"王殊阿姨说。

所以医生的工作本身就量很大，种类很繁多，对技术和注意力的要求高，再加上一些清理上的额外的事情，这里头是医生对病人的负责，但也确实加大了医生的工作量，让他们更加忙碌了。

▼医学工作要技术和实践

可能许多人对医学的技术含量并没有很好的理解，我理解到这一点，是因为上次有幸去参观北医，看到那里的医学生都背着双肩背——因为书太多了。"医学院校其实相对于普通院校来说，不管学的课程也好，知识面也好，要多得多。就是说——医学生，在我们那个时代是读五年，平均是五年，然后这个课程是五十门左右，而一般的这个院校大学生是二三十门，所以我们要比别人多出很多知识来。"蒋子毅叔叔说。

另外一方面，由于医生，尤其是临床医生，重点是在以现有的方法治疗各种疾病，所以对实践要求很高，比如说年轻的住院医生，都是要二十四小时待在医院里，才可以获得足够的经验和知识。尹玥阿姨的父亲是一名优秀的心内科医生，由于心内科主要面对突发的重症病人，所以他曾经八天八夜没有回家。"我父亲常对我说，"阿姨告诉我，"你做医生，我们有一名词叫临床医生，临床大夫对吧，'临床''临床'两个字，就是你，'临'就是面临、靠着、挨着，'床'就是病人的床。所以说你做一个好医生，一定要在床边，时刻观察病人的变化，拿到第一手的临床资料，积攒临床经验，这是一个好大夫要做的。"

尹玥阿姨还给我讲了一件事情，就是当她还是医学生的时候，给病人换药，她不明白为什么一块纱布一点碘酒要收这么高的费用。然后她的老师这样回答："你所用的功夫，还有这个碘酒，还有这个纱布，这些钱加起来用不了五块钱，但是那七十五块钱付的是什么费你知道吗，是你去看这个伤口——你给他换药是要揭开伤口的，这个伤口化没化脓，是不是要清创，缝得好不好，什么时候拆线，是全拆还是间隔拆，你这七十五块钱花在这上面了，这个眼力去看这个东西，伤口长得怎么样，有没有化脓啊等等，这个眼力是你学了五年得到的，你五年不止这七十五块钱。"所以有的时候，有些人不理解为什么看一个化验单开一点药还有挂号要那么多钱，其实这是对医生知识的尊重，开药不难，但是医生看化验单可以看出有没有问题，这个眼力，就是他所学的知识的体现。

"手术就是一门艺术"，蒋子毅叔叔说。医学本身，不也是一门艺术吗？

▼医生需要理性与沉着

其实采访前，我个人最好奇一个问题，就是每次我去医院看到生病的人，总是觉得很害怕，我想知道医生是怎样面对这种环境的。尹玥阿姨说，其实当你把这当成一种职业时，理性会多一些，而感性的东西会少一些。她给我讲了她一个同学的故事，那位同学是一个女生，平时看到小虫都会很害怕。但是在第一节解剖课上，那个时候老师并不让戴手套，当老师从福尔马林里拿出一个胃的标本时，她却是第一个伸手接过来的,然后就在那里仔细地看。"当时这个情景给我印象非常深,后来我就问她,我说你平常这么胆小,见一只蟑螂就叫得整个楼都能听到,怎么会不怕这个呢?她说,当你把它当作一种职业的时候,人就从生活中脱离出来了。那是你的职业,你就会远离那种恐惧害怕,就不再害怕了。"尹玥阿姨说,"其实职业的本能让你丢弃掉那些感性的东西。"

王殊阿姨也有类似的经历。"其实我上中学的时候对这些做解剖啊,做小动物这些我还挺害怕的,但是后来发现还好,做外科没有什么障碍。"她说,"因为那完全不是一个感觉,你在手术台上去做这个手术和你解剖小动物,我觉得解剖小动物对我来讲还要更难一些。"我想这就是职业的本能吧。

另外,医生尤其在面对紧急情况时,需要沉着、冷静,还要应变的能力,这个其实很难。"这个职业要求医生,对病人的一些疾病的判断,和一些抢救工作中,你要保持一种比较理性的思维。"尹玥阿姨说。

▼医生在需要技术的同时,更需要心理安慰和人文关怀

王殊阿姨跟我说了一件有意思的事,她说很多时候你一句话病人就好了一半了,我赶紧追问,这到底是什么话。

"其实是一种沟通的技巧,就是用类比的手法",她说,"比如说你跟他讲,我说你看啊,现在空气这么差,吃的、喝的、用的、呼吸的你都不放心,肿瘤的发病率咔咔咔地急剧地在上升,那么在这个情况下你说你可能得肺癌,你可能会得乳腺癌,你可能会得卵巢

癌，所有女性都有可能会得。得乳腺癌你其实就是人品好才得，因为乳腺癌的预后非常好，我们五年Ⅰ期的乳腺癌的生存率是在百分之九十五，也就是说百分之九十五的人都在五年内不会有任何问题。但是肺癌你知道多少吗，可能两年之内一半的人就死掉了。所以就是说你要客观地看待这个问题，得了癌是不幸的，但是你不是最不幸的那个。再比如说我们这个乳腺癌是分阶段的，你根据不同的病人你可能会有不同的这种沟通的方法。所以有的时候对原位癌说，你还没有跨过门槛呢，你非常幸运，你说你得了癌啊，但是你在门槛之前就把它截住了，唉，你其实比大多数人都要幸运很多，你一旦过了这个门槛就有复发转移的风险了。就经常会有病人问，说王大夫，你说我到底是早啊，还是晚啊，我是不是很晚了。你只要跟他讲，就说你要帮他客观地认识这个问题——我们分Ⅰ、Ⅱ、Ⅲ、Ⅳ期吗，如果他是一个Ⅱ期的病人，我说Ⅰ、Ⅱ、Ⅲ、Ⅳ期你数数，你不是靠后的。所以评论早与晚，它是个相对的事情，你Ⅱ期的时候你跟Ⅰ期比肯定算晚的，对不对，但你跟Ⅳ期比你就算早的，你说我怎么回答你这个问题，但总体来讲你肯定不算是很晚的，你只要能够正规地配合医生的这些治疗，那还是非常非常，预后非常好，因为整体乳腺癌就是一个预后比较好的肿瘤。那就是，他就会觉得，哦，确实是我倒霉，我得了癌，但是我其实还不是最差的那一些，所以在心理上会有一个安慰。"谈笑间，病人的心结可能就解开了，更配合治疗，生活得也更快乐。

"比如说我病人为什么喜欢我呢，就是从来见王大夫都是笑的，他第一眼看你就觉得这个大夫——她是充满阳光的那种感觉，他就会觉得,感觉心理上就会稍微舒服一点。因为像我说话可能也是比较柔和一些",她说,"你首先治的是病,但同时你也要治这个人,只有病和人统一在一起的话,你可能才会给一个病人帮助——就是'以人为本'嘛。"

所以医生不光有技术,还要有和病人的感情沟通,医生值得尊敬之处,就是在最绝望的时候给别人那束最明亮的光吧。因为你是有知识的,你是有能力的,你自己是阳光的,那么这种感情也一定会传递下去,成为一种力量。

就像美国医生特鲁多的墓志铭——To Cure Sometimes, To Relieve Often, To Comfort Always——有时去治愈,常常去帮助,总是去安慰。

▼最终留下的还是骄傲与欣慰

虽然就像我上面所说的那样,医生的工作是辛苦的、重复的、烦琐的,大部分医生的生活面也很窄。但是依然有很多医生对医学事业保有着十足的热情,这可能要回归医学的本质——治病救人——或者叫"生命",这两个字给了他们责任,也同时给了他们力量和勇气。

当我问尹玥阿姨,第一次有人把生命托付给她时的感受,她头微微上扬,她说是很自豪的。"是的,很骄傲的,对!"阿姨说,"所以说其实这种自豪和骄傲,这种感觉,可能是我克服这种比较恶劣的医患矛盾,保持一种激情去继续从事这个职业的动力之一。"蒋子毅叔叔则说,他觉得医学是值得奉献一生的一件事情。而王殊阿姨的激情和热血是让我对她印象最深的地方之一,我问她怎么会一直这么有动力,她说:"就是你喜欢呐,你觉得这个事情,比如说你上班的时候你能帮助到病人——就是帮助人是一个非常快乐的事情——就是这些东西你会觉得,就是当你做了你自己觉得很有意义的事情之后,这些苦就都不算什么了。因为我觉得就是一个心理的满足感,其实比挣钱啊这些事情更重要的,你觉得你做了一件对病人,或者对自己的职业生涯,或者对这个行业有推动的、有意义的事情,这个是特别有满足感的一件事,那就不觉得苦,不觉得累了。"

其实那种自豪,我自己也没有体会过——这不仅仅是帮助别人,而是让别人生活得更好,甚至是将病人从生死的边缘救回来,那种救人于绝处的欣慰,一定让他们在面对现在环境的种种无奈时,至少还有说服自己的理由吧。

真的,医生是一个关于坚守的职业。

"只要沉得下心来,我相信你会越来越爱这个职业。"王殊阿姨说。

⊙ 从医经历

——一方面是梦想的神圣,另一方面是现实的不得不面对

其实对于这个问题,我是很好奇的。因为我面对的环境是,一方面家里人觉得需要一个医生这样更方便;另一方面是他们又劝我,学医太累,算了吧。所以我很想知道医生们当时为何毅然选择学医,他们的环境是什么样子的,我得到的答案是,他们关于学医的梦想,其实比我的还要单纯。

▼梦想的内容不同，但本质都是简单到神圣的

尹玥阿姨出生在医生家庭，父母都是医生，我可以感觉到，她的父亲对她走上医学的道路，有着至关重要的作用。她说她的父亲是一名心内科大夫，一旦有危重病人就加班不回家，虽然她们家离医院只要走五分钟的路。"我记得最长的时间他有过八天八夜没回来，就是有一个重病人，就一直看着他。所以在我印象中我爸工作非常繁忙，经常加班不回家的，只要有重病人。"尹玥阿姨说。尹玥阿姨从小在医院里长大，对医院有着很强的熟悉感，她给我讲了她的童年："因为父母都是医生，就是不太有时间来管我，相对来说我放学之后，基本上就是挂着钥匙在医院这个院子里跑，所以说跟医院的这个环境就比较熟悉。包括有时候因为父母值夜班，我也没地方去，也跟着父母在这个医院里混迹，和他们在值班室有时候就是凑合着睡。有的时候父亲出诊，我也就跟着他坐着救护车出诊。""所以说在这个环境中长大，你不由自主地就没有接触过别的职业，所以说可能也是一个思维的定式吧。所以呢我很小就认为自己一定没有别的职业选择，就一定会当大夫。"她说，"而且我很喜欢，就是看着这个父母很忙碌的样子，然后很多病人疾病治好了以后或者是得到缓解以后，对我父母的那种感谢，和那种尊敬。就是心理还是有些影响，觉得这个职业我很想干，很喜欢，就这样子，从小就要当一个大夫。"虽然阿姨的妈妈对她学医的事持中立态度："所以说这个家呢，就是很大部分的家务啊，一些家庭的事物，是落在我妈妈身上的。所以对她来说呢，一边兼顾着做大夫，一边兼顾着一些家务，其实是很疲劳的。所以说她，我妈对我，我当

时特别想学医的时候,她对我的要求其实不像我爸爸那么积极,就是建议说,你还是别学了,学医太累了,但是你要是喜欢,我也不拦着你。"但是尹玥阿姨还是爱这个职业的本身,又走上父母的道路,而父母在医学中的辛酸和收获,尹玥阿姨都是见证者,所以我想这样的家庭也决定了尹玥阿姨的性格——理性,严谨,但也浑身散发着爱和关怀,我想这就是家庭精神的传承吧。

蒋子毅叔叔的理由则更简单一些。"当时的想法很单纯,因为我那个时候也跟你这个年龄差不多,那时候父母身体也不好,就想着家里有个医生,以后能孝顺父母,能够治好他们的病,让他们就是说身体健健康康的,当时就是这么一个单纯的想法,其他都没什么。当时家长也认为我,因为心比较细,所以也支持我学医。"他说。

王殊阿姨则说其实她也没有特别想过要学医,"我们当时——好像没有一个特别高的,特别明确的说法就是说,我要去学哪个专业,反正就是那些专业摆在那,觉得女孩子学医还比较稳定吧。"她觉得自己是干一行爱一行的人,即使从事别的行业也会做得挺好。她这个说法我还是相信的,因为中学时不敢解剖小动物的她,手术台上却是另外一个样子,这可能就是职业素养吧。

"不为良相,即为名医嘛。"王殊阿姨洒脱地笑起来。

▼但是现实的环境确实让医生不知何去何从

三位医生不约而同地说,现在中国的环境不好,这一点下面会做仔细的说明。但很多医生是因为自己热爱医学才选择学医的,而且他们一定是愿意牺牲奉献的,但现在我们社会对他们一定是尊重太少了,否则我相信医生不会轻易怀疑医学的尊严的。

蒋子毅叔叔说,其实从读书到工作他对医学本身都是热爱的,但是自从两千年以后,环境越来越差,医生越来越无可奈何,"所以现在总体来说,就我们医生内部来说,现在百分之七八十的人都后悔当医生。"听到这个说法,我真的很惊讶,还再次确认了一下,答案还是肯定的。当然,我不排除有一些过分消极的人,而且对于这个说法本身我也无从考证,但我可以感觉到,现在我们对医生多少有些逼迫了,否则不会有那么多人甚至想转行。

"中国的环境不是特别好。"王殊阿姨说。"现在的医患关系很恶劣。"尹玥阿姨说。我很想知道现实究竟怎么了,社会究竟怎么了,医生们面对的究竟是怎样的境遇呢?

⊙医患关系
——制度的不完善可以改变,信任的缺失却只能交给时间来打磨

医患关系紧张的原因是我采访的重点之一,因为这个问题涉及每一个人,不论是作为医生还是作为患者,去医院是每个人多少要经历的。而且医患关系如果很良好的话,有利于病人的治疗,也有利于医生的工作顺利进行。

其实冷静下来想,医患关系本来不该是问题,病人找医生解决病痛,医生为病人充分发挥自己的知识和作用,这二者之间的关系,是很好理解的,也有一个普遍认可的标准,它不该是这个样子的。"医患矛盾的话现在能发展到这么紧张的一个状态,其实是很令人痛心的一

件事情",王殊阿姨说。

▼问题是缺乏信任和沟通

　　一个常识是,信任是建立人与人之间良好关系的保证,而沟通是建立信任的方式。而如此重要的二者,在现在中国的医院里,是普遍缺失的,医生们给我举了一些具体的例子。

　　关于缺乏信任,王殊阿姨说:"医患之间其实最重要的是一个信任感,现在的病人也不信任医生,医生也不信任病人。就是我们经常比如说在门诊的时候有人会录音,他要把你说的每一句话都录下来,他明显对我是不信任的。然后我一看他举着这个录音笔,我也会非常紧张。"其实这样的病人的心态,就是对医生治疗的不信任,病人事后可能会揪住医生的一句话不放,不尊重疾病的规律,而引发矛盾。"如果你缺乏沟通但彼此之间有很大的信任,就像是一种默契一样。嗯,对吧,咱们俩关系很好,然后你说什么我立刻信,这也可以。"尹玥阿姨说。所以说,医患之间信任的缺失,是造成彼此相处并不愉快的很大原因。

　　另外一个是沟通不足。"我是这么觉得,人心都是肉长的,当你真的是充分跟患者做了你对疾病的一个判断的沟通,你怎么想的,你怎么给他治疗,详细地跟他说明以后,充分地跟他沟通以后,大部分患者能够理解你,能够充分地接受你的意见。因为他们毕竟是相对来说,对这个疾病比你来说是一个无知的状态。但是咱们不排除,有极个别的就是说本性就是要跟你找事的这种人,但我觉得大部分病人就是但凡能够讲道理的这种人,都是能够明白的。"尹玥阿姨这样强调沟通的重要性。

但也要认识到的是，信任和沟通不是一个单方面的责任，医生有责任，病人也有责任，制度也有责任。医生的责任我会在医学教育里重点讲，因为有一些医生确实自身的素质不好，不够负责，或者说是根本不会沟通，没有这个能力。但很多医生其实是无奈，"有的时候你都跟他解释得很清楚了，都沟通得很到位了，但是呢病人还是不理解，他甚至就是抓到你说话的一句口误呢，他就跟你故意找茬儿，然后达到他的一些目的。所以现在有的医生好像不愿意和病人沟通，其实是现在有的医生不敢跟病人沟通，变成这样的一种病态的社会环境。"蒋子毅叔叔说。

不敢沟通？真的挺让人心寒的。

▼制度要负大部分责任

我所指的制度，是与医院和医学相关的各项机制。这些制度各种各样的问题，是导致医患矛盾恶化的根本因素。

首先是我国医院运营机制的问题，比如"以药养医"体制，医院是事业单位，却要自负盈亏，而且没有定价权，这个体制起源于上世纪五十年代，虽然现在已经基本取消了，但是它的时间之长导致其产生的影响之大，也不是一两年能根本扭转的。所以现在很多医院会去追求收入的多少，这点国家有问题，医院也有问题，当然，两者都有各自的不得已。"医院里医生——国家给的医生的这个报酬，基本上可能只占了现在医院收入的百分之十左右，尤其是小医院，他为什么会给病人一个感冒，开很多药，做很多检查，他如果不去这么做，他连他的工资、奖金他都整不来。"蒋子毅叔叔说。

还有我们的分级诊疗制度，包括家庭医生制度没有建立，很多人都往大医院挤，其实我自己也是这样的，因为实在不相信小医院的水平。但这实际上是一个恶性循环——大医院人多地少，小医院常年连工资都挣不来，也不会有动力提高实力，人流的聚集加大了病人和医生双方面的压力，也会激化矛盾。"像我们大医院的医生——累死，但实际上的话，这种专科医院的话，我们受过那么多培训，其实应该去看更专科的病，就是我们分科分得非常细，实际上我每天会接诊到大量不是我这个——就是不需要我这么高级别医生来看的这样的病人。他如果能够在，比如说基层做好分级诊疗的话，那么就是基层的医生也会有饭吃，然后我们呢医生也会更专业地去看那些疑难杂症，这个其实是国家要做的事情。这医患矛盾很大一个原因也跟这个是有关系的，你想他大医院里那么挤，他排了一个月的队他都做不上检查，那为什么——他其实有百分之九十的病人就不该在这做检查，他就不需要——但他占了我们的医疗资源，他都到这医院来，我不可能拒绝，我不可能说这个病人你就不要在我这做检查，你就到别的医院去，他都想在最好的医院做，但是实际上，是应该有分层分级。"王殊阿姨说。

另外医患和医护的比例不合适，也加大了医生的压力。"今天早上我们医院还给我们发了一张表做调查，你平均每个病人，平均看病人的接诊时间。然后我们就算了算，基本上能到十分钟的就算是很多了。他挂这么多号，你看不完病人不愿意，从早上我这等，等等等，好吧等到夜里还看不上我，病人也不乐意。大夫呢，他也得休息啊，多一说他必然要加快他的速度。那加快速度的最好的办法呢，就是省略沟通，就是我直接告诉你我怎么处理，你相信我的处理就好，对吧。"尹玥阿姨说。而省略沟通就为后续的一系列问题埋下了隐患。还有医护比例的问题，护士数量不够，迫使医生不得不做大量重复的、机械的、无价值的劳动，这些是可以由护士完成的，却要占用医生的时间，医生就在救治病人上分散精力了。

还有我们医保的问题。"比如说这个医保，但是现在来说像北京这样的大城市医保还不错，但是在中小城市，尤其是农村，那这个医保现在很不普遍，所以他们也看不起病。"蒋子毅叔叔说。但这个确实可以理解，因为就算是美国也没有完全解决这个问题，只能是一步一步来吧。但是医保的重要性是毋庸置疑的，这个不光是经济上的安慰，还是心理上的释放。就像尹玥阿姨所说："因为就医确实是家庭一个很大的经济负担，当你家里不能足够地来支付这一部分，担负这一部分的时候，而国家的财政等等保障制度又没有覆盖这一部分的时候，就必然会引起矛盾和纠纷。就是病人想着我家里花费了这么大的精力，但是没有得到一个预想的结果，大部分人可以理解，但毕竟有少部分人，他是总觉得我是应该能够获得一些比如说疾病的缓解、痊愈的，当达不到的时候，他难免造成一些心理的不快。而这种心理的问题，心理的纠结随着这个疾病的延长，就慢慢地会更容易加剧这个医患之间的矛盾。他花钱越多，病人越不好，他就会更加怀疑医生的这个治疗，然后甚至最后就引起一些矛盾。如果说这些部分，比如说经费的问题，让病人和病人家属从这种非常严重的经济负担中解脱出来，把这个精力放在疾病上，放在和医生沟通上,怎么照顾病人上,那就说这个经济不再成为他的负担的时候,那他可能又会减少一部分医疗的纠纷,而这部分可能是国家保障主要应该覆盖的。"

最后,是我们的教育,不光是医学教育,还有国民的整体教育水平。先说医学教育,中国的医学教育不是一个精英教育,所以会导致医生整体素质的偏低,我指的主要是一些软实力,因为中国的医学教育技术方面一直很重视,所以并不是短板。而其他一些能力,比如说沟通、协调、安慰、自我调节等等,在教育上体现得并不够。"你的人文素养是一个基础,然后你如果有这些素养在里面的话我觉得——其实医生是一个很特殊的行业,大家都认为——就是首先会把它划在一个科学的范畴,其次会把它划在一个技术的范畴,实际上在我看来医生有很多人文的东西在里面,因为你要跟病人做沟通——你要跟病人做很好的沟通,同样一个手术技巧相当的医生,如果你的沟通做得好,那么其实你会赢得病人更多的信任和尊重,这样病人依从性好的话,这个治疗效果可能也会更好。"王殊阿姨强调了人文素养的重要性,因为王殊阿姨本身是来自一个文化人家庭,她也是个很有情怀的人,她认为自己的人文素养其实对工作有很大帮助——"你要治病,不是你一个人就能说了算,经常就是肿瘤,你看我们需要MDT,就是Multi-disciplinary Treatment,就是多学科的一个合作。那这个时候治疗乳腺癌这个病人,我需要外科医生,我需要肿瘤内科医生要怎么给化疗,怎么给内分泌治疗,我还需要放疗科的医生,我还需要病理科的医生,我可能还需要核医学科的医生,就是还需要放射科的医生、超声科的医生,就这些医生我们会坐在一起来讨论这个病例。比如说这个术式,这个术式不光是由外科医生决定的，还由影像来决定，影像告诉我们太大了这个范围，我可能就做不了保乳了，这个病人可能就必须要做全切。或者说还需要整形科，比如说必须要做全切，这个病人又觉得我整个乳房缺失了，那我将来怎么生活啊，那我可能需要做重建，这个手术还需要整形科的医生。所以你要跟不同的医生来做沟通，来决定这个病人的治疗，所以这是需要你的沟通能力的。那还有就是你要跟病人做沟通，而且跟你的护理团队做沟通，你还不光要跟你科里的护理团队做沟通，你还要跟你的手术室上台的护士做沟通。所以我觉得这个沟通能力，我觉得，不光是当医生，在任何一个行业当中，都很重要，除非你那种，比如说像做数学的，学哲学的，一杯茶便拥有了整个世界。"

在这一点上，国外的医学教育制度是值得借鉴的，尹玥阿姨为我详细地说明，她说："在国外大家都知道，他是在学了四年理工科之后，一些学习成绩啊非常棒的，而且最重要的是他有学医的意向，他非常热爱这个职业，他要做这个职业的，才能在此基础上再去学医，再学五年，对吧，反正是五年，对，差不多。这五年学完之后他并不能当大夫，他只是当了实习大夫。他可能还要再经过一个三到五年的实习期，他们实习期相当长，他们出来的住院医差不多相当于我们主治医这个水平了。所以说呢他不光是技术获得了提高，另外，他充分地认识到我要做什么，我是否还要继续从事这个职业，他对自己的职业规划以及他对自己的人生规划是非常清晰的——我是否热爱这个职业，我热爱就继续干下去，我不热爱就转行。"

而现在我们的医学教育，是要求上大学时就确定学医意向的，所以说并没有一个思考和选择的过程,很多人过了一段时间发现自己并不爱医学,但也很难转行了。"在十七八岁,十八九岁,世界观和人生观都还没有充分地发展,甚至这个职业是做什么都不太了解的情况下,有的时候是出于一种盲目的喜欢,有的呢是家里觉得这个职业社会地位比较好,所以说有的时候觉得比较方便家里人,就让他去学。很多人进来以后呢他其实一是不爱,并不喜欢这个专业,只是把它作为一个职业,谋生的手段。另外一个呢他不善于做这个职业。这个职业呢对人的素质的要求我觉得是很高的,尤其是人的沟通能力,非常的高。他不善于与人沟通,或者是缺乏这些技能的话,比如说一些应变能力、沟通能力,这些人文关怀等等。这就造成他对这个职业,等于一个是不热爱,一个是能力不足。"尹玥阿姨说。

"现在中国的医学生还是比较正规的,但当时,在一二十年以前,因为那时就是说中国的医科院校很少,医生也很少,医生很缺乏,所以说当时国家就是把大部分的——不符合教学水平的都办成了这个医学院校。医学院校其实相对于普通院校就是来说,不管说学的课程也好,知识面也好,比普通院校要多得多。就是说——医学生,在我们那个时代是读五年,平均是五年,然后这个课程是五十门左右,而一般的这个院校大学生是二三十门,所以我们就是说要比别人多出很多知识来。"蒋子毅叔叔说。

所以,医学教育的不完善导致会有一些医生能力不够,这样的话不能良好地沟通,对医学也不是充满热情,医生很容易倦怠,慢慢地医患之间就产生了冲突。

当然,另一方面,我们国民的教育水平不够,公共卫生的宣传做得不到位，也加大了医生的工作量。"就是大家对常见疾病的认识太缺乏，就像常识性的问题都太缺乏。比如说一些保健、预防，这些怎么吃、怎么锻炼等等，这些其实都是一个非常缺乏的状态。这些缺乏呢有几个因素，一个是宣传力度不够，这是国家整个社会的宣传力度不够，因为我们国家刚刚发展对吧。第二个原因呢，整个国民的教育素质不够，如果你整个国民的教育都在本科生以上，慢慢他接触科学的思维方法，一些教育理念，和一种我如何去探知正确的饮食啊、锻炼啊、预防啊，有获得这些知识的能力，所以说呢这些都不够。造成整体的人群的这些保健啊等等，就是一些基础的医学知识太欠缺。"尹玥阿姨说，"而让很多大医院的临床大夫都在做一些基础的普及工作，比如说我看二十个病人一天，可能二十个里面，假如说心内科大夫，可能十个都是高血压，如果说十个人都要告诉他你怎么吃怎么锻炼，每天就跟录音机一样，都在做一些低水平的重复工作。"

最后，关于医生的待遇，大夫们都坦言说——不是很满意。这个的确是这样，相对于医生劳动的知识性、精确度，还有劳动的数量和强度，这个我在最前面有提到，医生的待遇其实远远不够。"我们现在所有的收费标准，还在用九十年代，甚至八十年代制定的，其实这二三十年过去了，中国的经济发展已经增加了多少倍，咱们的收入增加了多少倍，而这个收费标准还没有变。所以说其实是就这么讲吧——你比如说我来做一个骨髓穿刺，骨髓穿刺这个操作我大概需要十分钟，如果很顺的话，这是一种非常熟练的操作了，就是一般的住院医大概需要二十分钟到半个小时，我作为一个这么高年资的大夫了,这个操作就是已经很熟练了,我最快一般需要十分钟,从病人摆体位开始,布单,操作,麻醉,把这个骨髓抽出来,十分钟,而我这十分钟这么快的操作,十分钟的收费——我个人的收费是二十块钱,这其实是并不合理的。就是那么我算下来,我一个小时我是可以有六个,对吧,我收费是一百二十块钱,但是这其中还有医院的这个费用呢,对吧。然后呢你再算如果是一个相对来说——因为我去做的话一般是不多的,那就是很难做的,做不出来的他们会喊我做,一般的病人都是住院医来做——这是住院医的基本要求,基本操作,如果他们来做的话,他一个小时可能只能做两到三个,那他这一个小时只有四十到六十块——平均五十块钱,基本上就是跟一个钟点工是一样的,对吧,其实是不合理的。另外再说我门诊,我门诊是主治医门诊是五块钱,嗯,挂一个号,那么我一个小时是平均看六个,十分钟看一个病人其实并不快了,对吧,我看六个病人,那么我一个小时这些全部归我才三十块钱,这其实都是不合理的。"尹玥阿姨具体地讲了一下这方面的事情。蒋子毅叔叔对中美医生的收入作了对比,美国医生年收入二十万美金,中国医生大概在二十万人民币,我先不谈生活水平对货币价值对比的影响,但至少美国医生只用管几个病人,而中国医生是几十个。"中国医生的心理相当不平衡",蒋子毅叔叔说。所以可想而知,医生也需要物质上的保障,他们不是精神领袖,他们本来属于自己的时间就少,也是上有老下有小,如果对他们工作的尊重没有体现在薪金上,那很容易有心理的不快,这样日积月累对病人对医生都不好。

以上是关于中国医疗体制方面的问题,但毕竟这是很复杂的社会问题,很难说清楚其中的各个因素,只是总结一下受访医生和我的个人观点,我希望这些问题会一点一点解决,让每个人都享受到良好的医疗环境。

▼另外就是对医疗期望过高

电视剧里常有这一幕,医生走出抢救室,拿下口罩——我们尽力了,然后家属伤心欲绝。现实中这也常常发生,甚至有一些家属在这时会做出对医生不礼貌的行为。其实医生都是尽力要把病人治好的,大部分医生都有基本的职业素养,但是很多疾病有客观的规律,人类目前也没有什么解决办法,所以这时还过于强求就是不科学的了。"他总觉得要相信奇迹,是不是有别的办法,大夫有没有尽力。"尹玥阿姨说。

"对这个医疗的期望值过高,就病人,他希望能给他一个治愈,但其实就像我刚才讲的,其实人体可能就是百分之九十九点九九九……就是很多位之后可能是我们没有搞清楚的。"王殊阿姨举了一个具体的例子,"就是我经常会跟我的病人讲,比如说他问我他为什么会疼,就这么一个简单的事你说你能说得清楚吗,我是说不清楚,我只能告诉他说这个疼是一种主观感觉,它可能是病的反应,可能不是病的反应,我只能根据目前我所学的知识,和我们有的影像诊断,和所有的检查,我帮你做判断,就是这个疼是不是会威胁到你,但是它为什么会这样其实我也不知道。所以就是如果对一个完全没有搞清楚的事情的话,你如果站在一个——但医生拿到的资源可能会多一点吗,但这个说实话啊,病人就会觉得他是不是瞒了我什么,其实真不是,其实我们是尽可能地想把我们的医学知识传递给病人，因为我念了八年的医科，你就是一分钟都没有念过，所以中间会有一个信息不对称，所以这样的话会产生一些歧义在里面。""就是病人他对这个疾病的话就会认为，我到了医院你就该给我治好，但你该知道其实它并不是一种商品，不是我一手交钱，一手交货的。所以这个是很大的一个问题，这是一个制度的问题。"王殊阿姨说，"你看我在美国的时候我就觉得病人医生之间这个信任度非常的好，就是几十页的知情同意书，大概就是说你做这个检查或者做这个手术，你这样也会死，那样也会死，你这也是死，不这也是死，但是病人他就觉得我把自己的生命交到你手里我就放心了，你怎么做我都认可。"

另外是宗教信仰的问题，现在中国普遍缺乏信仰，而且一直以来中国人就追求长寿，所以很多人对死亡其实并不能理性地接受。"比如说信仰基督教的人，他会觉得他这个死亡之后他会到另外一个世界，另外一个极乐世界去，他就不觉得——就是说他认为死是另外一种生，而这种情况下他就不会过于强求说我一定要留在这个世界上。所以就是对生命的理解我们有很多不同的地方。"王殊阿姨说。

▼其他方面的因素

首先是媒体的作用，虽然近些年来医疗环境不好，医患关系恶化产生了很多负面的新闻，但有一些媒体确实有些夸大了，或者说过于强调了。医疗事故作为偶然性事件再正常不过，而媒体不恰当的宣传让很多人觉得医生是魔鬼，这也恶化了医患关系。"媒体起了一个坏作用，推波助澜。"蒋子毅叔叔说。我自己也有感受，网上关于医患关系的新闻很多，有一些确实是个例，甚至真实性都不能确定，所以媒体是有失责的。

另外一个就是中国对于知识的不尊重，这有历史原因，虽然在改善但还远远不够。"当人们能认识到知识的力量的时候，越来越充分地认识到知识的力量的时候，知识才能变成商品，才能值钱。"尹玥阿姨说，"在日本医生是这样子的，很厉害的。医生走在走廊的中间，前面比如说端着盘子的护士看见某个教授走过来，立刻让到一边，把路、通道就给让出来了，哪怕你端着再重的盘子在旁边站着，它其实是反映了一种对知识的尊重。"对知识的不尊重，使很多人没有意识到医生的价值，不知道医生拥有的知识的价值，这就会导致对医生的不尊重而导致关系变差。互相尊重才能良好相处，这点我们做得并不尽如人意。

我还是要说，医患关系的紧张，是一个很复杂的社会问题，我对此也只能简要分析。但是我的希望是，政府可以听到更多人的声音，也希望更多人关注这个问题，对制度做一些实质性的改变。另外信任、素质这样长期的普遍性的问题，则需要多方面的协调改进了，甚至可以说，这是文化建设的大问题。毕竟中国还是刚刚发展起来，很多事情还没有完善，或者旧的打破了新的还没有确立。我相信未来一代又一代人会慢慢让这些现象成为过去，医患之间又可以和谐愉悦地相处。

⊙对于生命
——我们更相信生命的美好与她本身的强大

对于生命的理解,一直是人类在探讨的一个哲学问题,每个人都有自己的看法。但我觉得医生在这件事上是有发言权的,因为他们每天都在面对痛苦,面对生死,他们至少见证了许多,在这当中也必然会有自己不同的感受。但是有一点出乎我意料的是,医生们对于疾病和生命,反而除了科学上的理性判断外,好像比我们并不了解医学的人,更平和,更顺应大自然的规律一些,也许是看到了太多医学也无可奈何的事情后,归于平常的一种释然吧。

▼医生并不赞同过度治疗和机器维持

我听说过很多这样的事,许多人在生命的最后已经没有意识了,但还是要在 ICU 里抢救,用机器勉强维持呼吸和心跳,家属认为这就算是还活着。但事实是许多人已经是现代医学无法挽回的情况了,比如癌细胞扩散导致器官衰竭,没法治疗,就算是靠机器暂时脱离危险也是很痛苦地活着。我还见过一位癌症晚期的患者,医生说不必治疗了,但是她还相信化疗,非要做,所以她真的很痛苦,可能她自然地走,用最后的时间再做点什么也许会更好,但是她不这样认为。当然,这也只能说是一种理念的问题吧,很少人敢不治疗,但其实现在医学界对于晚期的病人也是希望提高生活质量,而且我们现在不允许安乐死,除了机器维持也没有别的选择了,反正我觉得挺痛苦的。

"其实有些病人他已经没有思维了，他活着有什么意义呢？活着是要有生气地活着，要快乐地活着，要幸福地活着，那才叫活着，你一个完全没有思维的人活着，我觉得严格意义上来讲——其实我是挺认同安乐死的。但是我们很多监护室里的病人，他就是躺在那儿，插着管子，身上插满了各种的管子，摆满了各种的电极片，但是——就是生理意义上他还在活着，因为他还在喘气，他的心跳还在跳，但实际上他已经没有思维了，他体会不到这世界上的任何痛苦和欢乐，所以这种生有什么意义呢？"王殊阿姨说，"所以也就是说，我觉得这可能就是我们将来要跟整个民众做普及的一个方面。国外比较赞同脑死亡这个观点，但是我们现在还是遵循的以往这种心跳呼吸的这么一个概念。"

而且王殊阿姨还说，她其实很多时候对一些身体的反应，不是那么在意。"我们家里面我就是不太受欢迎的人，比如说我先生有个什么头疼脑热啊，发烧了啊，我都会觉得没事儿没事儿，没事儿，因为觉得见得太多了，比如小孩子发烧就会特别紧张，给这个药啊，那个药啊，我说没关系，感冒嘛，七天就肯定过去了，然后就给他喝水啊，然后他们就会觉得——这是大夫吗，怎么什么药都不给。就是我会对这种疾病没有那么的关注。"她说。我就觉得医生到最后，对人体的理解倒是质朴了，简单了。

尹玥阿姨也讲了类似的观点。"我现在觉得就是生命，怎么说呢——以前我年轻的时候，我会有种想法，就是'人定胜天'，我要，嗯，怎么说呢，战胜什么东西，战胜这个病魔。现在呢做的越来越多以后呢，就是更加从本质上认识到一些疾病的实际的原因，根本

107

的原因，越来越觉得，人应该敬畏生命，尊重生命，但是有的时候也要顺应生命的规律，不能——等于是强求和逆规律而行，是有这种感觉的。"尹玥阿姨说，"你比如说关于肿瘤的问题，因为我们血液科从本质上来说很倾向于、很偏向于一个肿瘤科室，因为血液科的疾病很大部分都是恶性肿瘤，白血病啊，淋巴瘤、骨髓瘤，就是对于恶性肿瘤的这个治疗呢，之后，就是干了这么多年以后，就是对恶性肿瘤的一些看法，就不像我小的，年轻的时候，年轻的时候豪言壮语，我努力学习，目的是要克服，就是攻克肿瘤。现在呢就会慢慢认识到，肿瘤其实是我们，是一个自然界，人在这个进化中，这个自然界它有一个优胜劣汰，有一个衰老的规律，这是它衰老的规律中，大自然的一个法则，是必然要发生的事情。也就是讲白了，我们每个人如果活得足够得长，都会得肿瘤，明白我的意思吗？肿瘤这个东西呢，就是你反复在日常生活中，就是你身体中总有一些，就是突变出一些肿瘤细胞株，免疫系统会不断把它杀伤，把它清除掉，但是随着你生活时间的延长，你这种次数越来越多，总有一天这个免疫系统，是总有失误的一天，那么于是你就长肿瘤了。那么你积累下来，你40岁长肿瘤的机会肯定比80岁要小很多，而这种长了肿瘤并不是大自然跟你过不去，而是大自然要维持一个balance，keep这个平衡，keep balance它这个必然要做到的，它一定要——肿瘤是让人衰老之后去清除一些衰老的——人也是要衰老的嘛，就是清除大自然的一些衰老的成分这种必需的途径，或方法。所以说有的时候你了解到一些的疾病发生的本质之后呢，你就会在临床上可能对一些疾病呢，嗯——就会更科学地顺应它的规律吧。"尹玥阿姨还给我讲了医生间的一个小玩笑:"我们有很多当大夫的,彼此同行,经常聊天的时候就会说一句话,都会说这事,说,如果有一天,我住到你的病房,或者我落到你手里嘛,开玩笑嘛,就是病到我自己已经不能做决定,不要给做机器维持,不要给我做抢救,就是看在咱们同行的面子上,就是分上,多年相处的分上,让我安安静静地走。""反正我觉得我这些年对这个生死就是——能救的病人就是一定要积极地救治,如果觉得是一个无谓的挽救的话,就——我也会劝病人家属,是不是这种挽救就不用那么积极,让病人——减少病人痛苦,让他安静地,有尊严地过去。"尹玥阿姨说。

所以我觉得医生其实是尊重疾病规律的,这之间也体现着一种人性的关怀吧,生者好好活,死者安息,是最自然的状态吧。

▼医生看生命可能会站在一个更宏大的角度

这点可能更多是我个人的体会。因为医生在见证医学奇迹的时候,也在看到医学的无力,所以他们会更觉得人类的生命是一个整体,自己的生命是这整体中的一个,不会有一些很在意很强求的想法。

"我觉得见过太多的这种生离死别了,啊,我觉得很令我感动的是有,但也有让我就是觉得——唉,有的时候人活着,活到那个分上其实就还不如就死掉了,对,所以有各种各样的感触吧。"王殊阿姨说,"我觉得当医生,我们本来承担的就是和生命打交道这样一个工作嘛,然后——嗯,可能会跟普通人有不太一样的一个感触。对,包括我们自己的话,比如说像我们入学的时候我们就会签这种协议,比如说我会捐掉自己的尸体做解剖,我捐掉角膜,这有可能在医生当中会更普遍一些，因为这个——就对生命看得——会把它放到一个更宏大的视野当中——就是我自己的生命我觉得——嗯，没有那么的重要，它其实是整个这个，整个人类的一部分，就是如果我们能够将来为其他人做一些贡献的话，我们觉得那是一种延续。我觉得从这个角度来讲医生对于生命的看法会相对与一般人，会有略微的不同，站的位置要高一点，对。稍微的高尚一点——哈哈哈哈。但也不见得一定就是心理上有多高尚，就是因为我们看得太多了。"

在我觉得很高尚的一件事情，在医生们那里，就变成了这个职业给人的生活体验。包括捐赠器官这方面，普通人会有一些观念上的不接受，医生则自然而然就会想到，就是希望自己可以为后人做一些什么。其实这是本能吧，因为对医学对人体太了解，所以会把眼光放得更长远一些吧。

▼很多东西仅仅是目前的治疗方法

说实话，我对现代医学的一些治疗方法有一点怀疑，比如化疗、放疗，很难去衡量究竟是利大于弊，还是弊大于利，其实手术对人身体的伤害也很大，我动过手术的亲人都说手术后整个人就是觉得无力，然后人的感觉很不好。反正就是我们现在的科学吧，现在的观点就是这样，就像以前中国没有恶性肿瘤这个说法，谁知道哪天人类又颠覆了自己呢。

"这不能说不人性，因为你这种治疗是很痛苦，只能这么说。但是我们的目的是要给他治好，虽然不能完全根治，但是整体来说可以延长他的生命。所以说这个不能说不人性，如果说我是强迫你用这个方法——但是有的时候——医学上目前来说可以说带一点强迫，因为你病人不懂得这些知识，但是作为医生来说就必须按照我们现有的这些方法去治疗。当然会给病人带来很大的痛苦。"蒋子毅叔叔说。其实就是说我们现在世界公认的这些方法，只有这样的选择，当然医学也在发展，我也希望我们，甚至我们的下一代，可以想办法既缓解疾病，又减少痛苦，那真的太好了。当然生命有规律，就像我上面所说，也要尊重吧。

当然啊，医学发展这么多年，也越来越强调以人为本，所以我们相信医生的就好，因为医生会综合考虑你的身体状况，在治疗疾病的同时提高生活质量，现在大部分医生是有这个理念的。"极晚期病人当中基本上我们其实就是要注重他的生活质量这方面，不会给他用特别强的化疗。就是早期的病人我们基本原则是要治愈他，可能他受的罪会大一些，就是化疗啊，放疗啊，很痛苦。但晚期的病人我们就希望他细水长流，能慢慢地就是把这个生命的延续放到第一位上，而不是一下要把这个病打死。"王殊阿姨说。"所以说这个就是有一个原则——治疗原则——就是说我们这个放化疗，目的是延长他的生命，但是如果说他这个病程已经到了很晚期的程度，当然我们还考虑到病人的生活质量，就像你说的，如果很痛苦，比如他能生活一年，如果说这一年内必须说每一天都非常非常痛苦地生活，那种方法可能对他来说就不可取，也许我们就不用化疗，或者说把化疗的这个剂量减轻一点。再有个综合考虑，既延长他的生命，又提高他的生命质量。"蒋子毅叔叔说。

⊙我的呼吁

——对于医生，请尊重他们，体谅他们

我们常说医生是白衣天使，但是我觉得"医生"这二字也只是一种职业的名字，医生也不过是一群人，可能仅仅是当医生的这些人，会把自己的生命和他的工作更紧密地结合在一起——他是医生，医生就是他。我觉得大部分医生，还是值得我们有基本的尊敬的，这不光是尊重他们这些人，还是尊重他们的知识，他们的付出，他们对你的帮助。谁不爱惜自己的生命，谁不愿好好地活下去，所以对让你的生命更好的医生，我们没有理由不有点尊重吧。另外我还希望我们对医生多一些体谅，医生也有家庭，也有自己的生活，所以比如说晚上打电话给医生，如果不是很急的话可不可以等等，有一些常识可不可以自己去学，能自己解决的自己解决，不要要求医生做太多他们职责外的事，这样病人医生间互相尊重，会有一个更好的关系。其实很多时候遇到危难医生是最先挺身而出的人群之一，比如大地震，比如埃博拉、非典这些新型传染病，很多时候医生去救病人的时候，其实他们自己也还来不及了解这个病，那都是冒着生命危险的。蒋子毅叔叔就亲身参与过SARS的救治，他说本来应该是四层防护服，但当时也只有条件提供两层，那也只能上，他的孩子与我同龄，我难以想象那时他若真的感染了，对于这个家庭意味着什么。所以我觉得还是——互相尊重，互相体谅。

最后，是想对有学医志向的同龄人说几句，包括我自己——学医很苦，很累，很寂寞，请你想清楚自己能不能接受那种单调，还有现在并不算太好的环境和工资，你能不能始终抱有十足的热情干好每一件事，你有没有能力与人沟通，安慰别人，有责任心，并且不放弃，医学是容不得半点松懈的。这些你都觉得可以，那就去吧，我觉得学医还是很有价值的，至少医生这个职业所做的事情，可以解决我个人的关于人生意义的问题。引用王殊阿姨的话——"好医生就是——要有责任。责任是最重要的——对，因为现在我们年轻的医生越来越多嘛，进科培训的时候其实讲得最多的就是责任感，就是——人家是把生命交给你，你要对得起人家这份信任，尽管——能力是一个问题，能力达不到不可怕，但没有责任心在医学界是零容忍的。如果我发现我的学生没有责任心，我会劝他，我说你不要做这个行业，因为这还不像算错了账，算错了账你还有弥补的机会，人的生命交到你手里如果不负责任，那就再也没有弥补的机会了，所以我觉得责任感是第一位的。当然当医生是很辛苦的，你要耐得住这份寂寞和辛苦，要坚持下去，那么我觉得就可以做一个好医生。"

用这句话收尾吧——"临表涕零，不知所言"。

【鸣谢】

总结写到这里，都感动死了，因为这是第二遍了，我写了两遍呀（我赶紧看看有没有保存）。但是我还是要正经地鸣谢哈。首先最该谢谢三位医生，在百忙之中接受我并不成熟的采访，他们都回答得特别认真，和他们说话我自己也觉得充满了热情，而且收获了很多。还有我妈妈，我的两位朋友，是他们让我认识了我采访的医生们。哦，对，还有借给我录音笔的爸爸。还有我们语文组的老师，没有"身边的陌生人"这个活动我不会想到和医生做这么细致的交流的，这个其实可能对我以后的很多事情，包括职业选择都会有影响。当然，还有我自己，一直很认真地做这件事，一字一句输入采访实录，而且义无反顾地写了两遍总结，好多字啊。为所有人鼓掌！

（2015年5月17日）

小医生实习日记

（一）

匆匆锁好自行车，拿起背包，穿过门诊楼，奔向住院部。因为距离门诊开始还有一个小时，所以路上还只有寥寥数人，主要是像我一样匆匆赶来上班的人。

不过还好，七点五十我准时出现在了肝胆外科的副主任办公室门前。正好刘叔叔也到了，他已经穿上了白大褂。他为我开门，给我找了一件白大褂。这件衣服实在不合身，又肥又大。我把袖子挽了几下，照照镜子，还有点医生的样子。

"走吧。"叔叔领我穿过病区，来到了会议室。我被安置在最后几排，那里都是像我一样来实习的，没有胸牌。不过他们终归是受过专业训练的医学生，我只是来参观的，但谁知道我会不会成为他们中的一员呢？叔叔和几个主任坐在第一排，会议主要是正主任和护士长在讲话。

周一是例会，内容偏于行政和管理。护士长汇报了院里开会交待的事，主任则强调了科里的管理制度，还使了些激将法激励那些小医生们干活。二十分钟以后，会议结束，一群白衣人涌出会议室。

叔叔把我托付给住院医小亚，她三十岁左右，叔叔是她的老师。住院医还属于打杂的阶段，为老师跑前跑后，但也只有这样才能积累足够的经验独当一面。等另一位住院医还有一位副主任医师到齐后，叔叔的这一个小分队开始查房。

我按照这里的规矩，跟在队伍的最后，最后一个进病房，最后一个出病房。前面几个病人病情比较稳定，处理也没什么问题，叔叔随意问两句情况就离开。一个病房里住了一位年轻人，臂膀上有文身。叔叔对他说："可别让我再看见你了！"他痴痴地笑。这样身强力壮的人住在这儿的确受罪，不过遗憾的是二十天后我再去，他似乎还住在那里。

最后去的是外科重症监护室，这里住的是大手术后情况危险的病人，房间要刷卡才能进去。我第一次进重症病房，还有点紧张，慢慢跟在队伍后，左顾右盼。

今天这里住了三四个人，全部裸着身体，身上插着各种各样的管子。要么仰面朝天，半睡半醒，要么在睡觉，不过几个年轻点的病人状态还好，估计他们住在这里也是很难熬。

有一位六十岁的老太太昨晚发生了房颤，现在已经缓解了，但可以看出她吓得不轻。她对叔叔说："医生，我觉得我快要死了！"叔叔大声说："哪里，你好得很呢！别担心！"我没有注意看她的脸，但在病人眼里，医生就是权威，医生说没事，她便坚信这是真的。

对面住了一位老爷爷，二十天后我再来，他还住在这儿，我看到他特别心酸。他的一根管子堵了，叔叔挤了挤，和小亚一起用纸把脏东西卷了出来。这时我突然想起上次采访中听到的一句话——临床医生就是要去到病人床边，此时他们离病人就很近，至少我还有点难以接受，但他们习惯了，随时要问要操作，要和病人离得很近，身体上是，心理上也是。医院这个地方天生是阴郁的，医生是这里创造阳光的人。若心中没有悲悯和不舍，我觉得没有人在这里待久了不觉得压抑的。我才来了一个小时，已经被病房里的氛围感染得有些不舒服，不过幸好在叔叔的队伍里，可以感受到火焰。

刚才的老爷爷进出量出了点问题，叔叔一出门就严厉地问小亚："怎么会进出量这么大？"小亚解释了一番。"快去把医嘱改了！"小亚把主任的嘱托记在一张纸上，回去一件一件完成。

查房结束了，回到小亚的办公室。这里约摸有七八张桌子，墙上贴着肝癌、胰腺癌分期标准，书架上摊了很多片子。小亚一边在电脑上改医嘱，一边一手一个电话打给各部门，直到进了电梯她还在打，打到手术室门口才结束。

按下门铃，手术室的门开了，门口有一块粘板。小亚帮我要了一套手术衣，绿色的，上面有小气球。我学着她的动作，脱鞋，跨过凳子，存鞋，换衣服，戴口罩，然后把衣服塞进裤子里。

手术室在走廊尽头，用脚踩墙上的一个踏板，门就开了。小亚教我怎么洗手，怎么理头发，这里的一切对我而言都是新奇的。

不过刚进去还受了点刁难，被一位前辈赶出来理头发，心里有点不服气，但转念一想，守规矩是对病人的负责。

病人已经摆好了体位，身上盖满了绿布，只留出要开刀的部分。说实话，你根本很难把桌上的人看作人，你看见的只是一片需要你处理的地方，我直到后来转到后方，才看见了病人的头，遮在白布下。我又想起了上回尹玥阿姨说，医生首先要绝对理性，我感受到了这一点。看到虚弱的病人甚至是可怕的病人，你没有余地去理清内心的混乱，就是要用绿布把一切都盖上，只看你要面对的那部分，把它当成东西，精细地做完每一步，便足矣。

这个手术是腹腔镜下的胆囊切除术。小亚先在病人上腹打了三个洞，把一个支撑管道放进去，一会儿摄像头、镊子、吸管都要从这些管道里放进去。叔叔到了。护士给他穿罩衣，他举起双手，眼神介于空洞和坚定之间，但他的身体是有力量的。每次看到穿罩衣的场景我都忍不住想拍照，用高清的相机，连灰尘也看得见。不知道为什么，这种上战场前的仪式，让我很感动。

这个病人胖，胆囊又发炎，肿得很大，所以虽然是一个小手术，却很艰难。在屏幕上可以清楚地看见手术的操作。先是用电刀割断周围的连结组织，电刀放电时会有警示音，用完后还有一种烧焦的味道。我本以为切除就是一刀割，其实不然。即便是胆囊这种危险性比较小的器官，也是一点点把组织烧掉的。不过手术真的是个创伤性的疗法，胆囊周围到最后全焦了，血肉模糊。一个小时后胆汁出来了，黑色的，用管子吸干净。有时出血了也要吸，或者用纱布去堵。遇到了几个结石，全取出来了，还取了一个淋巴结做化验。最后，用一个袋子套出了胆囊。

手术进行了两个小时，我有时坐着看，有时到四周转转。手术台侧面是器械台，有两个医生专门传递清点器械。后方有一个放了五个容器的架子，收集各种体液。病人头边是麻醉师，不停地在写手术记录。

十二点手术结束了，叔叔叫我一起去见家属，他拿着装胆囊的盆，走到了另一头的谈话间。

家属来到了窗外。叔叔点着盆里的胆囊，说："她太胖了，所以很难取。一般这种急性的医院都不给做手术，太麻烦。""医生谢谢您，别的医院都不给做，但她太不舒服了！"

"嗯，好吧，挺成功的。"

回手术室后，小亚在缝针，料理最后的工作。叔叔摘了手套，洗了手，坐到我旁边。我问他怎么科里全是男医生，女医生很少。他说因为这是体力活。他给我讲了讲科室，他说干内科会好一点。"或者做基础医学，像我们这种到头来还是个手术匠。"不过我感觉叔叔还是热爱生活的，待人热情，常给我发些医学方面的东西，还跑马拉松。也许许多工作到最后就是重复，不过有点小乐趣，但医生有趣是一方面，逃不掉的是责任。

叔叔又领我到休息室吃盒饭，和我寒暄家里的情况。我没吃什么，饭太硬，菜太油，他倒吃了不少，毕竟专注做两个小时手术是要体力的。手术时他一直说热，但我这个坐着的人拖鞋里光着的脚已经冰凉了。

小亚过来了，叔叔先告辞走了。上午的手术结束了。

扔掉饭盒，换上平时的鞋，套上白大褂往办公室走。因为下午还有手术，所以衣服就不必换了。一路跟在小亚身后，现在她是老师，我是学生，我每样事情都要学着她的样子。

电梯到达以后，碰到一位医生刚下班，他也很年轻。他和小亚打招呼，吐槽了几句："我现在最后悔的事就是当医生！"他说。难道有许多医生后悔选择这个职业这事儿是真的？我无从考证，也许要和他们多接触才能真正了解他们的内心。

回到拥挤的办公室，小亚继续办公，我坐下看手机——今天是我生日，刚才叔叔还说没给我准备礼物，其实来这就是最好的礼物。刚才护士们听说我十六岁惊讶不已。我自己也很得意，我永远也不会忘了十六岁生日进手术室的经历，这是我生平第一次做实习医生，而且在这么特殊的日子。几位男医生倒在椅子上呼呼大睡，不时有家属来询问，还有护士长来训人。总之，中午还是很安逸的。

一点四十我们又出发去手术室了。不过去之前我们还去了CT室和核磁共振室，跑上跑下。居然有人问我检查在哪里做，看来我还挺像医生的。

这次的手术更小，就是取胆管，因为胆管上长了结石，然后更换新的管子。这次我们到得早，病人刚推来，麻醉师询问病人一些事情，然后进行麻醉。这台手术是半麻，病人有时会喊不舒服。接着是铺床单，准备器械。手术很快，叔叔还指给我看胆结石。然后我们换回衣服，回到住院部。

我问小亚接下来她还要做什么。"我的活才刚开始呢！"写病案，开医嘱，查房，死亡案例分析，她的活的确刚开始。

我四点半便告辞了。我回到副主任办公室放白大褂，拿书包。我和叔叔告别。"有什么收获呀?"叔叔问。"当然有,这一切对我而言都是全新的。"我说,"下次我还可以来出门诊,值夜班吗?""可以!"

于是第一天在好奇中结束了,回家时心情格外好,好像发现了一片崭新的土地,伟大而美好。

(二)

不过第二天我便进入了每个新医生都要经历的阶段——恐惧与害怕,好奇已不复存在,残酷的一面开始向我展开。

这次来距离上次已二十天,我已经熟门熟路。在楼下啃完一个饭团便上楼去,找叔叔拿钥匙然后穿上白大褂,自己去会议室。由于今天是周二,所以会议的内容是讨论病例。会议开始前先进行交接班,护士和值班医生汇报病人的数据。今天讨论的是叔叔收治了一个病例,还来了别的科室的医生。他们说了方案,主任怀疑是血管瘤,那是一种很危险的病。会上并未定方案,最终方案还要几个主任与其他科室会诊后再商量。

照例上午要先查房。今天的病人有点状况。一位病人说夜里做噩梦了,梦见所有人都出院了,就剩他一个被落下。叔叔拉着他的手说:"慢慢退管子,做好出院准备啊!"我们出去了,病人还愣在床上。"这么久了他是耐不住了,别人都回去了,小亚,管子一点一点退吧。"监护室里的老爷爷还是老样子,他身边的一位小护士很有活力,倒真像爷孙俩。

我和小亚回办公室,准备去手术室。小亚让我帮她拿两个器械,我很高兴，我能帮上忙了，是真正的实习小医生了。

去的路上，小亚问我晕血吗，我说上次不是看过了吗，她说这次的不一样。后来我才知道，这是最大的一种手术——剖腹探查。

我相信你们很好奇，你看到血肉模糊不害怕吗？我感觉进了手术室就不怕了，因为注意力放在手术本身，顾不上害怕，而且当你把这看作一种知识或技术，就觉得很正常，理性的东西已经超过感性的东西。

由于这台手术的时间比较长，所以要对病人进行导尿。之后是常规的操作，铺单，麻醉，清点器械。

叔叔来到后手术正式开始。先是用电刀切开皮肤和脂肪，然后用牵拉器拉出一个开放的区域。这个手术上台的人比较多，我看不见真实的过程，只能在屏幕上看。这是一位肝癌患者，要切除左肝，这是他唯一的希望。不过也只是有点希望罢了，复发的几率很大。这个手术我没太看懂，因为我对肝的构造不了解。中午一个人吃盒饭，回去之后才完成切除，又是老样子，叔叔带我去见家属。我还帮他喊人，越来越像个医生的样子。他把肝给家属看，他们好像挺淡定的。

回手术室后叔叔蹲在地上，给大家看病人的肝，肝上附着了大大小小许多个肿块，黄色的，具有侵袭性，已经长到肝里头去了，而且血管里也有瘤体，情况并不乐观。

叔叔先回去了。主任走后气氛轻松了许多，因为只剩下缝针了，所以还聊几句闲话。走进来一个大伯，很开朗，头上包着方巾，而不是我这种一次性帽子。他说："手术结束前可别说错什么话。""为什么？因为快醒了吗？"小亚问。"有人会录音。这种事美国发生过，打官司肯定输。"大伯说。

线一共要缝三层，每一层用不同粗细的线，我还帮忙拿了胶布。一切有条不紊地进行着。

"扎着没?!"小亚突然喊，"扎着快下去!"一个年轻的男医生举着手指，惊慌失措。

"天哪！这可是丙肝啊！"一位护士说。

我一下吓蒙了，我原来一直和感染病患者在一起，出门一看，门上挂着"感染手术"的牌子，黄得让人心慌。我听说过医生被针扎的事，也是丙肝，这无能为力，所以王殊阿姨说："就当打个疫苗吧。"

"没事，用碘伏和酒精冲一下。"另一位男医生从药柜里拿了消毒的东西，对着桶帮他冲了几遍。

"去洗下手。"小亚说。

他低着头出去，始终盯着自己的手指。他的恐惧一定比我还深，只是暴露在一室已经让我害怕了，而他是被扎到了。

过一会儿他回来了，什么也不说，坐在角落里。没什么话可以宽解他的，我也不能乱说。他一直挤着手指，沉默不语。

"别挤了，本来没出血的。"手术台上的小亚喊道。

"我实习那会儿也被扎着过。"旁边的护士说，"当时吓死了，不知道怎么办，后来慢慢习惯了。"

我这时才开始了解，肝胆科里有许多传染病病人，指不定你碰上的哪一个就是乙肝或丙肝。我也是这时才开始认真学习用洗手液，这是人的本能。但小亚很淡定，从不缩手缩脚，她一定也是从恐惧中过来的，危险无处不在，被感染的几率比普通人大得多。

另一位刚来的小医生在整理纱布,时不时跑去用酒精擦眼镜。她一定早想跑了,但还是要面对一片片鲜红的纱布,那上面有丙肝病毒。

我也有点喘不上气来了。

曾经我以为医生因为了解疾病所以可以保护自己和身边的人,后来发现事实很悲壮,他们是明知这样很危险却还必须这么做。所以也许学医的人多多少少会有一个恐惧的阶段,我至少还没有面对死亡的人,但还有那么多潜在的危险,还有因为了解人类有那么多疾病那么多局限后的痛苦,可这个阶段一旦过去了,便回到起点,相信人的完美和力量——好医生总是在安慰,不把事情说得很糟,因为他们于人之有限中看到了生命之无限。

四五个小时后,手术结束了,病人被推回监护室。小亚跑了几趟病房去看病人,然后带我去叔叔那里——有一位病人要来会诊。

病人四十多岁,脸色苍白,乙肝,肝硬化,脾肿大。叔叔在向他推荐一种特殊的疗法,劝他不要切脾。这个人很有趣,说话有板有眼,脸上没有病人的神色,除了脸太苍白。他妻子也是笑着的,不知是病习惯了,还是因为夫妇二人也是医生,早就看惯生病这事了。叔叔交待了小亚几件事,我们就离开了。

回去以后我们去看了新收的病人。"让你瞧瞧怎么询问基本情况。"小亚说。

病人是个老头,乙肝,肝癌,自己没感觉。"有高血压吗?""有。""吃什么药吗?""×××""血糖高吗?""高。"……小亚询问了他许多东西,然后摸了一下他剑突附近的区域。

"来摸一下。"小亚招呼我,把我的手放在胸骨的下方。

"摸到没?"

我点点头。

挤在池前洗手时,小亚说:"你别那么使劲,这很有可能是肝癌,按破了可麻烦了。"

六点我告辞回家,心乱如麻。我觉得害怕,无助,觉得医生的工作环境很危险。我害怕,但又找不到办法,我的恐惧,只能让时间来磨平。

回去以后我问爸妈,为什么开刀那么疼而且也不一定有效还有那么多人要去开刀?尤其是老人,非要受折磨。

他们说:"求生的本能。"

或者不如说,对死亡的不甘心和不知所措吧。

(2015年9月27日)

山西二十里铺支教心得

真的像一场梦一样。似乎我昨天还坐在二十里铺的硬板床上听着隔壁六年级同学唱《同桌的你》，而现在我却回到家里，坐在电脑前写总结。好像回家是我一直期待的，但真的回了家，却又总是恍惚想起那里的生活。

初来二十里铺，我对这里的贫瘠感到惊讶。周围全是黄土，很少有庄稼，只有稀稀拉拉几棵白杨树。每天早上同学们在烧垃圾的烟尘里晨跑，然后在充斥着动物粪便味道的教室里学习。这里今年才刚刚有自来水，刚刚装上了刘长铭校长捐赠的新水池。总之，刚来的第一天，我不是很适应这里的环境。

但我后来也知道二十里铺的师生为我们付出了很多。听说平时他们在食堂就是吃馒头、粥、咸菜，但这次为了我们每天都做炒菜，中间甚至还吃了一次鸡肉。吃肉的那天，我去得有些晚，肉已经没有了，但食堂盛饭的师傅却专门为我做了一个鸡蛋。其实这个鸡蛋我更希望留给这里的孩子,他们比我更需要这份营养。每天下午学校都会给我们送牛奶点心,我发现这里的学生都很珍惜这份加餐,但是有一次我遇到了一个我不认识的小姑娘,却硬要把她的饼干送给我,我哪里舍得要,但她非要给我不可。后来也再没看到这个姑娘了,我后悔没机会分一点吃的给她,毕竟那是多珍贵的礼物啊。

最初我准备的几节课都是我自认为比较有情怀的,一篇是苏轼的《水调歌头》,一篇是《夸父逐日》,一个是体现意境与思想之美,一个是体现力量与精神之美。让我感到可惜的是,一节课好像不足以让初二的同学完全理解如何去想象诗词的情境,进入诗词的意境。每次我问,你们觉得这句话要说的是什么场景,什么心情,他们就对着参考书念翻译。后来我问了他们,原来他们平时讲诗就是念翻译,我深知习惯是很难改变的,也可能是我讲得还不够生动吧,他们对我教的方式似乎不是很有感触。但我希望我可以给他们打开一个窗口,换一个方式理解诗词,看到一种新的美。给初一讲《夸父逐日》,很高兴同学们把夸父的精神都概括了出来,除了"向往美好"这一条,我多么希望他们也能记住夸父的精神,因为我自己读的时候是多么的感动。让我欣慰的是在课后作业中,有些同学提出了自己对夸父和精卫的看法,有人对他们的行为进行质疑,有人将夸父的精神与自己的理想结合起来,我觉得这个特别好,他们已经有独立的思考了。我给他们都仔细写了评语,我希望将这滚烫的星星之火传递给他们。

但是后来我还是打算踏踏实实教他们些东西。初一我主要教的是概括人物情感的能力,我把同学们一个一个叫起来给出一个概括人物心情的句子,并在原文中找到对应的句子和细节。一开始同学们还不太适应，但他们慢慢敢说出自己的想法了，给出的词语也很精准。初二我给他们总结了文言文中"以"、"其"、"而"、"所"、"为"这几个常见字的用法，似乎他们的老师也没有总结过，希望这个总结为他们以后读文言文带来帮助。

但我也发现，这里的初中生对外面好像没有我想象中的那种向往，他们对外面的世界也不是完全没有了解，但了解的方面似乎大多限于偶像和明星。我让初一写了作文《我想去的地方》，很多人写想去北京，因为北京有长城、故宫，但至于北京的生活、北京的学校、北京的思想，他们似乎就不怎么感兴趣了。我也发现了几篇很真挚的文章，比如一个女孩说她想当宇航员，想去太空；一个男孩说他想当戏曲家，想去北京了解京剧，这些向往让我深受感动。我也问了初二他们的理想，他们说想挣钱，我鼓励说这很好，因为这可以改善你们和你们家人的生活，这是一个很好的追求，只是不要迷失。问到他们想不想上高中，他们异口同声说想，但是却没有人打算去一中，都只是想去三中而已，至于大学，就没有人想过了。

我觉得这里的学生最缺的也许不是物质上的东西，也不是一个好的生活环境，这些都好改善，他们缺的是观念上的东西，思想上的引领。比如说，我叫他们起来读书的时候，他们都趴在桌子上读，低着头，我建议他们拿起书来，站起来读，但他们不愿意。而且，每当我问一个问题时，大部分学生做的第一件事是使劲翻教辅书找答案，而不是动脑子。他们很怕自己的答案会是错误的，我猜想他们的老师那里可能只有"对"和"错"两种答案吧，可这种非黑即白的理解不适合全面地看待问题，尤其是语文教学中。他们的图书馆平时也是不开放的，他们自己也不会买课外书，但似乎老师会为他们订一些推荐书目，至于他们会看多少这就是我不得而知的了。还有一件令我感触很深的事，不发生在我教的班级，而是发生在四年级。四年级的一位男生掐了一位女生，女生哭了，引发了全班的骚乱。这时我的同学了解到，这个班的男生女生一向很对立，而且男生觉得打女生是个很正常很正确的事，因为他们的父母也是这么干的。听说这件事后，我的内心久久不能平息，我觉得观念这东西太可怕了。所以说这里的学生缺少思想的碰撞，缺少知识的更新，所以他们很少了解到原来生活有那么多种可能，这个小世界外还有更大的世界，而自己平常接受的东西也是可以被质疑的。观念上的东西很难改变，但不代表不能改变，一定还有更好的措施去改变这种情况，这点我是相信的。

可能因为我教的是初中学生，所以那种单纯的感动会少一点，我可能更多写的是问题，但我们去那里就是要了解差距的，了解问题才能去解决问题。也许我们今天还没有太好的办法，但只要这颗火种在我们的内心点燃了，我们一生都会带着它的温暖与力量，为更好的明天而努力着。二十里铺的同学们带给我失望、希望，也为我的人生增加了一份责任，那就是为消除落后，尤其是思想和观念上的落后而努力。这个事业也许我们这一代人完不成，但只要这个火种传递下去，这些问题一定会慢慢改善的。总之，在二十里铺的七天会永远被我铭记，而在二十里铺感受到的责任也会被我常常记挂在心。

(2016年6月8日)

【附】为山西初一学生出的作文题目及部分评语

又北二百里，曰发鸠之山，其上多柘木，有鸟焉，其状如乌，文首，白喙，赤足，名曰："精卫"，其鸣自 （音同"笑"）。是炎帝之少女，名曰女娃。女娃游于东海，溺而不返，故为精卫，常衔西山之木石，以堙于东海。漳水出焉，东流注于河。

——《山海经·山经·北山经》

请阅读以上文章，结合《夸父逐日》的学习，谈一谈你对中国古代英雄精神有什么新的理解。与此同时，这些人物的精神对你的生活有没有新的启发，请结合自己的实际经历谈一谈。

评语1：很高兴你对这两个故事有自己的看法，但我也希望你逐渐明白，不是能完成的目标才叫目标，有些事业就是几辈子也完不成，比如消除战争，比如消除歧视，而人正是在这种追求中找到了生命的价值。

评语2：希望你可以永远铭记自己写在这里的这一段话。

评语3：(1) 夸父的手杖化为桃林是象征他死后造福世人，化作一种富饶、祥和的标志，也与他奔跑的一生形成悲壮的对比。(2) 精卫填海不是为了报仇，你这个理解不太好。她是为了不让别人再像女娃一样淹死在海里，是为了造福别人。你要再把文本好好读几遍。

评语 4：你的爱好很广泛，历史、戏剧、音乐……一定要把自己的爱好坚持下去，它们会让你的生活更丰富。

评语 5：看得出你对宇宙有强烈的向往，你可以努力去当宇航员，也可以大学去研究宇宙科学，你有很多方式去实现自己的梦想。

评语 6：你的想象力真的好丰富！多一些这样美好的向往，你的生活会更精彩、更美好！

灵魂的思考

——冯小宁采访手记

采访对象：著名导演冯小宁

采访时间：2012年3月5日晚8点"两会"期间

采访地点：北京国际饭店八层

"我不是冯小刚，我是冯小宁。"

伴随着这句毫不客气的话落座的，是一个不苟言笑的中年人。遗憾的是，我知道冯小刚，我不知道冯小宁。我们准备采访的，是社科32组的几位教授。因为教授们还没有回到驻地，组委会的江叔叔见我们闲着，就试探性地给我们联系了冯导。为什么说试探呢，因为冯导很少接受记者的采访，连组委会的工作人员都很难见上他。但他听说我们四中的几位同学要采访他，居然来了！

当时我还不知道，冯导的到来，是我们今天晚上最大的奇遇。我只看见旁边的江叔叔在提到冯导导演的《红河谷》、《黄河绝恋》等片子时，一脸的崇拜。但听过他的话后，我才亲身体验到，原来冯导是那么一位有思想、有关怀的导演，名不虚传。

"四中的孩子不该这么拘谨！"他一进来，看见我们几个同学齐刷刷地坐在床沿，就说道。以后的谈话，就是循着四中的孩子不该怎么怎么和四中的孩子必须怎么怎么来的。我感到这位导演不一般，他的语气虽有些严肃，但又透着亲切和期望。

"四中的孩子没有思想，配是四中的孩子吗？"这是我今晚听的最多也是印象最深的一句话。

话题自然还是从电影开始的。冯导给我们讲思想的重要性。他说的思想，就是我们思考问题、看待问题、看待所有事件事物的方式方法。有思想，就是要有独立思考的能力。他举的例子，是我们很多同学爱看的美国电影。冯导说：电影本来就属于意识形态。美国电影为什么要占领中国市场，一是赚大把的钱，二是用美国文化影响中国的青年，三是用它的意识形态控制你的意识形态。美国很强大，它还要更强大，他们一个人享用六十个人的资源还不够，他们还要更多。这就是美国的目的。所以说我们那么热衷去看美国的电影，其实是被娱乐了，支持了美国的垄断。

所以冯导说，美国电影拍得是很炫美，问题是这个地球，是两百多个国家组成的，有很多的民族组成的，民族与民族是平等的，民族文化与民族文化是平等的。美国这种做法，挤压了别国他种文化的生存空间，所以我们在欣赏美国电影和文化的时候，要想想，如何争取平等民族与文化的平等。我们中国的文化，有着几千年的悠久历史，一个环一个环，连接起来，就成了长长的链。偏偏在我们这个环里头，我们不知道前头有哪些环，断裂了，这对祖先是罪人，对后代也是罪人。

冯导接着说，有了思想，有了独立思考，才能有精神上的追求，才能有信仰。他给我们讲了西藏的朝圣者。他说，朝圣者，穿得很破，吃得很差。你也许会看不起他们，会鄙视他们，可你去了解一下，他们都是很有钱的。那他们为何不去享受？不去买名牌？因为他们要追求精神上的享受和信仰！他们有信仰，这让他们善良：当他们骑着马儿，奔跑在高原上时，那种快乐是坐着宝马车享受不到的。

所以你们不要憋在城市里活，就以为地球就这么大。人类很多，信仰也很多，千万不要到歌星影星那里去寻找价值观念。有机会到片场去看看，那些歌星影星是什么样的追求和品德，就知道有些孩子，为那些人这么激动，是受到怎么的欺骗！说这些话的时候，冯导分明很激动，我却分明感到了他对我们四中孩子真切的关怀和期望。

冯导还给我们讲了中国人中间有追求有信仰的典型。那是他的电影《甲午大海战》中的主人公。他说，这种沉重的历史，里面有很多命题，那个年代中国受到多少屈辱，多少热血青年，也就是你们这个年龄。当你获得好的优厚生活，你想想多少青年而且是富有的青年，为了民族不惜牺牲生命。我想起冯导说的鲸环游地球数千里也要回到出生地的故事，爱自己的祖国，应该是我们每一个人骨子里的信仰吧。

那怎么才能有思想呢？怎么才能学会独立思考呢？

冯导的回答是两个必须：四中的孩子必须读名著博览群书，四中的孩子必须行天下了解生活。

读名著是从对我们采访的批评开始的。当冯导告诉我们,他拍的第一部电影是1989年的《大气层消失》时,崔汇嘉同学问道:您当时怎么想到这个题材的?

冯导的批评真是毫不留情,甚至可以说急了。他说,你这个问题呀,很落套。你开始去采访的时候,要有独立的思考。不要别人怎么说,你也怎么说。当记者要有丰厚的知识,比如说杨澜、白岩松,知识面极宽,可以和任何行业的人对话。才可以找到这个话题表层下面的要害部分,人家才愿意和你谈。你为什么拍这部片子?为了吃饭。这个话题很无聊的。比如说,好的记者,我提到这个话题,就会沿着动物保护的话题深挖,谈到电影承载的社会责任,然后剖析作品。

冯导殷殷嘱咐:孩子们,回去告诉四中的孩子们,还有老师,必须看一批名著,不要只看金庸这一种名著。金庸的名著是一类,是人类文化大森林中的一种。包括经典的电影,像《辛德勒名单》这样的,还有传统文化,也包括西方的文化,传承下来的,都要看,对你的独立思考会有帮助,对你的生活也会有帮助,将来找对象都不会找错。成大智者,必先读史。

冯导又嘱咐我们利用假期,起码到中国的范围内,去转一圈,比如说农村,陕北,看看,带着课题,像环境问题,农村孩子的学习状态,农村孩子生病了怎么办,很有益,远比报个旅游团好。他说,只有了解别人的生活,尤其是普通人民的生活,你才能过好自己的生活。

"读祖先留下的书,同时去看,山河大川,人类动物,各个层面。"我还在咀嚼着,都没注意到一个小时的时间,很快就过去了。冯导已经站起来,准备离开了。走也没忘了批评我们:合影,不要长辈领导站中间,每个人都是平等的,随意站着就行。我们就这样,很随便地,照了一张一定是很酷的合影。

　　回家我迫不及待地打开百度,我看到了:冯小宁,中国电影"华表奖"最佳导演奖、中国电影"金鸡奖"导演特别奖、飞天奖最佳导演奖等奖项获得者,有着很强的艺术家责任感和敏锐的思维,作品兼编剧、导演、摄影、特技、剪接、制片人于一身,成为中国电影的一个奇特现象,尤以大气恢宏、视角独特、激情感人著称,同时坚持承载着文化思想的内涵。和我想象的一模一样,因为我已经跟着他,经历过一次同样的思考,那是——灵魂的思考。

第三章
文字如歌

　　文源于字，字有风采，然文非字之堆叠，文中可有广大之景观、广大之气象，广大之景观背后有广大之心胸，广大之气象背后有广大之人格。广大生境界，境界生优美，优美生隽永。

　　在古诗中我看见了自然别样的姿态，它可以跳跃如红杏闹春，也可以静默如芙蓉开落。在饱尝古诗中的自然之美后，我却忍不住追问，我们用心去体悟大自然，究竟对我们的生命有何意义？

　　我想人生也许有两种选择，要么永远也不要懂悲伤和悲哀，要么在读懂悲伤和悲哀之后生出一种力量来，生出更活泼的活泼，更天真的天真。所以我也开始从悲剧中读到壮阔、壮烈、壮大，悲剧之悲成为悲壮之悲。这个过程像一碗雪水，饮下后寒彻骨髓，便可从现实的温热中脱离，在凛冽中清醒。

　　如果说儒家文化是我们这个民族的风度，那庄子就是我们民族的深度。我们对万物的灵魂有感知，也对宇宙的广博有追寻，我们的生命因为庄子而延伸到最深刻的内在，他的思想是我们面对社会面对自我的一盏明灯，它启迪人类最深沉的叩问。

文字如歌

中国汉字与西方字母产生的初衷，谈不上背道而驰，但也不尽相同。西方字母是对音乐的描摹与记载，是纯粹的人造符号；而中国汉字则起源于先民对自然的勾勒、创造与升华，它的起点更类似于艺术，在日后漫长的发展中才越发抽象。比如你看"川"字，三笔倾泻而下，仿佛是对江河奔腾最朴拙却最有力道的描绘，宇宙的神采、自然的风貌、山水的气质，都可以在汉字中被体察、被感受。

所以汉字具有歌的神韵，质朴而不干枯沉闷，飞扬而不矫揉造作。当你写下"雨"中四点，就像敲击出点点滴滴之声，雨打芭蕉，雨打梧桐，雨打枯荷，同样的点点滴滴，不同的黯然神伤。当你写下"月"中两横，就像放射出辉煌的光芒，月光如水，月如飞镜，月满西楼，月下有征人思乡，有离妇思君，有"愿逐月华流照君"的缠绵，有"天涯共此时"的开解。当你写下"田"中一横一竖，就像堆砌出田间的小路，阡陌交通，鸡犬相闻，牧童吹笛，老牛啃草，石碾声如车轮滚地，打谷声如雷雨将袭，田间传出动人的天籁。字中有画，字中有风景，字中有真情，字中有中国人独一无二而流传至今的生命体验。字如歌。

字叠成句，句成文，文成境界，境界成歌。"天苍苍，野茫茫，风吹草低见牛羊"，文字间似见牛羊身影隐约浮现，天笼万物，地展无垠。"乱石穿空，惊涛拍岸，卷起千堆雪"，文字间似有砾石兀立，猛狼席卷，马蹄扬起千里黄沙，英雄豪情，浴血经霜。"壮志饥餐胡虏肉，笑谈渴饮匈奴血"，文字间似觉发指青天，目向失地，怎妄想一己之身，雪家仇国耻。"前不见古人，后不见来者，念天地之悠悠，独怆然而涕下"，文字间感叹无前无后、无来无往之孤独，悠悠天地与荡荡心胸，从此往后可以并肩。"究天人之际，通古今之变，成一家之言"，文字间抒发通天达地、及古及今之伟大理想，我书青史，青史书我，青史在我，我在青史。文源于字，字有风采，然文非字之堆叠，文中可有广大之景观、广大之气象，广大之景观背后有广大之心胸，广大之气象背后有广大之人格。广大生境界，境界生优美，优美生隽永。文如歌。

自然之声经净化而有音乐，自然之形经提炼而有文字。每一个字的起落、轻重、急缓、疏密，每一段文的兴起、徘徊、转折、落幕，都充满创造的力量，真挚而热切的感发。可惜我们这群处在信息大变革时代的人们，却总在消解着文字中如歌的气质，文字越来越失去审美价值，不论是对书写的忽视、对自身语言精致程度的淡漠都是有力的证明。文字慢慢接近符号，冰冷无生命活力的符号，还有多少人在乎字中如歌的神韵，多少人注意文中如歌的境界？是的，把意思表达清楚也就够了，但失去文字中的诗意后，生活会不会少了一股精气神呢？

(2017年3月29日)

天人合一

——在古诗中发现人与自然相处之道

"天人合一"是中国哲学里一个核心的理念,儒家从道德层面赋予"天人合一"含义,而道家则是从人与自然的关系去探讨"天人合一"的内涵。我很赞同季羡林先生对于"天人合一"的阐释:"'天人合一'就是人与大自然要合一,要和平共处,不要讲征服与被征服。"道家的哲学似乎更本质地思考了人与自然的相处之道,其中所讲的顺应自然、清静无为的观点,仍然值得现代人去反思。

抛开哲学,我在中国人的日常生活中也看到对于人与自然关系的探索。古人砌房子要砌在"负阴而抱阳"之地,即坐北朝南,南面有湖水,背面有大山,这样的地形可以阻挡寒风并最大限度获得阳光,这种做法深究下去,其实就是人们在追随大自然的脚步,安排自己的生活。二十四节气把这一点体现得更加明显,人们在自然的轮回中经历个人生命的轮回,随着大自然的呼吸而呼吸,随着大自然的起落而起落，随着大自然的律动而律动，我在节气里找到了人对于自然最质朴的相生相谐。

但风水也好，二十四节气也好，其根源还是日常生活的需要，至于它们背后的精神内涵，是慢慢附加上去的。我想除了日常生活外，人与大自然的相处一定要触及到人的内在，上升到人的心灵、人的思想对于大自然的需要。幸运的是，在中国古代的诗歌里，我似乎隐隐约约感觉到了人的内心与大自然充满共鸣的美好状态，我想这种状态是诗的起源，也是诗的意义。中国诗歌从《诗经》起就有借景抒情的传统，《诗品·序》说"气之动物，物之感人，故摇荡性情，形诸歌咏"，陆机《文赋》说"悲落叶于劲秋，喜柔条于芳春"。"山情即我情，山性即我性"此般物我两忘的意境背后，是人与自然相处的状态，我想所谓"诗情"，我从古诗得到的解读是——对万物的流转保有敏感的体察。

"红杏枝头春意闹"，一个"闹"字便让红杏充满了春日的喧嚣、躁动、不安分，红杏你推我搡，争做枝头最娇艳的一朵；"绿情红意两逢迎，扶春来远林"，"扶"字写出了春天的迫不及待，一切绿叶红花都已备好，只等春天到来，尽情绽放。古诗中有很多这样别有意趣的句子，有时只需一个字的点缀，大自然的跳跃之美便闪烁于字里行间。诗人眼中的自然像一个精灵，古灵精怪、捉摸不定，跳到某个枝头就带来诗意一片。韩愈写过一首赏雪诗叫《春雪》，我认为极其灵动。"新年都未有芳华，二月初惊见草芽。白雪却嫌春色晚，故穿庭树作飞花。"诗人本在为见不到春色而遗憾，白雪却像懂得人的心意似的，扮作"飞花"，舞于庭树，让诗人赏了一副别样的花景。雪本是有灵之物，它不仅飞过诗人的眼前，更是飞到了诗人的心里。

王维所写的自然却不是活泼轻快的跳跃灵动，而是含蓄隽永的生命涌动。比如这首《栾家濑》："飒飒秋雨中，浅浅石溜泻。跳波自相溅，白鹭惊复下。"写了一个静态的画面，但在这样一个看似静止的画面里，秋雨在飘洒，溪流在倾泻，水波在飞溅，白鹭在盘旋，宁静之中是万物自由自在的变换、流转，无言却胜万千言。另外一首《辛夷坞》也有大自然的静默之美："木末芙蓉花，山中发红萼。涧户寂无人，纷纷开且落。"硕大的芙蓉花盛开然后飘落，在静默之中完成了生命的轮回，在安详之中送走了春天的绽放。我很喜欢叶嘉莹先生对王维诗作的评价，她说王维写的是"内心活泼真切的感动和惊醒"，大自然有它的节奏，它是动态的，在沉默之中有无尽变化，这种变化在某个瞬间与诗人的心绪一拍即合，那一刻的大自然就是有生命的，在人的内心中激起无关喜怒哀乐的某种触动。

在古诗中我看见了自然别样的姿态，它可以跳跃如红杏闹春，也可以静默如芙蓉开落。在饱尝古诗中的自然之美后，我却忍不住追问，我们用心去体悟大自然，究竟对我们的生命有何意义？诗人们用尽心力去描绘大自然，自然又带给了他们什么？这些问题不找到答案，我们就仍然是自然的旁观者，得不到与自然的合二为一。

王维的《终南山》里有一句话，"白云回望合，青霭入看无"，平淡却又绝妙至极。说平淡，是因为这句诗不过是写了远望高山云雾缭绕，走进山中却不见青雾迷茫这样一个过程，说绝妙，会因为即使许多人都见过这种景象，却少有人能发现其中的情趣。我想人对大自然的体察深不深刻、灵不灵动，本质上是他的心是否有生命力的体现。对大自然的体悟是一种生活的情趣，它是我们生活中闪闪发光的部分，拥有这样的情趣，人世的无常、生活的索然无味都可消解。戎昱的《移家别湖上亭》中，"柳条藤蔓系离情"，"黄莺久住浑相识，欲别频啼四五声"，柳条在诗人眼中是离情依依，黄莺在诗人眼中是恋恋不舍。诗人是带着情观察世界的，所以离别也显得有声有色、有滋有味，愁苦在自然中化为乌有。袁枚《遣兴》诗说："夕阳芳草寻常物，解用都为绝妙词。"我们都应回想，同样在春夏秋冬的交替中生活，诗人感悟到了什么，我们感悟到了什么，我们的心是不是已经失去感受的能力了，我们的生活是不是已经失去灵光一闪的快感了，这讲的是我们对待生活的态度。

自然当然也给人以哲理的启发，这样的例子也有不少。比如朱熹的《观书有感二首·其一》："半亩方塘一鉴开，天光云影共徘徊。问渠那得清如许？为有源头活水来。"道出了要不断更新学习的道理。苏轼的《题西林壁》："横看成岭侧成峰，远近高低各不同。不识庐山真面目，只缘身在此山中。"则教会人们看问题的方式。我觉得在大自然中领悟哲理很像禅宗所讲的顿悟，你在某一刻看到某个景物，心中一怔，便大彻大悟、豁然开朗。郭璞所写的"林无静树，川无停留"，就是在万物流转中顿悟出世事无常。

不过这些意义都还是建立在理性之上的，我相信自然对于人而言，还更有情感上的意义。自然是一种寄托，那些最深厚、最隐秘、最说不清道不尽的情感，只能借自然来抒发和排遣。"撩乱边愁听不尽，高高秋月照长城"，除了那轮清冷的秋月，思乡之愁又能在哪里得到安放？"窗含西岭千秋雪，门泊东吴万里船"，窗户里映出的是千秋的雪，门口停泊着的是万里的船,这博大的风景难道不是杜甫通达却仍存一丝豪放的内心的托身之所吗?那个"会当凌绝顶,一览众山小"的杜甫,是否在经历劫难后又在自然中找回了他的大胸襟、大境界呢?黄庭坚登上岳阳楼,吟出"满川风雨独凭栏"时,超迈不凡、兀然高耸的心境得以尽情释放。杜甫那句"岸花飞送客,樯燕语留人",不也是在自然之美中融化离别之苦吗?张固那首《独秀峰》:"孤峰不与众山俦,直入青山势未休。会得乾坤融结意,擎天一柱在南州。"没有那座直上云霄的孤峰,张固又到哪里去喊出自己成擎天之独峰的抱负?自然给予了这些情感最终的归宿,可以面对自然一吐心志,是人类的幸运。

那人与自然浑然一体、物我两忘的境界可真是令人神往!

元稹被贬五载,终于得以奉召还京。他写下了《西归绝句》:"五年江上损容颜,今日春风到武关。两纸京书临水读,小桃花树满商山。"临水读诏书,抬头忽见桃花开满山坡。桃花火红地燃烧着,诗人的心中也是燃烧欢欣的火焰,两股火焰滚滚燃烧着,鼓舞了一片得意的勃发。

刘禹锡革新失败,远谪荒州,悲秋是自古便有的传统,可刘禹锡却在《秋词》中写出了自己的秋天。他说:"自古逢秋悲寂寥,我言秋日胜春朝。晴空一鹤排云上,便引诗情到碧霄。"凌空的是白鹤,更是诗人突破困厄的勇气,自然的力量已化为诗人的力量,撩动了一片奋飞的雄心。

龚自珍在沉郁的心境中偶遇白雪,写下《己亥杂诗》:"古来莽莽不可说,化作飞仙忽奇阔。江天如墨我飞还,折梅不畏蛟龙夺。"大雪漫天飞舞,仿佛飞仙一样,而诗人的心也随着这雪漫漫飞舞了。就算前路依然险峻，就算命运张牙舞爪，诗人也无所畏惧，他已化作飞仙，飞扬了一片不屈的豪情。

"青蛙跃入古池中，扑通一声"是日本作家松尾芭蕉一首叫作《古池》的俳句，我很喜欢这句话中所透露出的人与自然相处的状态。自然是灵动的，时刻都存在着青蛙入水一样跳跃的、活泼的瞬间；人心看上去如一池静水，但青蛙轻盈的一跃，却在这颗心上激起诗情的水花，泛起性情的涟漪。我想所谓"情致"，也不过是赏青蛙入水的这般心境吧。我们都懂得欣赏自然之美，但我想我们不应仅仅将自然作为身外之物去观察，而要将自我置身于自然的怀抱之中去体察。你听见没有，自然正在我们耳畔呢喃；你看见没有，自然正在我们眼眸舞动；你感受到没有，自然正在我们心中写下诗句。我们面对自然时，是不是应该多一些"扑通一声"这般轻盈的扰动呢？

"天人合一"的大道，或许也不过包蕴在诗句中那一个个"扑通一声"之中呢。

（2017年2月8日）

阅读悲剧

我认为我读过的书，还不足以给我自信高谈阔论读书的意义。我当然也可以站在我所能到达的制高点用全局的眼光把读书的好处分条罗列，或许也能写出个像模像样的东西。但我每每想到我在书中遇到的那些人，用冷漠掩藏热情、用残暴遮盖伤疤的罗切斯特先生，在凄冷的灯晕里痴望着他的窗口的陌生女人，腰间别一朵茶花人前风情万种人后暗自神伤的玛格丽特，想起他们会有一种温情，或感喟，或唏嘘，或叹息，总想用最深的情感去回忆他们，在心底最纯净的角落与他们重逢。所以我不想站在制高点，而想把书捧在手心，轻轻抚摸，笑着，哭着，沉默着，追忆，流连，蜕变。

我或许生来对悲剧有着敏锐的察觉。我记得我八岁的时候，在一个匆忙的早晨，听到妈妈随口哼出的《三套车》，竟然留下了不属于那样繁忙而拥挤的都市的早晨的眼泪。地主也好阶级也罢我并不了解，我只是被老马与赶车人的深厚情谊打动，老马佝偻到不堪重负的身体随着泪光在我眼前闪动。巧合的是，书也似乎是一种有着悲剧属性的事物，每一个伟大的故事都有让人潸然泪下的本领，也有轻轻振荡久久回响的余韵，我认为这种余韵就是悲剧使人难忘的原因。回顾自己小小的阅读史，其实就是一个认识悲剧的过程。认识悲剧，了解悲剧，接受悲剧，创造悲剧，就是在认识人生，了解人生，接受人生，创造人生。

悲剧之悲先有悲伤之悲。这点说来有些惭愧，也许正是我很少亲眼看见或经历悲剧，所以我要在书中寻找悲伤，体会悲剧的味道，欣赏不完美的完美。我在寻找悲伤，悲伤也在寻找我。我儿时最爱看的《城南旧事》以一朵凋谢的夹竹桃的插画结尾，童年赐给英子的那层朦胧的水汽从此刻起慢慢消散，从此以后英子要自己面对窗外那个清晰到锋利的世界，要抬起手，告别，撒开手，失去。《额尔古纳河右岸》的悲伤也在于失去，失去穿着洁白的外衣笔直挺立的白桦，失去用风声流水声治病疗伤的情怀，失去单纯又充满温情与信仰的人们，失去古老而厚重的生活。茶花女摆脱不掉偏见与鄙视，她在堕落中消磨善良，在放荡中遗忘纯洁，当她终于决心搬到乡下，过另外一种生活时，世俗的手又将她拉回巴黎，直到耗尽最后一丝气力。悲伤像秋日里缓缓流淌的钢琴曲，比叶落归根的一刻还要静谧，还要永恒。

悲伤见多了，却生出一种新的感受，像被一只利爪死死拽着，飞不到远方。姑且称它为悲哀吧，诸如无奈，诸如唏嘘，最后都化作一缕悲哀，在心头盘旋缭绕。《夜航》的悲哀是人类在连绵的雪山、喷发的岩浆与洁白的桌布、温暖的烛光之间难以拿捏的尺度，走远了是寂寞，沉迷了会麻木。在长满石楠的荒原上游荡的凯西与希斯克利夫，怎么一个变成呼啸山庄的游魂，一个变成以折磨为乐的暴徒，自由的灵魂，陈尸在野蛮的荒原。神甫以上帝为名用血与恨创造然后毁灭的爱情，加西莫多贪婪而又脆弱的温柔，身体在扭曲，灵魂在扭曲，而面具之外，赞歌仍在唱响。人们以道德的名义消费着祥林嫂的不幸，祥林嫂又以道德的名义葬送自己的生气，每一个人都被困在狭小的黑屋里，把狭小当广阔来称道，把黑暗当光明来发扬，没有谁可以逃离。悲哀，我们共同的命运。

我想人生也许有两种选择，要么永远也不要懂悲伤和悲哀，要么在读懂悲伤和悲哀之后生出一种力量来，生出更活泼的活泼，更天真的天真。所以我也开始从悲剧中读到壮阔、壮烈、壮大，悲剧之悲成为悲壮之悲。这个过程像一碗雪水，饮下后寒彻骨髓，便可从现实的温热中脱离，在凛冽中清醒。哈姆雷特的质问多么悲壮，是睡去、忘记、视而不见，学会在残暴与卑鄙的夹缝中生存的智慧，还是拿着一把尖刀，小小的尖刀，流着血成就伟大的事业，换来血淋淋的正义。木兰看着逃难的男女老少，觉得真实而伟大，四万万人以共同的旋律运动着，没有高低，没有贵贱，那旋律奏响着对祖国与故土的坚守。罗密欧与朱丽叶拥吻出熊熊火焰，烈火燎原，高不可攀的都给毁灭，大火熄灭后，留下干干净净一片苍茫大地。贝雅特丽齐的光芒引领但丁望向真理的黎明。简爱一无所有离开桑菲尔德，自由有时是尊严，有时又是折磨，将她抛弃在无边的荒野，每一次呼吸都在将自由雕塑成光滑美丽的墓碑。演一场悲剧，换一场悲壮，悲伤、悲哀是劫，悲壮是劫后重生。

我在书中遇见过那么多人，听过那么多故事，我本想以温情为底色勾连起他们，却发现将这些人和事联系在一起的竟是一个"悲"字。细想觉得这条线索很好，因为我们每个人都从出生起就被放在一个破旧的剧院中的舞台上，自己演出一场悲剧。这出戏常常有嘉宾，有人喝彩有人贬低，能不能将这出戏演出某种悲壮的余韵，就看自己的智慧了。但无论如何，书中的故事构成阅读的故事，阅读的故事构成我的故事，我的故事悄悄提醒着我，悲壮的终点在那里，不要走错了方向。

（2017年3月4日）

小中蕴大

小时候，我们总喜欢展开双臂，微微仰头，向同伴描述我们心中的"大"。我们边说边使劲伸着手臂，似乎要把我们有限的双臂伸向无限的远方，多么夸张的姿态都不能道尽我们对"大"的崇拜。长大之后，我们还是那么向往"大"，世俗的梦想大房子大事业大荣耀，清高的追求大智慧大人格大境界。但是当我们不断找寻"大"的时候，走近"大"的时候，是否也曾注意过"小"呢？"大"与"小"构成了阴阳相生的和谐，"大"不可孤立于"小"存在，"大""小"之间存在一种微妙的平衡。我相信我们的生活中不仅有走向开阔的快乐，还有在细微处发现大世界的妙趣。

艺术之"小"，小在形态之精巧。《核舟记》里那个八寸长的桃核之上，可见雕栏之精美、小童之无邪、鲁直之旷达、佛印之洒脱、东坡之悠远。将这小雕置于股掌之中，小雕仿佛真的开始在水中上下浮沉，手掌对这它而言，大的就像茫茫无边的江河。可你细看这小雕，却有了新的发现。你仿佛看到了大苏泛赤壁的那个夜晚,东坡的衣带开始飘扬,他手中的画卷正在被他缓缓展开,你隔着时空听到他爽朗的声音,看到泛光的眼眸,你不知不觉地被融化了,融化在一种难以言说却又绝妙无比的大意境里。在这小小的雕塑之中,原来蕴藏着如此的匠心,这不只是一只载人的船,更是一只渡人的船,"山高月小,水落石出""清风徐来,水波不兴",它承载着苦难中伟大的人格,它讲述着中国文人寻找心灵家园的故事,船在掌心浮沉,人生浮沉也在船中消解。这形态之小归根结底,不也是在表达艺术的大思想吗?

文学之"小",小在字句之简练。"红杏枝头春意闹",只一"闹"字便见春色扑面而来,萌发的期待,生长的躁动,绽放的喧嚣,将人心头的春意唤醒,青春的骚动再也按捺不住。"云破月来花弄影"中的"弄"字也一样绝妙,乌云散去,月出东山,花朵带着美人独特的骄傲,玩弄着自己月光下的倩影,妩媚多姿,芳华尽显,春意也同时呼之欲出。一个字可造就一句诗的境界,一个小字却成就了一首诗的大风范。"涧户寂无人,纷纷开且落",一句小诗,一幅简单的画面,却是生命的大轮回,是人面对轮回的大喜大悲;"折戟沉沙铁未销,自将磨洗认前朝",着眼于一支带锈的铁戟,却透视出历史的大风大浪,人事的大兴大衰。心中大境界,全凝练在简练的小字小句之中,不也是文学的大智慧吗?

人生之"小",小在修行之细心。曾子"吾日三省吾身",反省看似是细微的功夫,但反省背后是对真理的践行与反思,是对灵魂的鞭打与叩问,是自我不断的推倒与重建。"为人谋而不忠乎","与朋友交而不信乎","传不习乎",哪一条不是在将学问做到实处,哪一条不是在将道理变为行动。曾子在"战战兢兢,如临深渊,如履薄冰"的小心谨慎之中,却修出了"士不可不弘毅"的大勇,炼出了"可以托六尺之孤,可以寄百里之命"的大眼光、大意气、大胸襟,大人格!"君子无终食之间违仁"的大理想,可正是在说要把每一个细节细心做好。孔子的大胸怀也是在小处体现,"子食于有丧者之侧,不饱","不饱"这个细小的动作中,包蕴着孔子对礼的大执着,更展示着孔子对人类命运的大关怀,大仁大义不需要表演,哪个不是在细微之处完成?"一花一世界,一树一菩提",大宇宙的运行规律可在小原子中上演,心中的大世界可在一花一树间构建,人生的大境界大智慧,也在一言一行、一思一想中获得。

"小""大"之间,可有分别乎?"大"乃无穷,"小"乃无穷,细品"大""小"之妙,可也回味无穷。

(2017年2月13日)

见　证

　　水有万千姿态，见证万千人事。——题记

　　它来自混沌的高空，它在寒冷之中凝结，由无形变为有形。它降落在雪山之巅，它在春风抚摸之下失去冰的晶莹，化作水的清透，从高山流到峡谷。它散发着花瓣的甜香，它反射着夕阳的浓艳，它被小鹿的轻蹄撩起，压弯新生的草尖，回归泥土。燕子衔起湿润的泥土，却不小心把筑巢的砖瓦掉进了溪水中，于是它就继续流淌着，流淌着，直到流入人间。

　　它要去见证人间烟火。

　　它有时是咖啡杯上的一缕热气，在拥挤的人行道上飘荡。它夹杂着令人陶醉的香气，浸入到满是汗味的地铁车厢里，给这忙碌的奔波添一丝短暂的惬意。

　　它有时是一碗浓醇的汤，清亮的油浮在汤上，丰富的养分沉在汤底，浓浓的情意漫在汤里。它为寒冷的身躯带去彻头彻尾的暖意，它为失落的心灵送去温暖醇厚的安慰。

它有时是击打着伞的雨水，它和伞一起，在这样有着密密麻麻愁思的天气营造出一个充满遐想的空间。打着伞的人，也许在怀念琢磨不透的过去，也许在期待捉摸不定的未来，也许在互相依偎，记住确定的此刻。

它有时是聚会上的美酒，为这短暂的狂欢助兴，它抚慰着迷失的灵魂，它也给在生活中挣扎的心灵眷恋这盛宴的机会。它勾起万千回忆，也引发无数遐思，催生了艺术的灵感。

它有时是瓦片上溅起的水珠，从瓦的间隙间流下，变成雨的珠帘，浇湿火红的辣椒。老妇透过它的帘望向远方，她在等曾经把脑袋深深埋进她胸口的那个孩子；姑娘也在透过它的帘望向远方，她在等她在梦中看见的那个飘忽不定的身影。

它有时是苦涩的药水，被痛苦折磨到失去神采的双眼盯着它，然后仰起头，将这苦涩一饮而尽。饮下人生的苦，让它慢慢滋养期待的甜，生活有无限可能，生命有无尽坚强。

它有时是飞溅的唾沫，它可能是高谈阔论、百家争鸣的证据，但它也可能是争执的产物，难以消除的误解，难以原谅的背叛，难以靠近的心。

它有时是沟渠里的污水，它承受着肮脏对美好的践踏，它掩藏着深夜令人辗转难眠的秘密。它是人类对自然的消磨，是人类猖狂地对待自然的回报。

它有时是钢笔里的一管墨水，随着钢笔的滑动倾洒在纸上。它记录对春天的期待，它写下对世界的发现，它铭刻痛苦中的深思与反省。它也许随着信纸渐渐泛黄，也许漾起思念的人早已远去，它却仍然清晰可见。

它有时是窗上朦胧的水汽，它的背后，模糊的轮廓在晃动着、徘徊着。一只手将它抹散，一只眼透过冰冷的玻璃窗，遥望渐渐下沉的繁星。它读不懂那思绪万千的心，它不知他在为哪里的哪些人烦忧，它不知道他对人类和世界的关怀与怜悯。

它有时是杯中的浓茶，清香四溢，醇厚质朴。它化千言万语于无言之中，它化千头万绪于嘴角的轻轻上扬，它是关于宽容的，它是关于领悟的，它是关于自由的，它是关于旷达的，它是关于通透的。

它有时是岁月的流转，眼泪曾经从年轻的面庞上大滴大滴地滚落，而如今只能渐渐注满深深的皱纹，从皱纹中静静淌下。许多问题一生也未得到解答，未想好告别的话，也未准备好在死神面前的自赎。然而它不会等待我们，它推着我们前往那未知的漩涡，漩涡深处也许是更深沉的黑暗，也或许是我们好久没有梦见的伊甸园。

它从神圣的地方来，见证过了人世，也要回到神圣的地方去。那天夜晚，它悄悄爬上一朵将要开放的花朵，当太阳普照大地之时，花瓣展开了，它再次化作无形。

天空是没有瑕疵的蓝，雪山是没有污垢的白，仿佛要消解一切人间喜乐。

（2017 年 1 月 28 日）

李白的飞扬与落寞

谈到唐诗，甚至将范围扩大到中国古典诗歌，李白都是一座不可忽视的高峰。

从村口的老妪到学堂里摇头晃脑的孩童，无人关于"诗"的认识里没有一首《静夜思》的。孩提时读《静夜思》，抬头遥望窗外明月，月光果真给大地披上一层清冷的霜，那句"床前明月光，疑是地上霜"，便在脑海里刻下了不灭的痕迹；成年后读《静夜思》，更感慨"举头望明月，低头思故乡"的望月怀人之苦，沐浴在同一片如水月光下，却不得相见的人生遗憾，让这首诗的空明之中渐渐浸入一丝苦涩。《静夜思》已成为中国人生活中无形的陪伴，李白也早已是无形的知己，滋养安慰着世间千种万种的灵魂。

李白的名字总是与奔放联系起来。"君不见，黄河之水天上来，奔流到海不复回"，"安能摧眉折腰事权贵，使我不得开心颜"，"仰天大笑出门去，我辈岂是蓬蒿人"，"五花马，千金裘，呼儿将出换美酒，与尔同销万古愁"。李白的诗句让人读来仿佛置身无尽荒原之中,天地苍茫,唯我一人屹立其中。我狂歌,我乱舞,我吟啸,我呐喊,我汲天地精魂于我身,释放出撼天震地的雄壮。李白仙人一般的性格,再加上他对文字和音韵天才般的把控能力,让他的诗极富节奏感和韵律感,可谓淋漓尽致,浑然天成。

我们对李白的认识,起于奔放,却也常常止于奔放。少有人去追问李白的奔放从何而来,又为何贯穿了他的一生,成为他精神气质的标志。我相信这不仅是因为性格,还因为遭际,天赋与劫难共同造就了奔放的李白,他的奔放很多时候是躲避烦扰的暂栖之所,当他重新面对血淋淋的生命落空的现实后,却也无力挽回,只能饮酒吟诗,企图扯断缠绕他的寂寞之网。可网是乱如麻的,扯不断,挣不脱,越挣扎它就越将李白紧紧包围。李白与杜甫的相遇,就如诗人闻一多所说,像是太阳与月亮走到了一起。两人同在诗歌上具有极高的天赋,也一样在踌躇满志后体会过志向落空的无奈,这两位天才对彼此的理解是深刻而精准的。杜甫在《赠李白》中这样形容李白——"痛饮狂歌空度日,飞扬跋扈为谁雄",极其恰当地概括出了李白真实的处境。他"痛饮狂歌"因为"空度日",他"飞扬跋扈"不知"为谁雄"。若不深入到李白的失落之中,也不可窥见他"奔放"背后的深意,毕竟李白也曾形容自己是"大鹏飞兮振八裔,中天摧兮力不济",最绚丽的潇洒背后也往往是最解不开的万千落寞。

李白常以鲁仲连自比,他希望像鲁仲连一样得到君主的赏识,他认为以自己的才能必能在谈笑间平治天下,建功立业后却不受功名利禄飘然而去。李白有济世救民、关怀天下苍生的理想,但他却没有政治家应有的冷静，更不懂官场上的屈从与迁就，所以他的政治理想，或许放到任何一个时代都是无法实现的。李白年轻时写过一篇《大鹏赋》，他以大鹏自比，"一鼓一舞，烟朦沙，五岳为之震荡，百川为之崩奔"，这是天才的恣纵与自信。然而当他怀着这样一份向往接受唐玄宗的赏识进入宫廷时，却发现天子不过让他写诗作为玩乐时的助兴，却没有给他施展才华的舞台。"天子呼来不上船，自称臣是酒中仙"的李白，又怎会甘愿做天子的玩偶，他自请归田，他的第一次求仕也就此宣告失败。安史之乱间的李白，也从未放弃用世的意志。他写过"抚剑夜吟啸，雄心日千里。誓欲斩鲸鲵，澄清洛阳水"，也写过"余亦草间人，颇怀拯物情"，他始终怀着"济苍生"的深情，怀着平定天下的狂想。李白后来加入了永王的幕府，可惜永王也并不是能成大事的人，很快被打败，李白也因此被判流放夜郎，幸好遇到大赦天下才得归，他的第二次求仕也这样以失败告终。他曾经尝试过第三次求仕，可惜病倒在了半路上。李白既不会像陶渊明一样彻底逃出尘网，选择归隐；也无法如苏东坡一般，用哲学的眼光消解苦难。所以他的一生都在上演跌落与腾跃的回旋，他挣不开缚住他的网，那就用火焰烧断它，那张大网一次又一次困住李白，也一次一次在他的生命之火中化为灰烬。

我认为《行路难》是最能体现李白性格的诗之一，李白在《行路难》当中反复飞升，又反复沉沦，最终在痛苦中升华。"金樽清酒斗十千，玉盘珍羞直万钱"本来是无比奢华的盛宴，可是我们的李白却"停杯投箸不能食，拔剑四顾心茫然"。他放下筷子，他吃不进去，因为他就如他手里的宝剑，寒光袭人，却在茫茫天地之间茕茕孑立，无处可栖。"欲渡黄河冰塞川，将登太行雪满山"，到这里全诗已失落到极点，困顿到极点，雪满大地，万里冰封，再没有任何可以突破的出口。就在这时，李白的笔锋一转，"闲来垂钓碧溪上，忽复乘舟梦日边"。诗句变得舒展了，悠扬了。这句看似是向往悠闲浪漫的生活，但用的姜子牙被周文王赏识以及伊尹被商汤任用的典故，实际上还是在说得不到赏识的苦闷。但李白终究是李白，寂寞也好，痛苦也好，都无法遮掩他喷涌而出的光芒，这尾句"长风波浪会有时，直挂云帆济沧海"，又完成了升华与突破。我想这才是真正的李白，我们容易只看见他的飞升，而忘了他努力飞升的目的是释放痛苦，飞升是外在的李白，矛盾是内在的李白。不过李白的生命姿态终究还是昂扬的，这只渴望翱翔于穹宇的大鹏，不会被双翅上沾染的浊泥束缚，它轻轻一抖，一切尘世的浊泥便如大雨般散落，然后它缓缓拍打展开翅膀，便又回到了属于它的高远而无瑕的蓝天。就像叶嘉莹先生所说："一般人写悲哀就是悲哀，可李太白不是的，他总是把他的悲哀寂寞写得飞扬潇洒。"我想这是对李白最好的概括。

　　我也很喜欢李白描绘黄河的诗句。李白为了送好友丹丘西归，写过一首《西岳云台歌送丹丘子》，送别虽然是这首诗的主题，但是李白在这首诗里对黄河的礼赞却更吸引我的注意。首句"西岳峥嵘何壮哉，黄河如丝天际来"，诗人仿佛站在空中，俯瞰峥嵘的西岳和奔腾的黄河。以这样的视角看黄河，黄河在雄壮连绵的山峦之中，化为一缕轻柔的青丝，缭绕着西岳而下，黄河的气势也隐没在西岳的壮阔之中。不过黄河是酝酿了巨大的力量的，所以第二句拉近了视角之后，黄河的声势与姿态便淋漓尽致地体现了出来。"黄河万里触山动，盘涡毂传秦地雷",黄河从万里之外奔腾而来,冲击着山崖,在山谷里盘旋涡转,如同滚滚雷声震荡在秦地的上空。下一句"巨灵咆哮擘两山,洪波喷流射东海",用了河神巨灵用手掌掰开山峰使山一分为二的典故。李白想象着当初巨灵咆哮着掰开两山时的情景,他把巨灵的精魂赋予奔流不息的黄河,用"喷"和"射"两字,写出了急流从山口喷射出去,直达东海的态势。黄河是属于李白的,黄河在山谷间盘旋、冲击、洗刷、涤荡,找寻着出路,这条生生不息的河流最终从巨灵打开的山峰之间直入东海。黄河面对重重阻碍时所展现出的气势,就仿佛李白面对挫厄时所展现出的气势,二者的精神气质高度契合,黄河值得李白歌颂,李白也值得黄河以它最饱满的精神,去激荡起诗人心中的诗情。

有人说,李白是因为去捉水中的月亮而死的。我愿意相信这样美丽的传说,我愿意想象着在一个月色朦胧的夜晚,狂歌乱舞的诗仙瞥见明镜般的湖面中央隐约闪耀的光晕,黑夜把那在远处摇曳的光衬托得格外明亮。诗人忽觉滚滚热情在心中翻滚,万千思绪在脑海中奔涌,于是诗人抛下酒樽,朝着那轮光影飞奔而去,挺身一跃,光晕在瞬间被击得碎片纷飞,瞬间之后却只剩永恒的明朗与纯净。

(2017年1月24日)

陶渊明的隐逸与孤独

　　陶渊明最初给我的印象很像他笔下的松树、菊花、云朵，淡淡的，有种要成仙的气象。当所有人都在向外追求人生的意义时，他却选择"开荒南野际，守拙归园田"，他是中国文人中的先驱者，是他最先在自我完成中实现人生价值，是他将"隐逸"从理想变成了现实的生活。

　　陶渊明所写的，是他内心之中已达到妙境的神思意念的自然运行，他的诗文如涓涓溪流从石缝间缓缓流出一般，自然恬淡，"非矫厉所得"。他内心是宁静悠远的，所以他才会写下"山气日夕佳，飞鸟相与还"、"采菊东篱下，悠然见南山"这样的诗句。诗人采菊东篱，悠然自得，又逢山气特佳，飞鸟投林的黄昏，大自然的和融纯净让诗人超然冥邈，神逸方外，他的心境也净化到如大自然般和融、淳朴。人的主观心境与大自然的客观环境真正浑然妙和了，人的精神也就从尘世之累中彻底解脱了。陶渊明热爱田园的宁静，田园与他拙朴的性格有一种天然的契合，"种豆南山下，草盛豆苗稀""晨兴理荒秽，带月荷锄归"，田园对陶渊明而言如羁鸟的旧林，池鱼的故渊，让他感到自在、解脱。

陶渊明可以有如此云淡风轻，我想是因为他对世俗人情有清醒的认识，同时对死生问题有通透的达观。贤如王羲之也曾感叹："死生亦大矣，岂不痛哉！"而陶渊明却说："纵浪大化中，不忧亦不惧。应尽便须尽，无复独多虑。"他面对生死，是一种极其坦率的态度，他认为人生如纵身大浪，沉浮无主，以不忧亦不惧的态度处之即可。他所写的《挽歌诗》是他生死观的最佳体现之一。陶渊明的伟大之处在于将生命的不幸说得自自在在，不落哀境，若非对人生对宇宙大彻大悟，生平有定力定识，岂能如此！陶渊明不仅留恋生，在即将离开世界的时候，还能以达观的态度对待死，以飞动的神思想象死，以抒情的诗笔描绘死。在陶渊明的笔下，死亡构成了生存的另一种方式。这是一个伟大的发现。这样的发现超越了自我，超越了时代。

但我们常常看到陶渊明归隐田园的悠然，以及他面对死生的达观，却常常忽视了他之所以选择归隐这样一条坎坷的道路，不仅仅是因为对田园的热爱或者是对官场的厌弃，更因为他生命中有难以调和与平衡的矛盾。他有济世的志向，但是他美玉一般的人品却让他在实现理想的道路上举步维艰，他在仕与隐之间反复徘徊。最终他付出了饥饿寒冷的代价，付出了寂寞孤独的代价，他是一个自我实现了的人，他终于找到了一片完美的境界，可他使世界也趋于完美的志向却终究没有实现。我们读陶渊明的诗，不能忘记他的悠然达观之下，是更深刻的孤独。他曾写过一只鸟，"朝霞开宿雾，众鸟相与飞。迟迟出林翮，

163

未夕复来归",这是一只与世无争的鸟,当众鸟都急急忙忙去求索时,它却独自飞在最后,但它却承载着最深沉的孤独,因为没有其他人理解它,它只能独自飞翔,独自寻找只有他自己在乎的东西。陶渊明还喜欢写松,尤其是孤松或绝壁上的劲松,"岁寒,然后知松柏之后凋也",这些意象就是他自己的化身,它们都是坚强的,即使只剩下自己,也要保持住操守。

陶渊明还讲过另一只鸟的故事。"栖栖失群鸟,日暮犹独飞。徘徊无定止,夜夜声传悲。"这是一只不安定的鸟,是一只不断找寻的鸟,是一只敢于独自飞翔的鸟,更是一只寂寞的鸟。"厉响思清远,去来何依依",它在带着最深切的感情,寻找一个高远的、没有污秽的所在。"因值孤生松,敛翮遥来归",它终于找到一棵孤生的劲松,于是收起羽翼,准备落下。"劲风无荣木,此荫独不衰",当别的草木都已在风中衰败,这棵松树却傲然挺立。"托身已得所,千载不相违",它终于找到托身之所,可以不违背自己的内心去生活。陶渊明的一生孤独如此鸟——"欲言无余和,挥杯劝孤影。日月掷人去,有志不获骋";他的一生执拗如此鸟——"饥冻虽切,违己交病";他的一生奋发如此鸟——"登东皋以舒啸,临清流而赋诗"。

陶渊明不是没有过治国平天下的理想。他在《拟古九首(之八)》里写过"少时壮且厉,抚剑独行游",他甚至还在《读山海经》里写过"刑天舞干戚,猛志固常在",他有一份用世的意志。可是他在《拟古九首(之八)》里又写道:"饮食首阳薇,渴饮易水流",首阳象征伯夷叔齐,易水象征荆轲,这些都是最有品格最有操守的人,这是陶渊明的理想。可他这份理想却也只能化作一声悲叹——"不见相知人,惟见古时丘"。所以说，他经历了心灵上很复杂的矛盾和精神上的种种痛苦，继而把这些苦难和忧患消融，达到真淳的境界。那只失群的鸟最终托身于一棵孤松，而陶渊明也在田园之中完成了自我，找到托身之所。

陶渊明的诗文很符合苏东坡所说的"似瘦而实腴"，造语虽浅而含义实深，虽出之平淡而实有至理，他写出了人生的孤独、寂寞、短暂、无常，写出了他心中彻底的、没有依傍的孤独。北宋文学家李格非说"《归去来兮辞》沛然如肺腑中流出，殊不见有斧凿痕"，我很喜欢"沛"字，当诗人心中拥有"任真"与"固穷"的境界时，他的诗文也必有丰沛的情感倾泻而出。

桃花源如此完美，但是"后遂无问津者"，世人习惯了污秽，没有人再去寻找纯净之地。同时我们也应该看见，中国的读书人中始终有一批品格高尚的人，陶渊明作品里深微、幽隐的含义，令千百年后的人们为之感动。辛弃疾曾如此说——"须信此翁未死，到如今凛然生气"，陶渊明凛然的生命力量，跨越时空，给辛弃疾如此鲜明和强烈的感动。我们如今可能很难理解、更无法去践行陶渊明对于他品格与德行的操守，我们也容易只记住他"不为五斗米折腰"的宣言，但我想当我们真正接近他的诗文，了解他的心性之后，也会像辛弃疾一样，感受到一种扑面而来的生命的力量。我们不会为了寻找托身之地付出饥寒交迫的代价，但是当我们面对"举世皆浊我独清，众人皆醉我独醒"的孤寂时，也应多一份隐忍与执着。

我想陶渊明值得我们更加深入地去理解，也值得我们以此出发，反观自己的内心，陶渊明告诉我们一种关于自我完成的人生可能，也指引我们坚守心中的理想与美好,我想这是他至今也没有被我们遗忘的原因。

(2017年1月20日)

庄子的启迪

关于庄子其人，我不想再赘述过多。我想谈一谈儒家为正统的文化大背景下，中国人之所以几千年从未遗忘庄子，背后到底有怎样的内在追求，庄子为何至今感染着人们，给予人们颠覆性的启迪。

说到庄子式的人物，我不禁想到了林黛玉。林黛玉是带着灵性降生的，她容易对一般热切的事物冷眼旁观，她也总是看到繁华背后的空幻。所以她说话有时会咄咄逼人，因为她讲话是真性情，不在乎礼俗的约定。她把生命寄托在诗上，她的诗用字很险，才华锋芒毕露。相比之下，薛宝钗就是典型的儒家性格。她知礼守礼，说话做事都恰到好处，她追求现实世界中的名和分，她的诗也是大家闺秀式的典雅雍容。从这二人的对比中，我们可以看出庄子式人格是对儒家的颠覆，二者的处事态度与生命追求都大相径庭。但也正是由于二者强烈反差所带来的张力，使生活在儒家礼教下的人们被庄子强烈地感染。

儒家文化中，一个人有多种的身份。有时是君，有时是臣，有时是父,有时是子,每一种身份都有它对应的模式、对应的礼数。但仔细一想会发现,人永远在扮演社会角色,却唯独不曾扮好一重身份——那就是他自己。所以庄子其实是在启迪人们如何找回自我,如何冲破人世间重重的束缚,坦白面对自己的内心。庄子告诉人们人除了满足社会的种种要求,还应该时刻不忘自我的价值。人该如何面对自然,如何于广阔的宇宙中肯定自己的存在。庄子在用他哲学家的冷峻与诗人的热情,为我们打开一个形而上的世界。

所以我觉得庄子在中国文化中的作用很像园林在中国文化中的作用。中国的建筑是儒家式的,方方正正,而且承载了很多阶级地位的信息。住在这样的房子里,你会不自觉地想起自己的角色,不会跨越它。但园林不一样,园林是曲径通幽的,到这里每个人面对的都是自己,每个人是平等的。所以只有在园林里,才会有"与谁同坐轩",坐在那里的苏轼可以冷眼笑看一切,此夜只有明月清风我。所以也只有在园林里,杜丽娘才会感慨"良辰美景奈何天",园林给了她思考生命价值的契机,让她有勇气追寻更真实的自我。

可以看出,中国文化不能没有庄子,中国人更不能缺了庄子。如果说儒家文化是我们这个民族的风度,那庄子就是我们民族的深度。我们对万物的灵魂有感知,也对宇宙的广博有追寻,我们的生命因为庄子而延伸到最深刻的内在,他的思想是我们面对社会面对自我的一盏明灯,它启迪人类最深沉的叩问。

那么庄子启迪了我什么?我用两个字概括——包容。鲲之大有几千里,大鹏扶摇而上天地为之震撼。庄子为我展现了我认识之外的另一个世界,那里的人超凡脱俗,那里的物空灵纯净。庄子告诉我不必拘泥于眼前的世界，这个世界外有更高的世界，而这个世界的每一个生命都是自由的，从来不必拿一个框子，把自己或其他生命框在里面。这种包容推广到我们的社会也是有意义的，我们不应该施加压力给与主流背道而驰的人，相反，我们应该给每一个生命实现自我的空间，让每一个人有追求更高生命境界的可能，而不是把个性削平，变成一个样子。我想这正是庄子在当代可以带给我们的价值。

庄子将继续鲜活下去，点醒心灵。

(2016 年 10 月 12 日)

生命的觉醒

——读李后主《破阵子》有感

四十年来家国,三千里地山河。凤阁龙楼连霄汉,玉树琼枝作烟萝,几曾识干戈?

一旦归为臣虏,沈腰潘鬓消磨。最是仓皇辞庙日,教坊犹奏别离歌,垂泪对宫娥。

国破家亡,是对李后主生命的点醒,直到看到繁华灰飞烟灭,直到自己刹那间由帝王的荣光跌落到俘臣的耻辱,李后主的心才真正生长起来,诗情才真正蓬勃起来。

上阕中最打动我的是这句"几曾识干戈"。一个万千荣宠下长大的皇帝,虽坐拥天下几十年,却只见到凤阁龙楼、玉树琼枝,可想而知当无情的兵器伸到他面前时,他是怎样的震撼。我不想用惶恐来形容他认识到战争来临时的心情,惶恐时人想逃避,可我相信后主面对硝烟四起的国家时一定会愣在原地。原来华美的宫殿在某一天也会被付之一炬，原来青葱的山河有一天也会一片寥落，他心中升起了两种截然不同的状态的对比，这种对比的力量对他是颠覆性的。

下阕则是词人的领悟。"一旦归为臣虏，沈腰潘鬓消磨。"一旦国家破灭，沦为俘虏，便要承受无尽的消磨。"教坊犹奏别离歌"这句很关键，它告诉我们后主的心里是无尽的哀愁，当年奏着欢歌的教坊如今却在奏别歌平添愁绪。也许后主没有做好皇帝的能力，但我们不能说他没有君主的心胸，否则这国破家亡之时不会激起他喷涌的愁绪，曾经的繁华与寥落的今昔对比，也不会令他沉吟悲叹，教坊的别离歌，更不会引他泪下。他心中有这三千里山河，有对这片土地无限的眷恋，而战争触发了他潜在的思绪，让他真正领悟，立起来，成为一个容得下山河、容得下兴衰之痛的人。所以这首词，讲的其实就是这个领悟并站起来的过程。

（2017年2月8日）

一样的感发，不一样的人生

——读张若虚《春江花月夜》有感

  古人讲为学，是要把整个一生都投入进去结合在一起的，而现在讲诗的人讲得很好，理论很多，分析得很细腻，为什么没有培养出伟大的诗人？就因为没有这个结合。诗人如此，诗也是如此。真正的好诗是浑然一体的诗。对这样的诗，你要掌握它真正的精神、感情和生命之所在，而不要摘取一字一句去分析它的好处。

——《叶嘉莹说汉魏六朝诗》

  其实叶嘉莹先生在后面也说，"诗歌是感发的力量"，尤其是中国诗歌。西方的小说有许多铺垫、回环，可中国的文学倒更性情，我就是看见了一片枯叶于是想起了而已，我自己也讲不清为什么。只是心动了一下，一种外界的力量将它激发了。

我自己的感受是，诗人真的不是天天有工作可做的，因为往往生活中有了什么过不去的坎，在逐渐清晰的过程中是最有灵感的。在那样的时候，你就有写不完的话，而且往往是越写越有新的思考，因为为了一篇兼具美与叙说，可以表达你所思所想的诗，你比一个人叨叨时想得多。

　　上周遇到了些不顺，周末又忽然听见程璧的歌，觉得那歌词简直为自己写的，而实际上那天一过，就再没有如此的感动。所以当即写下感发很重要，人活着，有一种状态在，这种状态很难复原，你当时若不写，就相当于放纵一段时光成为空白。我写日记写文章，也正需要这种感发，这真的很神奇，因为你一口气下来，回头看，我当时怎么写得这么动人。

　　这首诗中接下来的"思君令人老，岁月忽已晚"两句，就真正是惊心动魄的——纵使你不甘心放弃，纵使你决心等到底，可是你又多少时间用来等待呢？时间在不停地消失，一年很快到了岁暮，而人生很快也就到了迟暮。一旦无常到来，一切都归于寂灭，所有相思期待的苦心都将落空，这是多么令人恐惧又不甘心的一件事！事实上，这又是人世间绝不可避免的一件事。"思君令人老，岁月忽已晚"，这是多么平常而且朴素的语言，然而却带有如此强烈而震动人心的力量！

——《叶嘉莹说汉魏六朝诗》

　　"惊心动魄"，这词用得多么贴切，这句话读时并不必慷慨激昂，但心里却实实在在酸楚到找不出反驳的话来。生命就是如此，在各种思念的期待中老去，奋斗时幻想未来，真的到了未来静下来，却又怀念起过去了。我对当下的爱总是和对过去不一样，对当下还爱挑三拣四，对过去却不敢。"为什么失去了才知道拥有时的美好"，这话不必问为什么，人之常情，躲掉了，或许也证明心成为荒芜了吧。

　　这里还有一个问题，关于等待。我想我们等待，只是把某个具体的人或事作为理由，而实际上，等待的本身不是等到了什么，而是一种坚守的过程，你很自信地、很期待地等，等待成为生活的滋味，其实无论结果如何，这种滋味可能不像辛酸，倒更像骄傲。我坚守一个我的世界，我有我的相信。不过还有一种态度，就是明知人生终要告别，明知缘分有终点，那顺其自然好了，何必执意去等什么，思念什么，还有无数个明天，还有无数个思念。其实我也不知二者谁更好，也许连好坏也没有吧，有些人活在过去，有些人活在当下，有些人活在未来，每个人有自己的方式，但我坚信不论哪种方式，都可以明亮美好。生活就是这样，不同的只是方式，不同的只是态度。谁说积极阳光的人没有酸楚空虚的时候，又谁说消极避世的人没有被打动的瞬间，可能人生到最后，终归是平静，一切皆空，一切皆是平凡。我倒觉得处在一点悲哀的状态是好的，这样每一次感动才显得有力量。

　　这里举一个感发的例子，就是唐代张若虚的《春江花月夜》：

　　　　春江潮水连海平，海上明月共潮生。
　　　　滟滟随波千万里，何处春江无月明。
　　　　江流宛转绕芳甸，月照花林皆似霰。
　　　　空里流霜不觉飞，汀上白沙看不见。

江天一色无纤尘，皎皎空中孤月轮。
江畔何人初见月，江月何年初照人。
人生代代无穷已，江月年年只相似。
不知江月待何人，但见长江送流水。

第一次读这首诗是在初一，几乎是连夜背下长长的一篇。真难以相信诗歌也有记刻的力量，我读这首诗的每一句，还是当时的旋律。

我记得我望着星空，写过一首诗，我说我不知我看见的那些光是从什么时候开始旅行的，我也不知此刻发出的那一束光将在多少年后被谁看见，也许那时，我早已归为尘土。倒和这诗的意境有几分相似，人世无常，月光永恒。

不过想来若人生也像月亮，永恒不灭，那也没什么可思考的了，日子还长，有无限的机会重复，又何必有笑容，又何必有眼泪？

人不知自己的寿命，应该是上天有意的安排吧。若不是如此无常，诗人又何必感叹江边永恒的月色呢。

永恒是人类最高的赞美。

一个春夜，空气还有些湿冷，月亮孤独地、苍白地挂在空中，看着向东流去的江水。月光照亮了整个夜空。诗人啊，又是一个诗人，我看见了无数的诗人，叹了无数声，却终不能逃脱人类共有的命运——生，离，死，别。

从某个意义上看，人生就是在重复不是吗？

不一样的在于亲身经历，从心底里说出那些话，这就是我们有无数书籍，无数思想，却还要去过日子的原因。

或许没有第一个看见月亮的人吧，月亮见证了无数人来，无数人去，她记不得是谁了，但却记得他们一样的感发，又有些不一样的人生。

这样看来，我们每个人不过是人类命运的整体，有得意的，有失意的，至于谁来承受，恐怕月亮也并不在意吧。

（2014年12月14日）

君子的风范

——读《诗经·周南》有感

近来也看了些各种各样的诗，汉乐府，《古诗十九首》，陶渊明的饮酒诗、《归园田居》，王维的诗，还有些中外的现代诗，以前也背过不少小绿本上的唐诗宋词，当时还都能默写。不过到头来，发现自己还是喜欢《诗经》，也说不出什么理由，可能因为《诗经》更像歌吧，诗贴近土地和生活的歌声。读《诗经》时，不论是喜是悲，冲到心头的都是一种淡淡的情感，又淡又美好，美好到你回头去再读一遍，甚至是吟唱。

和《诗经》结缘是很久以前的事了，听过几句不连贯的话，觉得那很美，心里有一种油然而生的悲悯。初一时，语文课上老师说，"青青子衿，悠悠我心，但为君故，沉吟至今"是《诗经》里的话。虽然我后来知道那是个误会，其实这是曹操的一首诗，不过它的确打动了我，我当时就买了一本《诗经》，断断续续地读。不过我那时主要看哪首诗我更爱读，我喜欢那样无形却在心中流泪的旋律。我记得有《采薇》、《卷耳》、《柏舟》、《河广》、《黍离》，是我那时读了无数遍的。

我发现读过古典诗词的女孩子特别美，她们身上的清新淡雅，是一道风景。倒不一定要专精诗词，也不是每天沉浸其中，至少我更愿意让诗歌成为一种陪伴，我有自己的事，累了，就微笑着读上几首，吟诵几首。我不太喜欢研究诗歌，诗歌是共鸣的，是打动的，而且除了你自己，没有人写得出和你心境完全一样的诗，只是赞同而已。

现在我又拿起《诗经》，想更详细地读，更深刻地读，我这几年，经历了更多，消化了更多儒家的思想，也明白了更多。经典是有生命的，你不同的时刻，会有不同的感受，十五岁的一遍，会是美好的回忆。

以后我会一直写下去，当然不排除遇上了些特别奇妙的事。

孔子对伯鱼说："汝为《周南》、《召南》矣乎？人而不为《周南》、《召南》，其犹正墙面而立也与！"

孔子的意思是说，你要是没读过《周南》、《召南》，你就像面对着墙壁站着一样，没法前进了。《周南》、《召南》是周地和召地的民谣，是《诗经》"风"、"雅"、"颂"三大部分中间"风"的部分。但在儒家眼里，却是《诗经》里最重要、最"正统"的篇章，其地位甚至高过收集周人正声雅乐的"雅"，以及周王庭和贵族宗庙祭祀乐歌的"颂"。个中原因，我想，周地和召地受文王之风化，是最有礼节、民风最近乎义礼的地方，当然是君子立言、立行的标准了。

《周南》里的诗篇并没有《采薇》那样完整的故事，更多是重复地歌咏同一件事情。但是诗里歌咏的，都是自然的、美好的，还是那一句"思无邪"吧。儒家之所以推崇《周南》、《召南》，也正是因为它们又质朴又高尚的生活和情感吧。

在前文《我读〈诗经〉》里，我详细地讲解了《周南》里的两个故事，一个是《葛覃》，一个是《卷耳》，前者讲的是一个勤劳贤惠的古代妇女，后者讲的是一对因战争饱受相思之苦的离妇离夫。这儿我就不引述具体的诗文了，但可以放到一起回味一下，感受一下《周南》的气氛。

《葛覃》的主人公，应该是个勤劳的人，也处在一种很幸福的生活状态中吧。她坐在窗前，看葛覃的枝蔓长到深深的谷中，从日出到日落，她采下这葛覃，捣碎煮烂，做成各种各样的衣服。辛苦劳作一年，终于可以去看望父母了，她兴奋到不知如何是好。我对这首诗的感觉还谈不上"打动"，从头到尾轻快地读下来，一种满足与快乐。我只想用它来说《周南》，这样一个辛勤劳作，用双手让生活更好，又充满孝心的女子，放在任何时候都值得赞美。所以《周南》讲的都是这样的故事，自然会是一种典范。

采卷耳的，是一个孤单的妇人。她采的草很好获得，可她就是装不满浅浅的筐。对她来说采草只是一个理由，她或许在张望丈夫归家的路，也或许在想起过去的事。远方的人啊，你可好，你还记得我吗？我多希望见到你，可又怕你早已变了模样。最后她采不下去了，把筐放在路边，来回徘徊。而登高山的，是她思念的人。他之所以去登那高高的山，是为了消解心中的悲苦吧？但那山又如此险阻，马儿也低下了头。还是酌一杯酒吧，让酒催眠这一切。这么来看，这个悲伤的故事其实是完满的。妇人如此不堪的思念，而不知多远的地方，她的丈夫也在思念她，一样的痛不欲生。两个场景拼在一起，为他们彼此感到庆幸。这就是《周南》，思念的背后，是不变的坚守。

回味完了，我再讲讲《周南》里的另一首诗，《麟之趾》：

麟之趾，
振振公子，于嗟麟兮。

麟之定，
振振公姓，于嗟麟兮。

麟之角，
振振公族，于嗟麟兮！

这首诗省略了一些东西，也可能是如今的人不再崇拜麟了，所以对一些象喻也遗忘了。

"麟之趾"是指不踩踏生物的麟脚趾，"麟之定"是指不顶人的麟额头，"麟之角"是指不触人的麟头角。麟的高贵，不在于它拥有什么高贵，拥有拥护和盛名；麟的高贵，是它的随和，是它的气度。它不会伤害任何人，不会看不起任何人生，它知道自己的高高在上，知道自己比任何人都明白一切，可它默默地看，而不嘲讽干涉。

这似乎有点联想了，这首诗讲的是衰世公子，虽处乱世，却依然保持上世之风，不犯非仁之事，就如麟一样。所以说《周南》是儒家思想在生活中的体现，夫君子，"无终食之间违仁"，"有杀身以成仁，无求生以害仁"，世道虽衰落，但却始终坚持"礼"，坚持基本的良知。外界可以乱，但心不乱，心中知道要去的方向。有这样的力量，的确是"君子"了呵。

《周南》里的每一篇诗，都没有让你觉得不对的地方，相反，那里的每个人，虽不一定说得出什么道理，一言一行却隐隐透着一种风范。他们是站得住的人，他们过着心安理得的生活。否则，这些绝美的歌，又怎会让你觉得如此自然呢？

诗歌是心灵的影子，你过什么样的生活，就爱什么样的诗，写什么样的诗。

《周南》不是最"打动"人的，但是"震撼"心灵。

《周南》是不易察觉的高贵至极。

(2014年12月20日)

不过是"开且落"

——读王维《辛夷坞》有感

春雨料峭，迫不及待想写诗。或许诗人真该搬到南方去，雨水多的时候情思多。我好想看盛新楼的春雨，有人去了，我真羡慕他。

> 木末芙蓉花，山中发红萼。
> 涧户寂无人，纷纷开且落。

那天我坐在窗边，看玉兰花瓣如雨落，倒也不感叹什么，花开花落，宇宙的规律。美景正是因为会凋零，所以才有惜花怜玉之情。似乎从玉兰绽放的那一天起，它的脚下就掉了花瓣，在风过后更多。这也真是无奈之处，除非不绽放，否则一定要凋零。但我却发现满地的落花配上树上的花，倒也是美景，正好带了相机，就留下了一张并不完美的照片。

千里的大地，哪里不是春色，哪一朵花不在凋零！

但这首诗里的芙蓉花，可能凋零得比玉兰更凄清。玉兰花大，开得早，所以最惹眼，有一个朋友感叹"千里共玉兰"，我倒觉得很对。但许多花的凋零是不经意间的，比如我们教室外的那两株梅花，我伸出头去看过它，那么小的花瓣，凋零时如一粒尘土，谁也看不见。就像诗中的花，开在大山里，开在最美的溪涧中，在最美的时候，却是空寂冷清的春天。

于是它开了，又落了。"纷纷"是想写它的希望吗？再等一等，再留一朵花，或许有一个人，会看见这一朵花。

我忽然觉得这似乎是一个答案，关于我们为什么活着——不过是"开且落"。谁不希望花的美丽永驻，但每个生命迟早要凋零。我也不知道开花有什么意义，可能只是想开放一个春天，想美丽和艳丽一次，谁也不知道每一片零落的花瓣到底去了哪里，但它也是花吧，至少曾经是。

因为花要落，所以花会开。

（2015年3月31日）

顿悟之后

——《红楼梦》宝黛钗三人之对比

　　《红楼梦》开篇便讲，"梦"与"幻"是此书立意本旨。作者经历过从富贵荣华、腰缠万贯到贫贱低微、口腹不果的人生起落，所以他写《红楼梦》，终究在警示世人一切皆空，人生到头来是一场空梦。若用一字来概括《红楼梦》，我会择此"空"字。但我又相信曹公在艰难穷困之中写完此书，不仅为写出一个"空"字。曹公在讲顿悟，但这顿悟之后不是生活的幻灭，而是以另一种姿态面对生活。我想《红楼梦》读到最后，我们是学会在空幻中怒放。

　　我今日想谈一谈宝玉、黛玉、宝钗三人，这三人都将世事看得明白透亮，将人生之空幻理解得清晰深刻，但三人展示给我们的，却是完全不同的生命风范。归根结底，三人看似截然不同的生活态度背后，皆是顿悟之后对世事之空的应答，方式不同，却殊途同归。

　　黛玉是含着泪降临的，她的人生态度也染上了这眼泪之悲。她的葬花吟，"质本洁来还洁去，强于污淖陷渠沟"；她的《唐多令》，"飘泊亦如人命薄，空缱绻，说风流"。黛玉明白生命漂泊，如美玉般通灵却易碎，而最令人叹息莫过于生命陷于污秽之中，暗自凋零。所以黛玉在安葬花红的同时，也在安放自我。我相信黛玉不是不懂人情世故，不是只顾自己，否则她不会对宝钗诉说寄人篱下的不易，不会认为熬燕窝麻烦别人。黛玉只是不愿陷入世事纷扰之中，她身上充满道家的精神，她是仙人，我们对她怜悯都是不合适的。在她那里，死生已无分别，她追求的是彼岸的精神圆满，此世的自我完成，她懂人事空幻，所以不闻不问。

宝玉是大荒山的一颗顽石，当他听到"赤条条来去无牵挂"的戏词时，他落泪了。那一刻，他悟了。我认为宝玉是大观园里最有温度的人，他总是在体贴别人，即使对方是卑微的，不值一提的。他待人就好像我们对待喜爱的书本一样，情意满满却终外化为珍重与怜惜。宝玉不读治国理政之书，我想他应是体会到世事之空幻，才不理睬现世的价值，反而是关注人的需求，心灵的需求。宝玉以"热"来回应人生之空，他那浓烈的情感背后，是对众生的关怀与怜悯。

宝钗该是三人之中争议最大的一个。我也曾听信某些观点，说宝钗是城府很深之人。但细看必能发现，宝钗之入世决非王熙凤之入世，后者有所求，而前者却总像局外人。如今我认为，宝钗黛玉之心性，本无分别，不然哪有"金兰契互剖金兰语"，判词中也不会将二者放在一起，只不过黛玉是仙，像李白，所以她要承载太多仙的悲伤；而宝钗是人中之仙，像苏轼，她的悲苦全化为哲思，变成淡然的性格。宝钗是解禅机的人，她对黛玉说读书不明理，尚且不如不读书好，她从不会像王熙凤般得理不饶人,她更多时候是守拙抱朴的。宝钗两度食下冷香丸,这注定她要与宝玉相反,以"冷"来面对人生之空幻。但她的冷不是无情之冷,而更似修道士之冷。她冷是因为她明白"任他随聚随分",天机难测,不可强求;但在弱者需要帮助时她又施以援手,帮助湘云办宴会,给卑微的赵姨娘分礼品,她冷的是欲望,热的是心。"胭脂洗出秋阶影,冰雪招来露砌魂"说的正是宝钗自己,宝钗喜着淡雅的服饰,居所也是素净雪白,她本就是低调平和的心性。她把人情处得周全,也不像凤姐一样为了荣华富贵,她只是做该做的事,把一切做得合适,她是最能体现中庸之道的人。但她内心终究是明白着白茫茫的大地真干净,她体恤众生,却不会执迷。"内圣外王"、"天人合一",这些中国哲学的核心思想放在宝钗身上,我认为很合适。

(2016年12月1日)

那一代知识分子的幸福和自由

——读《上学记》有感

《上学记》是何兆武先生口述他上学生活的一本书,我借用葛兆光先生序言的题目,来描述我对这本书的感受。何兆武那一代人的求学时代,是中国最痛苦的时期,内忧外患,但我却认为他们是幸运的。正因为在这样的时代,他们才有责任感,也才有"百家争鸣"的学术氛围,这种使命感给他们幸福,那种氛围让他们自由。

我最敬佩的,是那一代知识分子对国家和社会的责任感,对我们来说,个人的幸福是最重要的事,但对他们来说,个人幸福的程度是基于国家的幸福之上的,个人与国家是不脱节的。他们把救国看作最重要的事,在国家危难时,选择挺身而出而不是逃避。那时的学生,冒着生命危险参加各种游行,日本人强行教日文,所有人可以一起反抗,尽管这有可能造成很严重的后果。他们把追求国家富强当作自己的理想,始终追求真理,对社会抱有关怀,这是那一代人的普遍价值倾向，而在今天的人身上却很难找到。现在的人总问，社会为何不关心我，国家为什么是这种样子，却从没想过，我对社会做了什么，为国家做了什么。宁可放弃富足的生活也要去做关怀社会的事，是当时的风气、潮流，这种责任感和使命感给了那一代人幸福，因为他们身上有责任，有分量，而不像我们，总感到虚无、迷失，恐怕就是因为肩上太轻的缘故。

我最向往的，是那个时代学术气氛的自由。学生可以随意说对爱因斯坦的批评，读自己想读的书，以自己喜欢的方式生活。每个人都有思想自由，各种立场都不受限制，学生与学生、老师与学生都可以互相交流、支持、反对。爱上的课就上，不爱上的就不上，像何兆武，七年转了四个系。老师上课也没有标准，讲什么、怎么讲都是自由的，这样每个老师的思想都可以表达，学生也得到不同角度的启发。书中有段话，"'江山代有才人出'，人才永远都有，每个时代，每个国家不会相差太多，问题是给不给他以自由发展的条件"，讲的是颇好的。

一个时代有一个时代的情结，也许对国家的牵挂对真理的追求就是何兆武这一代人的情结。他的上学记也是千千万万青年人的上学记，是他们的理想激情所在，也是那一代人不可复制的情怀。

(2013 年暑假)

第四章
精神的故乡

　　于是我们踏上寻找故乡的征途。一切无用的事物,艺术、文学、哲学,不都是我们在赶路时的创造吗？我们关于故乡,还留有一丝回忆。那里有野花坡,我们在野花坡上陶醉,安放敏锐的感觉。那里有醉翁亭,我们在醉翁亭里沉沦,安放热烈的情感。那里有神庙,我们在神庙中央审问,安放理智与冷静。

　　我想所谓完成,应该就是流浪许久的心灵找到了归宿。这里的"流浪"不一定是身体上的流浪,当你对一个遥远而美丽的地方产生向往时,当你为一曲华美而深邃的音乐感动时,当你对一颗宽广而高贵的心灵发出景仰时,我认为那都是流浪。流浪是一种不甘,是对更好的自我的向往,是延伸至远方的无尽渴望。

　　我认为,那(《易经》)是一部再科学不过的经典,因为它的源头是自然。"易有太极,太极生两仪,两仪生四象,四象生八卦",万物在阴阳与相生相克中衍生,于是有了各自的属性与规律。……用这种眼光来看,《易经》其实是在用另一种方式看待与解释世界,但这种方式,却被发现与如今最高端的科学大同小异。

　　西方人说是夸克构成了宇宙,中国人则说,夸克便是宇宙的样子。

精神的故乡

故乡，是我们来到人世之前生活的地方。

起初，我们的身上还沾着故乡温润的泥土。我们追着蝴蝶想碰一碰它的霓裳羽衣，我们拾起贝壳想听听大海的声音，我们问南飞的鸟，天空究竟有多广阔。我们曾经可以在蝴蝶身上安放全部的自我，可人世的风呼啸而过，渐渐吹散了我们从故乡带来的泥土，把沙尘吹进了我们的发间，我们带着一颗心远离那蝴蝶。慢慢蝴蝶的羽衣不如朝服鲜艳，海边的贝壳不如柜台里的珠宝精致，鸟儿哪里能像飞机一样，领我们逛遍世界。或许可以在这种变化中获得满足，也或许会在安静的夜里梦回遥远的故乡，醒来，故乡的气息尚存，已经离开故乡的心，却越发不知该安放在何处。

于是我们踏上寻找故乡的征途。

一切无用的事物，艺术、文学、哲学，不都是我们在赶路时的创造吗？

我们关于故乡，还留有一丝回忆。那里有野花坡，我们在野花坡上陶醉，安放敏锐的感觉。那里有醉翁亭，我们在醉翁亭里沉沦，安放热烈的情感。那里有神庙，我们在神庙中央审问，安放理智与冷静。

艺术是对于野花坡的追忆。纤细的茎顶着彩色的花冠，柔软地摇摆，被敏锐的眼睛捕捉，变成画布上绒绒的斑点。花的芬芳，沁入心脾，触动敏感的嗅觉，流淌出来便是轻盈曼妙的音乐。敏感的人总被周遭细微的变化牵动着，鸟的鸣叫是欢歌还是悲曲，风的呼声是缠绵还是冷酷，心中所生的感慨，在语言无法到达之处，便去到野花坡，将这感慨安放后才能安心生活，否则在欲言又止的困顿里，会消磨掉生命。

文学是对于醉翁亭的追忆。太热烈的情感在人世中找不到出处，再刻骨的领悟在人世找不到知音，于是在这放肆的沉沦之中，愁要愁如杜鹃啼血，乐要乐如春花怒放，孤单要孤单如飞鸟无枝可栖，尽兴要尽兴如觥筹交错、赋诗千首，清高要清高如孤峰直指天空，豪迈要豪迈如卧看风雨席卷大地。文学让瞬间的心绪放大为永恒，将永恒的流转定格在文字的方寸之间。当情感终于锤炼成情操，沦陷的也可飞升，沉重的也可平淡，纠缠的也可化为宽广的情怀与厚重的关怀，流浪的心在醉翁亭得到释放，得以安放。纵使人间有万千枷锁，心中仍有千山万水任我闯荡。

哲学是对于神庙的追忆。如果说艺术与文学为无价值的东西赋予价值，那么哲学则是抹去有价值的事物的价值。你深恶痛疾的是虚无，你赖以为生的是虚无，你的在这样无情的审问中被用力地鞭打者，你所有用来自我保护的外衣在这样的刺入发肤的审问面前都难以避免你生出无尽的怀疑。你闭上眼，想象自己可以看到宇宙的边际，却在压抑中站起身，发觉我们与围绕你的尘埃并无二致。但神庙不是关于毁灭的，神庙是关于重生的。在鞭打与拷问之中，我们获得更大的勇气去生活，我们有更多的怀疑就有更多的坚信不疑，不在否定之后建立起的肯定，是极易在纷扰之中迷失的。我们站在神庙中央，寻找值得被郑重对待的事物，寻找值得拼尽全力守护的事物，寻找倾尽一生去相信的事物，然后带着一颗不再摇摆的心，继续走完布满荆棘的路。

故乡，是我们在人世间所走的每一条路的终点。

我们创造出许许多多无用事物，追忆故乡。

痛恨我们有精神，有心灵。有精神就要有归宿，有心灵就要有处安放。有渴望就会开始找寻，一旦开始找寻，就有杯杯苦酒等我们去饮尽。

无用其实有大用，让人心不死的大用。

心安之处，便是故乡。

(2017年2月16日)

流　浪

最近常常在书里读到一个词，叫"自我完成"。初听这个词觉得很有意韵，但仔细去想，我发现自己并不知道什么是自我完成。这个"自我"指的是哪一个范畴，"完成"又是什么，是以怎样的方式去实现的，我有一连串的问题得不到答案。

我努力去体会那种"完成"，但我费尽心力，想出的第一个词却是"流浪"。我想所谓完成，应该就是流浪许久的心灵找到了归宿。这里的"流浪"不一定是身体上的流浪，当你对一个遥远而美丽的地方产生向往时，当你为一曲华美而深邃的音乐感动时，当你对一颗宽广而高贵的心灵发出景仰时，我认为那都是流浪。流浪是一种不甘，是对更好的自我的向往，是延伸至远方的无尽渴望。我相信任何一颗还未麻木的心灵，都曾经或正在流浪。

我想起了《红楼梦》中苦命的好香菱，香菱的身上就有一份不甘，她不愿意自己的生命在流浪中沉沦，所以开始学习写诗。我觉得诗歌对她而言就是自我完成,她在现实中是一个卑微的生命,可是在诗歌中她可以发现更完美的自我,她可以如痴如醉,她可以和月光建立联系,这时她的心不再漂泊,而是在诗歌中完成了一个生命绽放的渴望。所以流浪是因为不甘,流浪是因为向往,流浪是渴望将有限的不完美的生命寄托于一样永恒的完美的事物。我在写作时也可以体会到香菱的心境,因为那时我面对的是完全真实的自己,我在刻下我生命的痕迹,我在建立我与比我更广大的宇宙的联系,我在酣畅淋漓的写作中不再感受到流浪感,那一刻我打破了我一切的局限。

自我完成归根结底,就是为流浪的心灵找到一个令人满意的终点,也就是我们所讲的归宿。我相信能给流浪的心灵带来归宿感的事物一定是不同寻常的。归宿是在死亡的压抑与恐吓面前我们还拥有的勇气,归宿是在一切外物消逝后我们还执着的对自己的肯定,归宿是我们面对有限的生命心中迸发而出的永恒感。每个生命有不同的归宿,但归宿所带来的那份平和与笃定,一定是相通的。

苏东坡有一句诗,深深震撼了我。他说"浮空眼缬散云霞,无数心花发桃李",眼睛虽然昏花了,但心中却有桃李百花开放。我不禁感叹,究竟什么样的心灵可以有百花开放,那样的心灵完全没有恐惧、不安,而是一片的祥和与安宁。我不知道苏东坡心中的归宿具体是什么,但我可以感知他为自己的流浪找到了一个终点,他可以不依靠任何外在的事物来实现生命的价值,他心中就有一份美好与永恒。

我想自我完成就是最终发现那份美好与永恒,是自我完成的路上孤单而艰辛的流浪。

(2016年11月3日)

问

很多问题，从来不必问。

不必问宇宙的尽头是空洞的黑暗还是闪耀的星云，不必问大山的深处是缤纷的花园还是险恶的雨林，不必问海洋的底下是湛蓝的空灵还是深邃的压抑。

与自己太远的问题，问过后没有答案，还带来找不到答案的苦楚。

玄奘本不必问超脱何在，圆满何在。大唐的荣耀，鞠文泰的盛情，都已足够他安然地栖身。哪里需要爬过死亡边缘走出沙漠，哪里需要忍受寂寞岁月翻译佛经，哪里需要在佛陀觉悟的菩提树下落下眼泪。

圣埃克苏佩里本不必问基督何在，真理何在。完成危机四伏的飞行后，也有温暖的万家灯火可以投奔，仍有妻子的温柔胸膛可以眷恋，仍有无数的幸福满足值得回味。怎么要把自己赤裸裸地放在大漠中，寻找比大漠还要无意义的故乡呢？

住在绿洲中的人们，建好自己的房，洗好自己的衣，筑好自己的家。绿洲中那么多美好,绿洲中那么多执念,绿洲中那么多困顿,绿洲之外的荒漠,又与自己何干?

不必看,得到足够生活的之后就不要看,连好奇心也不要有,多少人在提醒你,看了以后伤神、伤身、伤心。

于是终有一天再也想不起去看那荒漠,连抬头望一望的心都没有了。慢慢在麻木中自我满足,慢慢觉得不看是一种智慧。

得不到答案的人从不必问。

可是经历人生无常后的玄奘,怎么可以不问?孤独,迷惘,衰落的家,衰败的国,到哪里去找轻松的幸福,只可穿过荒漠,在菩提树下寻深静的顿悟。自己的苦难解脱已不易,还有世人的苦难需要解脱;自己的生命涅槃已不易,还有无数人的生命需要涅槃。去问,问才有路,才有方向。

看过荒漠无垠、人影渺小后的圣埃克苏佩里怎么可以不问?面对随时可以毁灭的安乐,要拿什么去补全空虚?面对随时可以毁灭的生命,要拿什么去忘记死亡?自由到无处托身,快乐到无所畏惧,但还不足以勇敢到无坚不摧。荒漠之中,哪里找生命的意义?

不可不问!因为面包、棉衣、屋子从不是生活的全部,连爱和牵挂也不是。

我相信悠远的、深邃的、沉静的,正在某处轻轻呼唤。

多想问:你在哪里?

(2017年3月1日)

心灵本真的声音

基督教说，人性本恶，人的一生是赎罪升华的过程。但孟子说，人之初，性本善，人人的心里都藏着善，只是日后可能因为诸多原因，"善"的光芒日渐衰微，于是人们开始寻找信仰，重新发现这种感受。

但我相信善是心灵的根本，之所以有时忘了它，不过是太急了。如果在逃避前问一问自己，这样做到底舒不舒服，心灵给出的声音，还会是它本真的样子。

至今有一件事情还让我记忆犹新。初一的期末考试，老师给我多加了两分，我下课后让老师减掉了。回家以后，姥姥一直说我傻，我当时不停地解释却也不得不承认，生存是有原则的，这两分会让我排名好一点，也不会害了谁。那天晚上我大哭了一场。其实我也纠结了一节课是否要说，我挣扎到最后，发现自己之所以去说的理由甚至都与"诚实"无关，不过是在那样的情境里，说出来心里就很舒服，就很坦然，也不必在别人夸我好时还要补上一句其实是搞错了。似乎是谁告诉我这样做的,可能是无形的力量吧。

如今我还是难以给出到底是说好还是不说好的定论,只是想起来觉得,那时自己做了该做的事,不会觉得难受。

或许那种力量正是心灵本真的声音吧,我庆幸我听见了。

前两天九七学长来国学社交流时,问我们为什么儒家会在中国传承几千年。我发现自己答不上来,是因为它对人生和社会见解之深刻吗?最后学长给了他的答案,儒家不朽,是因为人们按那样的方式生活,时时刻刻怀仁义之心,会很温暖,很坦荡,这样的心灵,与世界是一体的,它不会怀疑,"明知不可为而为之",只是内心告诉我要这样做。

好像小心翼翼地,捧着一只鸡雏。

于是那一周尝试怀着温暖的心去生活,发现自己好像理解了一点背了写了说了这么多年的"仁"字。帮老师拿大大的地球仪,下楼时她对我绽放的笑容,让我快乐了一整个晚上。随手把自己的房间收拾一下,妈妈那又惊又喜的样子,给我一点满足感。太阳好的时候跑到初中部去,盛新楼前的风声都一如往日。我还给学弟学妹们讲了我的经历,想到他们可以成长得更好,过好初中最美的时光,哪怕是一点点启发,我也心满意足。

做这些事前,也想过这是否浪费时间,毕竟我很忙。可真正去践行时,觉得一切都很自然,自己也被一种快乐的感觉包围,生活平淡而静好。

"回心三月不违仁",颜回固守的,也不过是宽广而朴实的快乐。

仁义没有定义,善也没有,如果有,我更相信它就是心灵本真的声音,是没有理由的温暖的感觉。

我坚信每一颗心灵,都有听见这声音的本领。

(2014 年 10 月 21 日)

读书人的寂寞

读书人自古以来就是寂寞的。

孔子奔波一生渴望改变伦常混乱的世界,却只得感叹"天下之无道也久矣,天将以夫子为木铎";范仲淹心怀大志欲变法改革,却只得倚坐岳阳楼,"去国还乡,忧谗畏讥";文天祥保国抗元,尽臣子之责,却只得于狱中高歌"人生自古谁无死,留取丹心照汗青"。

似乎是一条自然规律,真正的读书人,往往难以成为这个世界的一分子。他们站得很高,又落得最低,他们是最愿融入的人,却又是最受冷落的人。

我父亲就是一个寂寞的读书人。他从湘西的小山村里来,经历了讨学费的艰难,只许考一次的威胁,他饿坏了肠胃,冻伤了双手,却还是坚持做一个读书人。哪怕同龄人走向广州发了大财,哪怕是各种诱惑摆在面前,却依然坐在那里,当一个读书人。

但他的寂寞我看得见。没有锦衣玉食,没有奖章赞扬,只是守在简陋的书桌前,与稿纸钢笔相伴。这是物质上的寂寞。而当一个人已经有足够的学识,可以站到高处环顾时,却发现自己已站得太高,没有知己,也再回不到从前的世界中,心中的抱负,仿佛那样难以实现。这是读书人精神上的寂寞。

可父亲从未放弃这条路,从他开始读书那天起,他就自豪地说,我是个寂寞的读书人。

如今,我也成为了读书人。随着年龄渐长,我开始越来越明白,读书人的寂寞从哪里来。一方面来自与生俱来的使命感,另一方面来自作为社会性群体一员的进入感。

读书人是寂寞的,我确信了这一点。

可为何如此多的人自愿走进这种寂寞,连我自己,都以此为乐呢?

老子云:"大道废,有仁义;智慧出,有大伪;六亲不和,有孝慈;国家混乱,有忠臣。"老子这段话的本意,并非要表扬"仁义"、"智慧"、"孝慈"、"忠臣",在他看来,之所以出现儒家所强调的这些东西,都是因为世道变了,国家乱了,家不和睦了,人心坏了。但是,不可否认的是,当"大道废"、"六亲不和"、"国家昏乱"时,读书人是那些"仁义"、"孝慈"、"忠敬"者。当天下失信时,读书人诺则守信;当天下贪财重利时,读书人"故去彼取此";当天下人伤害自然时,读书人怀"以辅万物之自然而不敢为"之心。读书人并不是领袖,却是一个社会的精神支柱;当其他人说"我是人,不得已犯错",读书人却要说"因为我是人,所以要做仁义之人"。

"无恒产而有恒心者,唯士为能。"

读书人是寂寞的，他们是山巅的一棵孤树。

但或许他们并不寂寞，因为有使命与他们为伴，死而后已。

（2013 年 12 月 2 日）

论幸福

多好的时光,我坐在窗边向外眺望,感到一种幸福从心中滋生,然后慢慢地,滋润我的整个身体。

多么简单,又多么幸福,一缕阳光,一窗风景,是上天给生命最好的礼物。

可我知道,很多时候,我们会忘记这简单的幸福。我们会用毕生去追求物质上的充实,而到最后回首,才发现自己竟错过了那么多美好的时光。

可是,这个世界是矛盾的。你要么有极度的物质财富,去追求那简单的幸福,要么就是物质的极度贫乏,去追求心灵幸福。可是世上的大部分人是被夹在中间的,他们有物质,却没有那么多,有幸福,却又经常为了更多物质放弃一些本应得到的简单的幸福。

大盈若虚,财富大盈心也便虚而无求了;大虚若盈,财富大虚心也便盈而幸福了。

但我们，不都是二者的牺牲者吗……仿佛什么都有，又仿佛什么都没有。

究竟什么是幸福？

我们又要怎样的幸福？

依我看来，"身在福中不知福"并非一种可能，而是像水往低处流一样，是一种必然。

我为何这样讲？因为站在地球上的人，永远不会像在太空中的人那样，对这星球上的云层、海洋、山脉看得如此清晰——身在福中的人是站在地球上的，当他看清自己的福时，事实上已不在福中。

不到命运的终点，我们怎能看清自己的命运？

这世上是没有身在福中而知福的人的——他仿佛了解一些自己的幸福，而不到幸福离他而去时，他是不会看透他曾拥有的幸福的。

至少活着是一种幸福，只有经历过死亡的人才懂。

这是真理。

（2013年3月23日）

寒　风

　　温室里的花朵从来不会茁壮，只有经历过寒冷的植物才会挺拔。寒风，吹折了树的枝干，吹掉了鸟的羽毛，吹弯了人的身躯。但也只有寒风，让树努力挺拔，让鸟努力前飞，让人挺起脊梁——寒风，让一切事物找到了存在于世的感觉，我们轻轻一笑，继续在风中屹立。

　　冬天的树，掉光了叶子，赤裸裸被寒风包围。风一阵阵地吹，树就随着风偏倒，有时它们的树干，也被风无情地折断。太阳从枝干的间隙射入，但树却不能享受丝毫的温暖，它只能任由寒风摆弄，任由寒风侵蚀。寒风多可怕，我们逃到温暖的南国去吧！可你看，那一排排树，虽然被折断了枝干，被吹弯了身体，可它们的主干，它们的脊梁，却从不屈服！一阵阵寒风吹过，一次次间隙，它被吹弯的脊梁，会马上又挺立起来。尽管下一阵风又把它吹弯，但它在寒风走后，总会又傲然地挺起。寒风，让树学会了挺立；寒风，让树发现了自己生命的坚强；寒风，让树在一次次倒下与挺立中，找到了存在的价值。

冬日的鸟，或许是落单的孤者，但我却说，它在寒风中，找到了生命的价值。风刺骨地冷，吹掉了它的羽毛，之后又用它有力的大手，一次次把那鸟从前行的路上推回。或许，那只鸟的身体已经麻木，它再也没有力气冲破寒风。快点，我们逃到温暖的南国去吧，这里的寒风，我们耐受不住。可你看那鸟！它努力拍打翅膀，向太阳的方向飞去，它在颤抖，它在喘息，可它的身躯，滑过冰冻的河面，掠过棵棵枯树——它在飞翔，真正地飞翔，它拍打已经麻木的翅膀时，从寒风中找到了生命存在的价值。

寒风中的人们，被厚厚的衣衫包裹，但他们，依然逃不过寒风的魔爪。风吹红了他们的脸，吹麻了他们的脚，吹僵了他们的手，让他们弯下身子，躲避寒风无情的侵略。快走，快去温暖的南国，快点呀，这里不适合我们！可你看，寒风中的人，直起脊梁，向风中挺去。他们冻僵的手摆动着，他们冻麻的脚抬起又落下，可他们在这寒风中，找到了傲然的神情，他们被寒风吹直了脊梁——寒风，让我们发现了，自己原来存在于这个世界。

那些逃到温暖地方去的人，如果有一天，我们互相展示自己的脊梁，你会发现，那些被寒风吹过的生灵，比你们更加傲气与挺立——寒风，吹倒了我们的肉体，却吹硬了我们的灵魂。

(2012年12月23日)

谈谈现代科学

我不否认我们现在学的自然科学，这其中包括数学、化学、物理学等，但我也不像某些人一味地吹捧它，认为它就是自然之奥秘所在。说白了，像任何一门学问一样，现代科学是建立在一些基础上的，难以证明的道理之上的学问，这种学问如果不去追问那些基本道理的话，似乎也十分正确。但如果我们去问，平行线为何不相交，一加一为何等于二，匀速直线运动到底是什么样子，那很少有人能说明白。

现代科学是近代文艺复兴否定神的存在，在此基础上发展起来的。它探索的终点，是物质与物质的关系，但我却坚信，这种探索的结果是要归结于超自然力量的。比如说为何有力，为何有流体，这些像原罪一样的问题，最终的答案只能是所谓超自然力量的存在。我有时甚至愿意相信神的存在，因为那些所谓科学的东西都是人感官可以感受到的，即使有仪器，最终解释仪器结果的还是人的感官。可谁又不知道，人身体的感受，是多么有限呢？

在我看来，现代科学是有框架的，这个道理，每个人从小学起做数学题就感受到了。这辆车会一直保持某个速度，这个东西会一直这样运动，我们的一切公式与计算建立在一种理想化的模型上，而现实情况的复杂，是无法预知的。有时，这种框架也禁锢了人的思想，肯定每个人都想过，宇宙外是什么，这是被宇宙有边的思想影响，为什么不能相信，宇宙无边无际，像永不止息的太极图一样。

我说这些，不是批判现代科学，只是表达一下它不是万能的，而是极其有限的。人类可以靠科学发现的物质规律而取得物质上的进步，像靠力学造出飞机，但事物的本质与事物间的联系，却要依赖于哲学。这些在现代科学看来是愚昧的事物，是超脱于物质之外的，但不明白这些，科学永远无法深刻，只是在钻牛角尖，越钻越没了方向，不知自己在干什么了。我这话不是乱说，人类用几百年将物质从一个整体分到夸克，想用"还原论"来解释宇宙与自然还有生命的起源与归宿，但却发现这条路错了。最伟大的科学家们都承认，对局部的探索只是整体地、系统地认识自然时的辅助，而整体地、系统地认识自然，恰巧也是在科学走了几百年"还原论"的弯路后，总结出的最有效的方法。但这种观点，老祖宗早在几千年前的《易经》里就提到了。

我必须说说《易经》，尽管它在很多人看来迷信至极，是人类混沌的体现，但我认为，那是一部再科学不过的经典，因为它的源头是自然。"易有太极，太极生两仪，两仪生四象，四象生八卦"，万物在阴阳与相生相克中衍生，于是有了各自的属性与规律。其实八卦代表的是八种自然事物，而这些事物有不同的特性。《易经》中的吉凶绝不是胡乱编造，而是依自然法则来确定。若地在天上，本末倒置，必然是凶的。若万物各行其道，则为吉。用这种眼光来看，《易经》其实是在用另一种方式看待与解释世界，但这种方式，却被发现与如今最高端的科学大同小异。

现在解释宇宙的最前沿理论，就是《易经》的思想。而数学中的数论，也在《易经》中有体现。说具体的例子，《易经》中曾说"同声相应，同气相求"，这不正像磁极的"同性相吸"吗？我不是科学家，我也讲不太清楚这些，但我相信，现代科学与《易经》中的思想是相通的。

也许任何学说都有一个发展阶段，而现在的现代科学，应该就处在从哲学中以理性的名义分离后，又慢慢以理性的名义回到哲学的阶段吧。

又及：昨天钱伟平伯伯给我讲了很多，他是测控所所长，是搞科学的，但当他当了很多年科学家后，却又迷上了中国传统文化，认为那才是科学的最终方向。我以前本以为这只是我个人的见解，想不到他也这么认为。他搞得我都想先当科学家再去研究传统文化了，因为这样才有更深的体会。别说，倒也挺适合我，毕竟我又喜欢物理又喜欢哲学嘛！

(2013年5月11日)

从夸克到宇宙

人类自古就开始探索，宇宙是什么样子的。

最前沿的科学研究告诉我们宇宙中百分之九十以上的物质是暗物质、暗能量，而那些人们已经探索到的物质只不过占宇宙中很小的一部分。人们已经了解到，这不到百分之十的物质的基本单位就是"夸克"，大小是原子的亿分之一。

可科学界还是不了解宇宙的样子，因为他们不了解那占大部分的"暗物质"。

但几千年前，中国人的思想便告诉我们，一个夸克就是一个宇宙。

中国人认为，我们身边的一切都是一个宇宙——银河系是一个宇宙，地球是一个宇宙，每个人是一个宇宙；原子是一个宇宙，夸克是一个宇宙，万物都是一个宇宙！

这样说不是没有道理的。

西方科学是走的"还原论"的道路，把万物还原成是由某种共同物质组成的,并且他们相信,万物只是由这些东西组成的。好比人,西方科学认为人是由细胞组成的,而细胞不过由水、蛋白质还有些其他元素构成。可你试试,用这些东西变不成人呀!因为人就像宇宙一样,那些细胞只是10%人们所看到的物质,还有90%的暗物质,你是看不见也无法复制的。

中国人则很早就注意到那90%的存在。中医里讲的穴位,就是"气"存在的地方,而现代西医无论用什么先进的仪器,都找不到它的存在。中国人说人健不健康,是看他的"精气神",而这"精气神",也是一种用西方人的想法来看,不会存在的东西。中国人认为人是"含气而生,含气而长"的,而这"气",就恰似宇宙中的暗物质和暗能量。

每个人就是一个宇宙,西方现代科学也证明了这一点,因为宇宙中,有那么多的暗物质和暗能量,就好像人,因为你用水和蛋白质,造不出真正的人。

西方人寻找构成大体的小物,中国人则由小物之象,看到大物之形。

西方人为了了解宇宙,花了很长时间去看透那10%,可当他们终于看明白10%,并自以为那10%就是宇宙的构成时,却又发现还有那么多的暗物质、暗能量,于是又慌乱地去研究。可中国人早就告诉他们,世间万物都是一个宇宙,你问宇宙是什么样的,就是在问世界是什么样的。

西方人说是夸克构成了宇宙,中国人则说,夸克便是宇宙的样子。

(2012年8月3日)

关于传统文化传承的思考

在这个科技的时代，或者说是崇洋媚外的时代，我们该怎样传承中国传统的文化，似乎成了问题。

自古以来，传承和思考民族的文化似乎是顺理成章的事。不论是西方还是东方，我们不同的文化都以同样的方式代代相传，环环相扣。

人类的发展是需要文化的，尤其缺少不了传统的文化。也许从文化中你学不到技术，但古人所赞美的精神品质却会让你受益，这是不可否认的。

即使是今天，如果你去西方，会发现他们不管是老是小，是高官还是普通人，都诵读过他们的经典，也了解他们自己的文化。而在中国，我们最传统的四书五经，却在历史老师口中成了阻碍社会发展的腐败思想，成了同学们最讨厌的东西。

当我们在对国民素质低下叫骂连天时，却没有去思考导致这种状况出现的原因。中华自古是礼仪之邦，这点我们都肯定；但中华自古也读四书五经，学传统文化，我们也不能否认。由此可见，国家的兴盛安定和文化的传承是密不可分的，那今天我们国民素质的低下难道和对传统文化的漠视分得开吗？

我们为什么要传承文化？我们干嘛要了解古人的思想？"博学以文，约之以礼，亦可以弗畔矣乎"，经典中的思想和道理是可以永远适用的。懂了它们，你就不会走上歧途，更懂得该怎样为人处世，这些宝贵的财富，我们都可以从经典中学到。

如今，在这个"上下交征利"的时代，人们的潮流已不再是多么有文化、有内涵，在这样一个时代大背景下，对文化的传承就显得更加困难和重要。我们学校虽然要求我们诵读经典，但我深知，若不是年级要测试，绝没有任何人愿意去背诵。经典是传承思想的，但如果我们对经典偏见的思想再不扭转，那我们的文明终有一天会断绝。这不是狂言谰语，这是历史留给我们的教训。

美国人用改变他人"意识形态"的方式传播文化，那我们中国人该用什么样的方式传承文化。我们每个学生是否可以每天用五分钟去诵读经典，相信我，虽然这样不会立竿见影，但它对我们精神的影响，却是不可估量的。

我目前只是个学生，没有能力改变什么。我能做的，也不过于好好学习，好好读书。但我却希望尽自己的力量带动身边的人，让他们也诵读经典，传承文化。我希望所有的中国人、世界人，都能重新认识我们博大精深的文化，把它传承下去，并发扬光大。

（2012年3月11日）

我有一个梦

我有一个梦,梦见所有城市全部消失,世界被森林与海洋包围。

我有一个梦,梦见时光的墙不再坚硬,每个人可以在过去与未来间穿梭。

我有一个梦,梦见世间不再有疾苦与忧愁,万物可以安乐度完生命。

我有一个梦,梦见一切梦不再是梦,而是在我眼前的活生生的画面。

我有一个梦,一个很大的梦,一个很小的梦。

如今的我们,在高楼与街道中游荡,我们不知道我们在为什么而奔走,更不知道高楼的前方是否又是另一幢看不到顶的高楼,街道的前方是否又是一条望不到尽头的街道。在这里,有谁还记得翠绿的森林,浩瀚的大海,又有谁记得,那是我们来的地方——我们生命的一切,来自自然。我有一个梦,如果有一天城市可以消失,森林与海洋将会将地球包围;如果有一天,我可以沐浴从叶隙射入的阳光,聆听大海的歌唱,仰望头顶的繁星——如果有一天,我们又找回了自己。

我有一个梦，一个很大的梦，一个很小的梦。

过去的日子不会再重来，未来的事不会有人知道——这是人尽皆知的道理。可是人们往往当现在成为过去时、未来成为现在时才会追悔，很少有人意识到现在的可贵。我有一个梦，如果过去可以重来，未来可以预知，那么这世上会少了多少遗憾，又抚平了多少心灵的伤痕——如果有一天，我们有机会去珍惜。

我有一个梦，一个很大的梦，一个很小的梦。

生命是平等，但又不平等，因为永远有人快乐，有人忧愁，在同一时间，同一片天空下。我知道，有很多人，正在饥饿与贫困中，又有很多人，在疾病的折磨中挣扎。我有一个梦，如果一切忧愁与痛苦都消失，所有人都快乐地生活，直到生命的尽头——如果有一天，我们可以平等地活着。

我有一个梦，一个很大的梦，一个很小的梦。

但我知道，我的梦终究是梦，因为我的梦也是无数人的梦，但至今这些梦并没有成为现实，也或许永远不会成为现实。

正因为有了城市，我们才在世俗中发现自己来自自然。

正因为有了时光，我们才在悔恨中学会如何珍惜，如何放手。

也正因为有了痛苦与忧愁，我们才明白快乐的可贵。

因为有了梦，我们才有了不懈走下去的力量——梦是空虚的，同时，它也正在你身边。

我有一个梦，梦见有一天一切梦不再是梦。

我有一个梦，梦见一切梦永远是梦。

（2013 年 3 月 29 日）

第五章
在远方

　　每一段音乐背后都是一种性格。作曲者于经意或不经意间将其思想流露于音乐的千丝万缕之间，而听者于风一般的乐句中捕捉到这些信息，从此两个素未谋面的心灵便建立起精神上的关联。

　　柏拉图说灵魂在一个完美的地方生活过，见识过完美无缺的美和善，所以在现实世界中遇到美和善的事物会使人们朦胧地回想起那个理想世界。……我在这音乐中，感受到歌者对人类苦难的同情、化悲痛为光明的力量以及对真善美的践行。

　　我听西方古典音乐，听到的就是由神到人的反叛过程。……可以看到，艺术的发展趋势与思想发展的趋势高度一致，二者相辅相成，不断诠释着自由，也不断给予人类永恒的矛盾更深刻的哲学解释。

在远方

　　我一直认为音乐是有留白的。一方面是作曲家及演奏者赋予的情感与思想，还有一部分空间则用于承载听者的生命记忆。音乐总让我想起那些遥远而温馨的片段。比如外婆挥着满是裂痕的蒲扇，在门口的槐树下谈笑风生；比如秋日的早晨与邻家伙伴相约寻找银杏果，秋风一起，漫天金黄飞舞。当然也有那些关于小提琴的记忆。比如琴弓在琴弦上摩擦时，松香粉末散落在琴板上，在冬天晴朗的日光里熠熠生辉。比如拉到《牧歌》的时候，爸爸会仰起头，闭上眼，跟着琴声浅浅吟唱。那时他会想到什么？是田埂上徐徐前行的老牛，还是母亲缝的书包，抑或是再也回不去的乡野生活。音乐打破时间的阻隔，放慢生活匆忙的脚步，一直带我们回到最初的起点。

　　音乐在远方。

　　每一段音乐背后都是一种性格。作曲者于经意或不经意间将其思想流露于音乐的千丝万缕之间，而听者于风一般的乐句中捕捉到这些信息，从此两个素未谋面的心灵便建立起精神上的关联。贝里尼的音乐像田间奔跑的少女，她的发梢掠过田野，留下了雨露的芬芳。莫扎特的音乐则像个天真活泼的孩子，用上帝恩赐的天真无邪，赞美音乐，赞美艺术。罗西尼的音乐是个肥胖而诙谐的老头，用幽默化解嘲讽与恶意。巴赫的音乐则像抽着雪茄烟的中年男人，外表严谨规整，内心却常常暗流汹涌。演奏者的个性也可于音乐中感知。同是演奏一首《恰空》，米尔斯坦的琴声像秋日的悲叹，是摆脱不掉的思绪；而海菲兹的琴声则像悲壮的领悟，仿佛心神腾跃而起，直入云端。音乐融化外在的阻隔，让两颗心灵坦诚相待，不论他们之间有多长的时间，多远的距离，音乐是他们所共同拥有的美好。

音乐，在远方。

音乐不仅是个体生命的升华，引起个体间深刻而内在的联系，音乐之中也有人类共有的伟大精神。贝多芬在正式创作《命运》交响曲前，已经被确认没有恢复听力的希望，这对音乐家而言是致命的打击。他写下遗书，却也写下了《命运》的开篇四支音符。这四支音符有无限的力量，既像命运无情的狂风骤雨，又像人类置之死地而后生的奋起勃发。随后的乐曲全围绕这四支音符进行变奏，好像人类与命运的纠缠。最终，乐曲走出了最初的压抑，音符间渐渐流露出光明与希望。贝多芬用他的《命运》交响曲告诉我们，命运有怎样波澜，人类就有怎样不屈。贝多芬扼住命运的咽喉，用英雄的气概构建起音乐的精神。

伟大的精神不朽！伟大的音乐不朽！

音乐，在远方！

(2016 年 10 月 24 日)

真正的音乐

我读白居易的《琵琶行》时,颇受触动。我惊讶于诗人敏锐的洞察力,能够将音乐如此无形的事物化作有形的文字,令我仿佛也回到那个秋月白琵琶语的夜晚。可有一件事情,我总觉得琢磨不透,为何听完琵琶曲后,满座宾客皆掩泣,而诗人更是哭泣到衣衫都湿了。相反,诗人听到村笛与山歌时,却不会生发出如此万千感慨。我想这两种音乐的差别不仅在于雅与俗,它们背后一定有更深层次的东西决定了二者的高低。

当我逐渐走入音乐的世界,却总想去追问音乐的真谛,也许我的追问与哲学上"我是谁"的追问一样,很难去解答,但我不明白这个问题就无从鉴别并欣赏好的音乐。物理学上定义音乐为振幅及频率均衡的波,这个定义是在强调听感上的和谐。但如果将此作为定义音乐的标准的话,未免太肤浅,音乐应该接近于哲学,是能通达内心对内部世界造成扰动的事物,而不像物质上的享受,带来的是一时的感官刺激。当然也有人把真正的音乐放在很高的位置上,他们说在这个浮躁的时代已经难以找到真正的艺术了,有的只是娱乐至死的轻浮与一时痛快的宣泄。诚然,在我们的时代,好的音乐往往容易被大众化的娱乐商品埋没。不过我对真正的音乐的理解,或许不同于上述两种观点,第一种观点贬低了音乐,第二种观点又将音乐等同于绝对的形式之美。我认为让真挚的情感,让一个人最内在的感受得到恰当安放的音乐便是好的音乐。

李白写过一首诗,叫《秋夜洛阳闻笛》,玉笛暗飞声,随着春风撒满洛阳城,引发听者的思乡之情。我也被笛声打动过,虽然我听到的不是思乡之情,但我认为那一次我听到了真正的音乐。那一天我在北海的竹林里遇到一个吹笛的人,他身姿挺拔,目光安详而恬淡,有几分超越世俗之感。笛声随风震荡,在竹林间轻轻穿梭,顺风时声音大,逆风时声音小,时远时近,捉摸不定。但引我驻足的不仅是笛声幽微的美,而是我在笛声中听到的哀叹,听到的徘徊,听到的超越世俗的追求。我想起古人的一句话,"闻弦歌而知雅意",那位清风一般的吹笛人,在音乐中寄托了他奋飞的愿望,在笛声中他飞向辽阔高远的天空,不再受尘世的伤害。而随着他的音乐,我也如大鹏一般腾跃而起,他的音乐引发了我内在的渴望,即便我们素不相识,我们也可以在心境上打成一片。

那日所闻的笛声在我心中久久回荡,我开始意识到真正的好音乐是建立在真挚的情感之上的。我想《琵琶行》里的琵琶声,打动听者的也正在于此。"低眉信手续续弹,说尽心中无限事",琵琶女将内心的哀伤全部安放在了琵琶曲中。"冰泉冷涩弦凝绝"是她的徘徊与孤独,

"银瓶乍破水浆迸"是她的突破与勃发。正是琵琶曲中真挚的情感让作者感同身受，发出"同是天涯沦落人"的感叹，因为白居易与琵琶女都是经历过繁华的人，而如今却处在人生最寥落的阶段，音乐打开了他们心中的情感之闸，两人在怜惜对方，也在怜惜自己。我想这里的音乐是真正的音乐，它搅动了人们不会轻易打开的内在世界。

但有一些音乐的形式美或许及不上笛声或琵琶声，却依然是真正的音乐。我曾经在欧洲的教堂观看过礼拜活动，活动中经常穿插有祷告曲的演唱，那些歌曲深深打动了我。不同的人发出的不同声音从四面八方飘散而出，经过穹顶的聚拢后，产生更大的共鸣，好似来自天上的合鸣。柏拉图说灵魂在一个完美的地方生活过，见识过完美无缺的美和善，所以在现实世界中遇到美和善的事物会使人们朦胧地回想起那个理想世界。我不想去探究这个理论的真伪，我只是把它当作一个美丽的故事。每一个礼拜者都充满虔诚，他们的动作是谨慎恭敬的，我在他们的歌声中，听到灵魂中未被污染的纯净园地，不论那个灵魂在世间受到过怎样的摧残，经历过怎样的跌宕起伏，唱歌时，它都回到了柏拉图所讲的理想世界。我在这音乐中，感受到歌者对人类苦难的同情、化悲痛为光明的力量以及对真善美的践行。那音乐有一个个鲜活的生命，他们紧紧团结在一起，为共同的精神追求而祈祷着，追寻着。这是真正的音乐，饱含着人性伟大的音乐，我在其中感受到的，从来是一片宁静祥和。

所以我认为真正的音乐是有高度的，但决不是遥远。当你跑到海边，面对广阔无边的天地，胸中迸发出无限火光，想要高声呐喊时，那其实就是音乐的起点。音乐起源于丰富活跃的内心世界，这种感触来源于对生活的体察，它是一个自然过程。好的音乐家将内心的活动捕捉，再运用技巧将它们进行恰当的表达，不过这些相对于真挚的感情而言都是修饰罢了。

有些人担心我们的社会风气将带着我们一步步远离真正的音乐，但我认为真诚的艺术不会消失。只要人类还拥有自由的思想与意志，只要我们还对看不见的事物有所追寻，只要我们对生命的意义还有困惑，真挚的情感就不会消失，真正的音乐也会继续在人间，扰动一颗又一颗心灵，引领我们走入遥远的理想之国。

(2016 年 11 月 20 日)

艺术的反叛

世界各地的艺术，从音乐到绘画到文学，往往是高雅与世俗两条线路并行的过程。无论是大字不识的市井俗人还是博古通今的文人雅士，都需要在艺术中完成自我的表达。所以归根结底，艺术是人类本能的需求，考古发现中那拙朴的骨笛还有陶罐上的虫鱼鸟兽，总让人感动于远古人类对美、对艺术毫不掩饰的向往。

但民间艺术与高雅艺术还是有本质上的差别的。首先是形式，民间艺术往往轻快简明，而高雅艺术则更肃穆复杂。但二者最大的区别还是在于思想。民间艺术往往是个人情感的抒发，而高雅艺术则走在时代的前列，其中蕴含着一个时代最前卫的自由意识，充满着对已有生活方式及思想形态的反叛，最终汇成一股潮流，推动着人类的前进。

我听西方古典音乐，听到的就是由神到人的反叛过程。中世纪的音乐全部是教堂清唱乐，内容也是单一的为宗教服务。文艺复兴之后，进入巴洛克时期，乐器种类及演奏技巧得到极大丰富，表现世俗生活的歌剧也终于被搬上舞台。可你听那个时期的音乐，比如巴赫、斯卡拉蒂，却总有一种压抑感，那个时代情感是不可以宣泄的，所以一切思想都要在整齐的音乐形式下去表达，或者说去暗喻。巴洛克歌剧更是一部血泪史，阉伶的极致繁华背后，是中世纪尚未完全褪去的对人的摧残。而且巴洛克歌剧以高难度花腔唱段和宗教剧为主，内容较为单一，悲伤、欢乐、对上帝的敬重都很格式化。所以巴洛克是一颗华丽的珍珠，音乐形式上实现了对中世纪的极大反叛，但人的自身情感还没有得到足够重视。到了浪漫主义时期，音乐的风格有了翻天覆地的变化，音乐的形式更加多样，情感表达也更为流畅明朗。就歌剧领域而言，女性被允许上台表演，没有了阉伶这种残酷的艺术形式。幸福，悲伤，爱情，仇恨，荣耀……这一切人类复杂的内心世界都被搬上了舞台，这在巴洛克时期是不可实现的。可以说，浪漫主义音乐又实现了一次反叛，人被从神那个遥不可及的世界中解救出来，人们开始反思自己的心灵，并将这种反思最终升华为艺术。

可以看到，艺术的发展趋势与思想发展的趋势高度一致，二者相辅相成，不断诠释着自由，也不断给予人类永恒的矛盾更深刻的哲学解释。

我对昆曲的了解相对较少，但我认为昆曲中也有一定的反叛意识。就比如《牡丹亭》中的杜丽娘就是具有反叛精神的人物，她可以去追问自我生命的价值，这在小我必须为大我牺牲的文化大背景下，是一种很难能可贵的觉醒。昆曲里可以谈个人的情欲，可以去塑造一个完整的人，我相信史书中的人物很少有昆曲中人物如此丰满的个性。这点上昆曲与西方音乐是相通的，都在谈自我意识的觉醒。

以上我看似在谈艺术的思想性，但另一方面，我认为"为艺术而艺术"是一种必要的追求。艺术可以称得上艺术，绝不是空有思想便足矣，艺术本身的形式，音乐的对位，诗歌的韵脚，绘画的构图，给人直观的冲击，是不可以被忽视的。而艺术家要在形式的框架中融入自身的思想，空谈思想从来不可谓艺术。

常有人将艺术比喻为避风港，我想正是因为艺术中所包含的反叛性，尤其是高雅的艺术，让人们可以暂时远离自己所处的现实世界中，而让心中对自由的向往无限迸发。在艺术的世界中，我们面对的是最孤独的自我，却也是最圆满的自我。

（2016 年 10 月 26 日）

谜

电话响了,她却不愿意接。

她知道接通电话后,又会听到制作人的声音,只是不知道今天等待她的,是温柔的劝说还是强硬的要求。她知道电话那头的人,希望她放弃那几首苦心准备的曲子,音乐会要的轻松愉快,容不下那样的沉痛深刻。起初她也在抗争,她一次又一次拒绝制作人的要求,直到要求变成了请求,她反而纵容了有恃无恐骄纵,说起拒绝来一次比一次痛快。但不知从哪一天起,怀疑开始在她心中生长。喧哗也给人们带来了快乐不是吗?荒唐也是深刻的讽刺不是吗?那么多人穿上五光十色的表演服,弹着惹人喜爱的曲子,给观众一次感官的释放,不也很有意义?哪个艺术家没有赞美过讨好过别人呢,没有石头把房子砌起,宝石又该摆到哪里?而她自己,又凭什么一次一次去拒绝,或许明天被拒绝的就将是她和她自诩的不凡。

她瘫倒在沙发上,许许多多声音在她脑海里交织成一片。她还记得那个天真无邪的他，曾经那么激动地说过他要玩弄命运的魔爪，他那么用力地砸着键盘，弹着他的贝多芬，要这呐喊穿越天际。可是这呐喊穿得过空间，却穿不过时间，现在的他西装一尘不染，一样砸着键盘，却再不提起当年说过的话，好像怕那些回忆在某一天会突然刺穿了他为自己制造的完美无缺的外壳。她还记得那个深刻凝重的她，她说她只喜欢小调，大调是转瞬即逝的欢愉，小调才是永恒的残缺，那时她为她口中的残缺美如痴如醉。但前几天见到的她，那么无心地弹着盛宴时的舞曲，她是得到释然了，还是把思索永远封存，让这无止无休的欢愉充满每分每秒，不要有空闲去感受无意义的沉重呢？她不知道。她只是觉得曾经谈荒诞无稽的理想是那么满足，那么尽情尽兴。如今再说起这些，依然得到赞赏，却更像一场伟大的表演，观众感动过、感慨过、感叹过，大幕落下，观众的生活依然恢复原样。一些人会劝说自己说我没有魄力那样生活，大部分人心中连纠结也不会有，你的执着只是他们的笑谈，你只是一个不懂世故还要自命不凡的小丑。

在最压抑的时刻，她总会想起外祖母。她想起外祖母纤长的手指在钢琴上不紧不慢地移动，她想起外祖母久久望着窗外，一言不发，双眸却仿佛在将整个世界阅览。外祖母的琴声带她走到美好的地方去，带她踏破露水，带她撩乱白云。外祖母的琴声教会她庄严，庄严是站在那里就风姿尽展，端庄尽现，和蔼可亲又威严肃穆，个个音符都安静地流淌，却又个个有千斤分量。外祖母让她对艺术有了钦慕之心，她甚至说，要用一生去守护艺术的尊严。她也高谈阔论过，说艺术可以妩媚，但不可以轻浮；可以平易近人，但不可以哗众取宠；可以融合，但不可为了讨好而戴上假面。这些话从前是她生活的力量，如今也是。不同的是从前这些话是点燃她激情的火,如今却是刺痛她的刀。她很想嘲笑自己,就算最伟大的东西值得坚守,但是自己又真的伟大吗?坚守和固执之间,隔的是一层比窗花还薄的纸,也许是流芳百世,也许是一文不值,还要搭上一生的挣扎。不如像他或她一样把那些过度敏感的掩埋吧,想了也得不到什么,不想还能得到简单的快乐。至于这快乐浮不浮夸,短不短暂,又何必去追究呢?快乐的感觉不会是假的,但以为已摆脱悲哀却常常是假的,几个人能等到顿悟的一刻,几个人能在中庸的独木桥上走稳?不如宽敞的大路,纵使路边的风景平凡甚至庸俗,但也足够去欣赏了。

低头会得到什么?有音乐厅上下充斥着掌声的那一刻,就有人群散去,只剩钢琴与你的那一刻。你的心强大到可以忍耐这种沉寂吗?没有的话就只能明天更加费尽心机去表演,换来更加响亮的掌声,如此无限循环,你终于光鲜到永远有掌声围绕,但那个被围绕的人你还认识吗?抬着头又得到了什么?得到了在寥寥掌声中自我夸奖的好心态,你会嘲笑自己的孤芳自赏,你会怀疑自己的坚持是不是卑微到尘埃里,你会细数你得到的光芒与温暖足不足以让你支撑到彼岸,你的心在剪不清理还乱的思绪中是强大了还是不所措了。有多少人能闲庭信步、云淡风轻地既赢得了认可又获得了自我完成,既不求满足他人又不求满足自己,拿得起来,放得下去,这挣扎会不会有尽头,尽头是开解还是再也无知无觉。

她一直在怀疑,也一直抱有希望。她希望自己的艺术温柔得像外祖母一样,感化心灵,唤醒生命,像洁白而柔软的羊毛毯,抚慰焦虑不安的心灵。她希望她也能拥有外祖母琴声的那种姿态,脚站在大地上，心却放在最高的山，最深的海。她希望某一个人被她弹琴时的表情打动过，那些平日里被遗忘的光芒，在眼神交汇的那一刻融化一切寂寞。可这艺术的庄严，她够不够格去承载，值不值得在寒冷中等待一切浑然天成的那一天？

这世上有没有不平凡的平凡？还是她的他也好，她的她也好，她自己也好，都在不平凡的错觉中演绎这不同的平凡？

电话铃好像又响了，她却只把它当成催眠曲。

艺术里哪里有平静呢？哪个艺术背后，不是心绪太多的人们永无止境的挣扎呢？这一刻安详睡去，才有心力面对明日的挣扎。她这颗心会迷茫，但忍受不了麻木啊。

外祖母的琴声又在耳畔响起。或许这一番挣扎过后，她仍然会一边怀疑，一边走从童年时就注定要踏上的路。有什么改变吗？也许高傲熄灭了些，虔诚燃起了些而已吧。

每一次敲击本只关乎她与音乐。

聚光灯笔直地上升，收拢在屋顶，还是勾连着过去与未来直到不朽？

观众席没有聚光灯，一片漆黑，他们只是那表演的看客。

只是若没有观众席的衣裙窸窣、话声断续、掌声轰动、嘘声锋利，台上聚光灯所照之处，和漆黑也再无分别可言，甚至比漆黑还多了几分难言的冷。

是人生之悲。抑或是人生之幸。

至少是谜。

(2017年2月14日，小说)

我与小提琴的遇见

我与小提琴的遇见，有些漫长而波澜。

我们的初次遇见并不是那么愉快，至今还留在我脑海里的只剩杂嘈尖锐的琴声，还有爸爸一如既往的坚持。小时候我并不懂音乐，我不明白强弱变化背后的情感涌动，也不明白节奏快慢背后的绚烂技巧，我不过在机械地运弓、按指，松香粉末在琴板上积了厚厚一层，然而我还是从未对我遇见的这把提琴产生怜惜之情。我之所以坚持，全是因为惧怕爸爸坐在房间里等我拉琴时的模样。爸爸没有机会学习音乐，他不认五线谱，更不懂艰深的音乐理论，我练琴时他只在一旁看着，跟我念他在课上做的笔记，或偶尔摆摆我运弓的角度。上了初中后，根据我与爸爸的约定，我可以选择放下小提琴。于是我们的初遇就这样惨淡地结束了。

后来儿时练琴的不快回忆渐渐褪色，再加上我对音乐的理解逐渐加深，我开始对那把泛着松香气息的小提琴产生了隐隐的渴望，直到几个月前的某天听到巴赫的无伴奏小提琴赋格，这种渴望才真正迸发为信念。虽然没有交响乐团的衬托，也没有钢琴伴奏气氛的渲染，但一把最质朴的小提琴，却依然可以奏出无限的精彩。指法在不断地变换，弓子在琴弦上左右摇摆。数个声部交织在一起，旋律各异，却始终和谐；主旋律不时地进入，在各声部营造的数个不同的时空里穿梭。最终一切归于沉寂，无数变换归于原点。这些乐曲震撼了我的心灵，打开了我的心扉，我忽然想抚摸我的小提琴，我想让它带我回到音乐的世界。我与小提琴的又一次遇见，注定要在我的生命中上演。

不过这么多年没练琴，起初我还是感到了与小提琴的隔阂。我手指上的茧早已褪去，按起弦来疼痛不已，脖子也不习惯琴垫的挤压，感到又疼又麻。经过几个星期的磨合，我的琴声终于有了基本的样子。但这次遇见与儿时的不同，我不再是拉出音符，我开始发现原来每个乐句的强弱变换都是那么灵动，原来每个乐章的节奏都饱含了作者的心思，我肩上的小提琴，将我与那些遥远的生命相连，引我体验人类永恒的快乐与悲伤。我想怜惜它，它也总是安慰我。一天晚上，正当我练琴时，爸爸安静地走到了我身边。他伸出手，像以前一样提醒我弓要拉直，但他的手最终停在了半空中，变成了一句轻轻的话语："怎么不多加点揉弦呢。"那时他的声音，比平时温柔而动情。

那一刻我没止住自己的泪水，我急忙放下琴，害怕水沾湿了弓毛会让弓拉不出声来。我忽然明白了，我与小提琴的遇见，不只是为我打开了一个美好的音乐世界，也不只是我个人的信念。这场遇见，也饱含了爸爸对美好的向往。他将我送进了音乐的世界，自己却总在门外徘徊。

我擦干泪水,用最深的感情又演奏了一遍刚才的乐曲给爸爸。我会用心珍惜与小提琴的遇见,为我的向往,为爸爸的向往,更为每一个人对美好、对音乐、对另外一个世界的向往。

(2016 年 9 月 29 日)

诗与诗意

我今天做了一件很有诗意的事情。

下午的时候,觉得天色好像暗了,屋内的日光灯和窗外映入的光线,已有强烈的反差。果然,几声撕裂般的雷声,雨水毫无防备地落下,天色也随之只剩惨白。

下课后,冲出门外,沿着墙根一条窄窄的泥地,走进我天天看见的几棵石榴树。雨并不如刚才大,似有似无,最大的水珠,反而是从屋檐上滴落的。我踏进草地,踩碎水珠,踩在柔软的大地上。

围着石榴树走了一圈,可惜我能够得着的,都是些由于光照不足而又小又青的果实。我选了一颗,还带着水珠,不大,却红得让人目眩,在灰白的底色里,那种红更勾人。

我拉下枝条,折断石榴与枝干的连结,露水飞溅到我的脸上,隐隐带着石榴的清香。一个还带着绿叶和水珠的红石榴,这是秋天的恩赐。

我快乐极了。

我认为自己保有了一个诗意的状态。

虽然不过几分钟而已。

诗与歌，诗意与情怀

唐棣之华，偏其反而。岂不尔思，室是远而。

——《论语·子罕》

提起诗，我最先想到的是美。

我想诗文之美，本质上是语言之美，但却体现在诗文独有的灵动与意境上。这种感觉是无法触摸与传达的，不同的心灵，也有不同的触动。诗与文的区别，最直观地看是语句间的连接以及语句的内容。文要具体中的想象，而诗，则是想象中的具体。诗句不能过长，所以对于景象、意念、感情的描写，也必须精简，精简的优点，就是文字的空白给想象留下了可能。而且诗文是有韵律的，朗诵的时候，文字和谐的音律，文字中的片段与景象，再加上外部的天气或氛围，诗中的氛围，诗中的诗意，可能就是这样的融合。

韵文之兴，当以民间歌谣最为先。歌谣是不会做诗的人（最少也不是专门诗家的人）将自己一瞬间的情感，用极间断极自然的音节表现出来，并无意让他流传。因为这种天籁与人类好美性最相契合，所以好的歌谣能令人人传诵历几千年不废。其感人之深，有时还驾专门诗家的诗而上之。

——梁启超《中国美文及其历史·古歌谣及乐府》

  诗歌诗歌,"诗"与"歌",被习惯性地放在一起。也的确,诗中有歌的音乐感,歌中有诗的韵律与意境,这二者,可能只是表达方式的区别。

  我一直喜欢《诗经》中没有韵律规则的民谣,那些原本为歌而作的诗,可能并不符合关于诗的严格定义。可能韵律不过是为诗添彩的,诗有灵魂,灵魂可以超越规则而存在。

  我初一时痴迷作诗,也不懂规则,却倒有话说。我现在还是不懂得音韵学,但害怕诗中写不具体情感和事情,或是找不到诗意所在。大部分时候,还是在写文章,一句一句讲清楚。我想,诗若只是把文章换了下行,也不会被称作"歌",诗可以精短,但不能干涩,就像很多时候,唤起我记忆的,只需音乐中某一个特别的音符。

  《诗经》中的歌谣,美在其诗意,美在情感之真切,美在人与自然之和谐。"昔我往矣,杨柳依依;今我来思,雨雪霏霏","谁谓河广,一苇航之;谁谓宋远,跂余望之","泛彼柏舟,亦彼其流",随性吟诵数句,却是一种不刺心扉的伤怀与凄哀。

  我还是很难定义诗意,但我坚信,诗意是情怀,是热诚,是无需回报的沉醉。诗是诗意的载体,是诗意历经时间而不朽传承与体会的方式。

  诗是歌。

  诗意是情怀。

情怀，是我们本性而生的赞美。

寻觅诗意的痴者

　　志摩的最动人的特点，是他那不可信的纯净的天真，对他的理想的愚诚，对艺术欣赏的认真，体会情感的切实，全是难能可贵到极点。他站在雨中等虹，他敢冒社会的大不韪争他的恋爱自由……他为了他常能走几里路去采几茎花，费许多周折去看一个朋友说两句话；这些，还有许多，都不是我们寻常能够轻易了解的神秘，我说神秘，其实竟许是傻，是痴！他愉快起来他的快乐的翅膀可以碰到天，他忧伤起来，他的悲戚深得没有底。

——林徽因《悼志摩》

　　诗人，是诗意最忠诚的寻觅者，诗意对他们来说或许是一种生活习惯，而不是可以产生的、短暂的忘我。诗人随时在诗意的环境里忘我，或者说，在诗人眼里，一切都是可以有诗意的。

　　"天真"、"愚诚"、"认真"、"切实"、"虔诚"、"傻"、"痴"，我们经常这样描述诗人。诗人不同于我们之处，在于他们的信仰是诗意的，我们看见雨淋湿了衣服，诗人看见的，是雨天转瞬即逝的虹；我们看见走路的疲惫与无目的，而诗人说，那几朵过不了几天就会凋零的花，值得他们长途跋涉，一心去追随；我们在去找朋友的路上，想起那几句话，不说也罢，而诗人火热而出的情谊，哪怕几句话，也必须表达。我们看见的，是美丽过后，一切不过是虚无，那样的美丽没有拥有的意义，而诗人的信仰，让他们只看见正在盛放的美丽，在诗人那里，每一刻都可以永恒。

我并不认为喝醉了酒，忘却忧愁这样的状态是诗意，诗意是陶醉，是忘我，但不是逃避，而是比别人更猛地，一头扎进生活里，回到本真的状态。

诗意是归于无物。

诗意是空。

寻觅诗意，是一种生活方式。

它往往属于诗人。

但也可以属于任何人。

诗意栖居地

> 开荒南野际，守拙归园田。
> 方宅十余亩，草屋八九间。
> 榆柳荫后檐，桃李罗堂前。
> 暧暧远人村，依依墟里烟。
> 狗吠深巷中，鸡鸣桑树颠。
> 户庭无尘杂，虚室有余闲。
>
> ——陶渊明《归园田居》

似乎任何事情都有从一个极端走向另一个极端又走回来的过程，人类从原始森林走向了城市，却有越来越多的人在城市里向往那少得可怜的绿色，人们向往一个诗意的地方，而不是钢筋水泥和一切繁华的标志。

陶渊明是一个绝对的避世者，甚至有一点倔强，有一点走极端。他厌倦了官场的人情世故，毅然归隐山林，我想他在的地方，一定可以是诗意的典范。

或许诗意的地方，并不需要桃花源炫目的粉红的花海，也无需西湖那样迷幻不真的水汽，一个可以栖居、可以依赖的地方，是要质朴到脱俗的。质朴是欲望的简化，只要八九间草屋，屋内空空无一物，却也可安然自得，无欲无念。能有这样心境者，我想必是领悟生命真谛之人，所谓功名皆是虚空，以什么样的状态生存才是生命价值之所在。我虽居草屋之中，却可以自由地思考，自由地感受，日出而作，日落而息，将自己与宇宙的规律融为一体，想想都是一种幸福！以上便是脱俗之所在了。诗意栖居的地方，必是处于自然之中的，不是刻意制造草木，而是任生灵在自然的状态下生长。屋后的柳荫，堂前的桃李，深巷中的家犬，桑树枝头上的公鸡，每一个生命自在地活在宇宙的命运中，便是最有诗意的画面。

诗意的栖居地一定要有四季，要有活水，要有云雪风雨，要有霜露坚冰。诗的地方，是美存在的地方，是心灵可以没有杂念的地方。诗意的地方，有不求回报的赞美。诗意的地方，有大自然细小温柔的灵动。诗意的地方，要有山，有晚霞，有归鸟，有清泉，有果实，有银河，有花朵，有落叶，有岩石，有一切经意或不经意间形成的美丽。还有很多，但至少，在一个诗意的栖居地上，我愿意相信仙境的存在。

但像陶渊明般舍弃社会生活而归隐之勇气，毕竟不是人人皆有。

而他那个柴扉大开，与老农酒醉明志的时代，也已不再了。在经济社会里，随遇而安的心灵，已经没有生存的环境。我们不得不追随，追随一些不必问价值的东西。诗意栖居地，更像我们看到一片小小的自然时，产生的很远的联想。或者不如说，它更像一种安慰，一种对自在洒脱的相信。

——终有一天，当我找到那片土地时，我便成了我最初的样子。

何处觅诗意？

莫春者，春服既成，冠者五六人，童子六七人，浴乎沂，风乎舞雩，咏而归。

——《论语·先进》

城市化加速，生态环境遭到前所未有的毁灭，人群涌向城市，城市吞噬自然，陶渊明生活的乡村，或许苦苦寻觅也终究无果。

我们不得不承认，在我们生活的地方，诗意像宝石一样，很珍贵，却也顾不上去发现。

可我相信诗意的存在，也相信它的存在，与外部环境无关，与一切毁灭诗意的理由无关。

诗意是与我们一体的，从我们降生之时，便有感受它的本领。

诗意是心灵的自在。

诗意是出世的情怀，诗意者用出世的精神做入世的事。

诗意是对美近乎崇拜的信仰。在有诗意者的眼中，阴霾可以是北国寒冬的纯净与淡淡的忧伤，雨水沾湿了衣裳可以是水滴的印痕，苦难是放大快乐的方式，活着是在尽力找到一切美。

诗意是一种力量。

诗意不是哭哭啼啼，无中生有的黯然神伤，也不仅仅是做一些自在又显得太痴太傻的事，诗意可以是关乎生命的豁达，生老病死，也是诗的旋律。

所以我诗意地相信诗意，诗意地寻找诗意，找不到诗意栖居地，却让诗意栖居在心中。

（2014年9月26日）

诗遇上歌

　　这个主题的灵感，来源于这两天听的一张专辑，其实专辑的名字就叫《诗遇上歌》。唱歌的是一位毕业于北大的女生，之所以强调北大，是因为那里真的是熏陶理想主义的地方，至少从我父母口中，从我接触的北大人身上，可能不一定每个人都去做理想中的事，但他们的心底，是藏着一把火的，火的温度，与生活的境况无关。

　　很多年来，也似乎听过一些给诗谱曲的歌，但可能时间太远也不合我的口味，从没有注意过。在学校里，对诗歌的表现方式基本上是慷慨激昂地朗诵，于是平日里也习惯这样读。但有些诗恐怕不太适合这样读，它们的情感很随性，像心底的话，一大声读，反而不知道其中的意味了。给诗谱上简单的小调，用简单的乐器弹唱出来，诗就像从心底说出的话了。音乐和诗，两种感发的艺术，两种无需解释的触动，当它们融合的时候，你静静地听，不自觉地就笑了，其实生活很浪漫，很美好的，即使再可怕再悲苦的人生，当它们化在诗里后，也变成了一种美丽，不是震撼，只是心底里，绽开了一个微笑，洒进了许多阳光。

春的临终
（日）谷川俊太郎

我把活着喜欢过了
先睡觉吧 小鸟们
我把活着喜欢过了

因为远处有呼唤我的东西
我把悲伤喜欢过了
可以睡觉了哟孩子们
我把悲伤喜欢过了

我把笑喜欢过了
像穿破的鞋子
我把等待喜欢过了
像过去的偶人

打开窗 然后一句话
让我聆听 是谁在大喊
是的 因为我把愤怒喜欢过了

睡吧　小鸟们
我把活着喜欢过了

　　这首歌我听了好几遍，它唱出了我想说的话，或者说，给了我的感受一个美丽的表达。其实以前，很喜欢那些新鲜事，很在意别人的看法，为一个人又悲伤又愤怒，也为什么事为谁快乐不已。最近觉得自己心里很平静，考试很好也只是会心一笑，别人食言或离开也真诚地理解，也只去做那些真正有价值的事情。你可以说这是一个"老油条"的无所谓，不过我想只是快乐的方式变了，不再是在意别人的一句话一个眼神，不再说为了什么，而更多地从心里找力量，从大自然中找到美。以前总要有个标语去拼命学习，现在觉得学习是责任和乐趣，推脱掉它，生命不会更有意义。早上，为冬日的天空感动到流泪。午后，去自习室里找一个阳光旁的桌子，忙忙碌碌中，找一点明亮的东西。晚上，看飞鸟迎着夕阳环绕着枯枝飞来飞去，到家时天已经黑了，楼上的灯穿透寒风，很难让人不想起圣诞节。一个人平平静静地找快乐，也是一种很诗意的生活方式吧，也有点不入于世吧，至少那天听他们聊起这个人那个人怎么样，我还真没想过。孤单其实是一种福分，我有点刻意保持一定的孤单独立，只有这样你才平静下来读懂内心，读懂生活，在需要平静专注的时候，许多没价值的人和事，只能是一种羁绊。

　　我们活一辈子，不就是去体会一切吗？我们喜欢过了活着，喜欢过了笑，喜欢过了悲伤，喜欢过了等待，喜欢过了愤怒，对，不只是体会过了，而是喜欢，是投入，是奋不顾身，然后我们的内心里，只剩下了无限的美好不是吗？

听到"我把笑喜欢过了"，歌曲的节奏忽然轻快了，于是我也忍不住笑了。然后到"打开窗，是谁在大喊"，一声有点突兀的雷声，一定是那个大喊的人的世界就像打雷一样，他愤怒，他不明白为什么。然后节奏又缓慢了，朋友，不要埋怨了，在你离开去很远很远的地方的时候，你就笑着说，不过是把活着喜欢过了而已。

现实美得，像过去一样梦幻不真。

一　切

北　岛

一切都是命运
一切都是烟云
一切都是没有结局的开始
一切都是稍纵即逝的追寻

一切欢乐都没有微笑
一切苦难都没有泪痕
一切语言都是重复
一切交往都是初逢

一切爱情都在心里
一切往事都在梦中

一切希望都带着注释

一切信仰都带着呻吟

一切爆发都有片刻的宁静

一切死亡都有冗长的回声

  这首歌是以几声变调的吉他拨弦开场和收尾的，并不是很正的音律，就像这首诗，没什么具体的情感，又辛酸，又无奈，又感叹，又美好，你说不清那是什么，就像人生一样。你赞美，又觉得空虚，你唏嘘，又觉得愧疚。

  说实话，对这首诗，好像不如上一首，道出了心声一样，只觉得这首诗又矛盾，又理所应当，一种沧桑，一种看透了一切的笑容。

  恐怕我如今对这种沧桑还不能完全理解吧，但这样的曲调我真的不忍心放下。虽然人生充满了沧桑和苦难，但我们可以不忘初心，对过去充满了敬仰，"一切语言都是重复，一切交往都是初逢"，我们笑着，日子也就那样流走了啊！

  "一切爱情都在心里，一切往事都在梦里"。

  每每想起过去，其实也记不起什么，但就是一种挣扎，一种酸楚，奋力去抓住，却只留下了湿润的眼睛。

  即使在梦里，我也记不起过去了！

  或许在歌里还可以吧。

  "一切幸福都带着注释。"

  我们无法改变，却还可以怀念的一切。

火　车

Taranci　余光中 译

去什么地方呢
这么晚了
美丽的火车
孤独的火车
凄苦是你 汽笛的声音
令人记起了 许多事情

为什么 我不该挥舞手巾
乘客多少都跟我有亲

去吧
但愿一路平安
桥都坚固
隧道都光明

这首歌很慢，背景中回荡着钟声，钟声响起，又是一段旅程。

这首诗并没有令我记起什么，在这样一个交通便利的时代，高铁几个小时便穿越了天南地北，火车已经承载不了那么多的梦想和思念了。但我还是喜欢那种慢一点的火车，躺在床上听铁轨的声音，聊聊天，打打牌，出来后，空气的气味就完全不同了。

听歌的时候，我也缓缓走进了一个古老的车站。火车的蒸汽机正在冒着滚滚白烟。旅客们上车了，或胆怯或期待，火车带着他们奔向梦想，也可能是逃离过去吧。去一个新的地方，一切都归零，新的发现，新的人生。

最感动我的，是"为什么我不该挥舞手巾"这句。本来是坐在长椅上，望着远方清冷轨道，被记忆纠缠的诗人，却好像心中一暖，被汽笛的声音一惊，于是慢慢走近月台，拿出彩色的手巾，微笑着送别踏上旅途的人们。去吧，去经历你们的生命，我嘱咐你们，你也会走我走过的路呵，也像我从前一样好奇一切，也太容易动情吧？去吧，一路平安，不经历又知道什么，又怎么安抚那颗心呢？我在这里，等着你凄苦的眼睛，望着我，微笑，我想我可以平静了，你说。

许多事，我帮不了你，只有你最怀有疑问的那一刻，你才体会了一切。

从没有这样读过一首诗，也从没有把诗读过这么多遍。音乐是抓人的，而诗歌让这种吸引变成沉淀与回味，诗遇上歌，其实叫重逢更好吧。

以后我一定要学吉他，学钢琴，我也要把诗唱出来，在唱它们的时候，所有都无比平凡，却正是人生的伟大所在。

记住我的心愿。

（2014 年 12 月 7 日）

我多么怀念

——献给我的盛新楼

记得第一天 / 清澈的光线 / 遥远的身影 / 就在眼前 / 青灰的石阶 / 叶隙的投影 / 默默凝望 / 来去的脸

但那时的我 / 恍恍惚惚间 / 却以为一切都可以永恒 / 直到离别时 / 才猛然体会 / 我的双手 / 如此无力

我多么怀念 / 窗外一方天 / 有时是阴霾 / 有时是晴空 / 夏雨轻飘落 / 冬雪好像撒盐 / 春时的新叶 / 秋日的枯枝

我多么怀念 / 墙角的小屋 / 温柔的眼眸 / 和你的存在 / 我曾经有彷徨 / 也曾有过快乐 / 不论走多远 / 你都爱我吗？

如果有一天 / 再来到这里 / 是否会有陌生的感觉 / 看雨的那天 / 留下的脚印 / 或许已被 / 尘土抹去

我多么怀念 / 窗边的早晨 / 摊开的书页 / 木墙的香气 / 远方的青松 / 在迷雾中摇曳 / 天空的霞光 / 忧伤的淡紫

我多么怀念 / 槐树的绿荫 / 夏天的味道 / 木头的长凳 / 我悠悠倚坐着 / 盼望你的身影 / 风拂过脸颊 / 愿时光流连

我多么怀念 / 如果会重来 / 想念我 / 哪怕只是瞬间 / 感谢你给我 / 这一场怀念

(2013年暑假，时从四中初中毕业，离开盛新楼)

二班之歌

二班是海，蔚蓝如梦想；
二班是云，洁白如追求；
二班是泉，清澈如信念；
二班是花，娇艳如辉煌。

二班乘风破浪，扬帆起航；
二班挥鞭起程，勇闯江山；
二班展翅翱翔，冲破青云；
二班前进！二班奋起！

不要担心成功的坎坷，
路是踏平的；
不要害怕对手的强大，

团结就是力量。

二班经得起雄火炼,
二班耐得住乱石击;
二班不怕山崩地裂,
二班永远超越自己!

怎能为了荣誉丢了追求?
怎能为了掌声失去良心?
怎能为了夸耀忘了责任?
又怎能为了赞美改变自己!

不要褒奖,我们为了信念奋斗;
不要功名,我们为了二班前进!
忘了从前的苦痛,
遥望未来的曙光!

二班是我的家,给我温暖;
二班是我的灯,给我信念。
前进吧!
我与二班共荣辱!

(2011年10月11日,时刚入四中初中,分入二班,相伴三年)

轻　问

——风

风，
停下你匆匆的脚步，
和我说说话吧。
下次再相见，
也许我不会等你。

你说，
你这个有趣的人，
谁不爱蓝天如水静，
谁不爱春光无限好，
竟有人在夜晚，
痴痴地等风。

我说,

如果你也孤单,

就不要再问了。

停下来陪陪我,

留给那云朵多一点时间,

月亮还要照亮许多心灵。

你说,

罢了,

陪陪你便是。

"你会回答我的话吗?"

"若你真的想知道。"

"为什么你要这么凄凉?"

"我只走完我的一生,

是你们心里太凄凉。"

"你爱什么事物?"

"一切凄凉的事物。"

"为什么?"

"我不忍摧毁。"

"有何不忍呢?"

"你也爱惜过一朵花。"

"但我不会爱惜一个枯枝。"

"至少它经得起摧毁。"

"你爱波光粼粼的湖面吗?"

"如果那水波是因为我。"

"你爱沙漠的漫天黄沙吗?"

"也许。"

"你曾经敲打我窗。"

"可我不认识你。"

"那你为何听我说话?"

"因为你有像我一样寒冷的心。"

"去融化冰雪吧!"

"我不忍。"

"捎一封信给过去的我。"

"我不能吹停了时光。"

"那给他,或者他!"

"我不认识他们的窗口。"

我说,

风,

你去吧,

记住,

纵使我曾爱惜过一朵花,

我也不会忘了你的声音。

"你会走进春天的。"

"但寒冬是一切本来的样子。"

风说，
那好，
我们相约在冬天，
让我低吟，
你的轻问。

(2015 年 4 月 6 日)

雪　夜

春天送来一场风雪　和想象
披上夹衣踩着雪毯　穿小巷
明明车厢拥挤梦想泛滥　有事忙
却想寻找一点情思　来玩赏

上帝无趣挥洒星辰　舞飞霜
心形图案是谁勾勒　很安详
怎么一句蜜语反复回味　到天荒
身边擦肩而过是谁　不幻想

雪珠撞我回声隐约　却悠扬
灯晕里面泄落成川　谱乐章
依然相信依然期待明天　太荒唐

游游荡荡怎么又到 老地方

轻轻掸下发上雪堆 指尖凉
心中话语比麻凌乱 觉痛痒
赶走麻木吹散沉闷无恼 哪里藏
任它翻滚敲打撕扯 是心伤

可惜还没徘徊成诗 就清朗

（2017 年 2 月 21 日）

徘　徊

我常常有疏离感
热闹在我耳中是躁动
灯火在我眼中是眩光
人群在我心中是牢房

我还会有远离感
山的那一头有任我奔跑的原野
河的那一岸有任我吟赏的风景
家的那一边有任我拾取的自由

我有许多向往
向往在星辰下体会渺小的卑微
向往在冰雪中体会苦痛的凛冽

向往在暴雨中体会毁灭的彻骨

于是我出发了
我朝着星星走去，却走向人家灯火
我朝着寒冷走去，却走入避风港湾
我朝着暴雨走去，却走进温馨小屋

我怎能放下我的向往
我在星辰下找我的小路，却又渴望有人领我前行
我在冰雪中找我的独特，却又渴望有人为我鼓掌
我在暴雨中找我的伟岸，却又渴望有人揽我入怀

我总是这样
热闹中寻找孤独，孤独中怀念情意浓绵
人世中寻找桃源，桃源中怀念炊烟升起
平凡中寻找超脱，超脱中怀念感动洋溢

永远回不去的家，永远到不了的远方
永远承认不了的芸芸众生，永远承受不住的独一无二
永远融不入的喧嚣，永远得不到的寂寞

永远在徘徊

(2017年1月31日)

一丝不挂

曾设想你共我可爱模样
哀愁喜乐早知全为幻想
我去辩解开导宽慰洒脱 不觉忽视向前期望
无非做深夜暗灯温暖空房

我穿上厚盔甲忘它重千斤
日子来往不息不觉无乐沉闷
笑到双颊麻木才发觉牵动我心
仍关乎你苦乐浮沉 低头不承认

不离不近 记住你目光的涌动脉脉
揣摩打量 眼中闪烁失落可有我
向往云开空明 拾取沿路可得的快乐

细思量我所得 原是用领悟填满落寞
去把无奈美化为月下独酌

曾怪怨你留我夜中盘桓
不过是都做了爱神美餐
你也期望失望屈服徘徊 陷入爱的轮回变换
到头如若我惯与虚幻为伴
为一刻彻底快乐共你畅玩
竟付出惶恐不安的日夜偿还
回忆依然新鲜哪怕已重演千遍
忘记质问担着空壳是否算释然

不离不近 记住你目光的涌动脉脉
揣摩打量 眼中闪烁失落可有我
向往云开空明 拾取沿路可得的快乐
细思量我所得 原是用领悟填满落寞
去把无奈美化为月下独酌

一直不觉 已流浪世界尽头的荒芜
困在空屋 不思挣扎试找寻出路
缠住我的心魔 赶走也绝无依很虚无
终于放下审问 低头去承认 把浊水当甘露
你支起船帆等爱将你摆渡

甘心受无关我的 那束缚

（2017年2月11日，仿林夕填词歌曲《一丝不挂》而作）

第六章
诗情大地

　　我深深感受到，大地深处的诗情不仅来自大地本身，更来自生活在这片土地上的人们，永不熄灭的生命之火。

　　什刹海的四季都十分有风采。春天有宋庆龄故居里的西府海棠，夏天有荷花市场牌楼旁的"接天莲叶无穷碧，映日荷花别样红"，秋天则有槐花满地，让人体会到《故都的秋》中所讲的韵味。但我却更爱什刹海的冬天，当寒冷驱走了其他季节的躁动与风流之后，素雅清冷的什刹海才能把它的气质发挥到极致。

　　不过，我偏爱的却是第三种秋天。……月亮变得清冷，湖水伴着枯枝的剪影，在夕阳下荡着微波。这时才觉得是淋漓尽致的秋，这时吹着风，呼吸着寒冷微香的空气，才觉得是一个人在时间的长河里奔走，可是就算再极致的年华，也抵不过这一阵秋风的呼啸。

诗情大地

  我相信在大地的深处，有最深情的诗意。

  外婆家住在江南，江南人家在过年前最重要的活动是包团子。包团子的那天，散落在各地的亲人会齐聚在外婆的老屋里，共同完成团子中所寄托的"团圆"的心愿。我最爱的是一种绿色的团子，想做这种团子，需要在和面时加入苎麻汁。在北方长大的我其实没见过苎麻，但我想冬天里还可以找到如此一抹绿色，恐怕也只是江南人才有的福气了。在热情氤氲中揭开厚重的木头锅盖，满目都是醇厚而拙朴的绿色，绿团子经过水的滋养，更加显得晶莹剔透。盛一个绿团子在碗里，走到门外，远处是枯橘冰冷的冬天，而我却拿着一份鲜活与温暖。我想这种强烈的对比之间，就构成了一种诗意。也许冬天的萧瑟终究是要来临的，但这片土地上的人们却发现了这萧瑟中的绿意，再配上浓浓的对美好的向往，一并包裹进了这绿团子中。那一刻，诗意在我心中生长，也在这片土地上弥散。

不仅是富饶秀美的江南，即便是在黄沙漫天的西北，也依然生长诗情。我儿时常去一家西北菜馆吃饭，每次去做饭的大娘都会送我一个用面捏成的动物。动物的造型栩栩如生，每一个细节都恰到好处，上面还染了美艳的颜色。我总是被这精致的手工折服，我觉得它的精巧与我桌上粗犷的西北菜格格不入。后来我才知道这种雕塑叫面馍，西北人不论婚丧嫁娶，都会做不同的面馍来纪念人生中重大的时刻。我感到很不可思议，这一双双操持着农具的粗糙的手竟能刻下如此娟秀的痕迹，这一颗颗平日豪放粗粝的心灵也可以有如此细腻的情思。我觉得面馍就是西北人创造的诗意，是他们在艰险的大自然面前的从容淡定。贫瘠枯槁的大地上，彩色的面馍散着热气被端出锅来，就好像荒漠中开出的花。

我发现我们古人的很多习俗，都是在鼓励人们走到大地上去。清明时踏青，踏过的是松软湿润的春泥；重阳节登高，踩着的是光滑清脆的落叶；冬日踏雪寻梅，感受的是雪被踩实的那一刻脚下的摩擦。我爬山时喜欢找未铺设楼梯的土路，就是因为只有踩在大地上，感受到大地的质感，才会体会到与自然的和谐统一。土地是我们触碰自然的直接媒介，我们通过土地感受自然的流转，也通过土地留下我们的足迹。我想中国古人之所以要在不同的时节走出门去，踏上土地，就是为了为心中的诗情找到厚重而隽永的归宿。

我深深感受到，大地深处的诗情不仅来自大地本身，更来自生活在这片土地上的人们，永不熄灭的生命之火。

（2016 年 11 月 4 日）

相　片

有一天，我在房间里找到了一张皱皱巴巴的相片，相片上是我们全家人的合影。正当我惊讶于这张相片不堪的样貌时，却忽然想起这是我刚上幼儿园时带到学校去的照片。我的心一酸。从相片的每一个皱纹上，我都可以感受到那个小小生命第一次一个人在外时的恐惧与不安。那一双只能抓住我一个手指的小手，在面对她从未体验过的孤单时，在被陌生的人与环境淹没时，是怎样把那张相片握紧在手心，企图感知它的温度。如今她已经不需要这张相片来获得安全感，但相片上被汗水甚至泪水染出的黄色，却记录了成长时总要面对的不安。

我有时会害怕成长，我害怕独自直面未知的残酷，我害怕一次又一次的割舍与告别。我想我拿起行囊，走出家门的那一刻，也会带走一张相片。不论世界的光声舞影背后是怎样的铁面冰冷，不论在拥挤的人潮中是怎样的孤单无依，不论我拥有荣光还是两手空空，相片都使我相信世界的某个角落仍有我的美好，我心中的某个地方还有一片阳光灿烂的天地。

我想每一个人按下快门、拍下相片的那一刻，并不是寻常的自己。他心中的某个不为人知的地方被触动，他好想永远留住这一刻，但他的生活经验告诉他不论此刻他心中如何温暖，不久后他又要投入到永不停息的生活之中。于是他拍下相片，企图让相片帮助自己记住这些瞬间，当他陷于生活的漩涡时，相片会带他重温他独特的感动。

所以我相信每一张相片都是美好的。每次我去森林公园的波斯菊园，总能看见各种各样的人在拍相片。我看见爸爸捧着手机追着他活蹦乱跳的女儿，他希望留住女儿像花开一样短暂而灿烂的童年。我看看爸爸妈妈在花海中跳跃，他们的孩子追着他们照相，那一刻他们放下了所有沉重的东西。我看见恋人们举着手机摆出俏皮的姿势照相，那时他们的心贴得很近。我看见年迈的老奶奶穿上红色的亮晶晶的衣服有些紧张地面对着镜头，我在她的笑脸中感受到了她遥远的青春岁月。人们把自己最美好的瞬间留在相片上，当他们困顿与孤独时，相片便成为一泓清泉，浇灌他干枯的心灵。

可我又发现，在我们面对相片时，似乎感受到的也不总是美好。也许曾经的感情在现在已化为死灰一般的空虚，也许曾经的期盼已成被苦难浇灭的火焰，也许曾经的所爱已找寻不到踪迹。我们看相片时，或许不只是在感受美好，我们还在尝试着解读最真实最深刻的自己。我顺着相片的方向一路回顾自己走来的道路，我们在其中原谅他人，原谅自己，我们惊讶于生活是怎样走到了今天，也更接受生活给予我们的一切。

现在我以朝圣的心情理解每一张相片,因为在快门不止的声响中,在对相片无尽的欣赏中,都包含着生命不息的反思。

(2016 年 11 月 11 日)

什刹海

北京城里有很多精彩的地方。不仅有紫禁城这样承载文化与历史的标志性景观,即使在某个曲曲折折的胡同深处,也可能有一番别样的天地。不过在这众多的精彩中,我独爱什刹海,我对北京的了解大多来自这里,而古都住进我心中的过程,也大都在这里完成。

什刹海的四季都十分有风采。春天有宋庆龄故居里的西府海棠,夏天有荷花市场牌楼旁的"接天莲叶无穷碧,映日荷花别样红",秋天则有槐花满地,让人体会到《故都的秋》中所讲的韵味。但我却更爱什刹海的冬天,当寒冷驱走了其他季节的躁动与风流之后,素雅清冷的什刹海才能把它的气质发挥到极致。

北方的冬天迷人之处在其朗阔。西湖边的寒冷调动一个人最细腻的情感,而北方的寒冷却是将万千忧思一扫而空,留下晴朗明旷的心境。什刹海在我眼里是体会冬日之朗阔的最佳去处。站在水面旁眺望,视野被分成了三个部分。中部细长的一条线是灰墙灰瓦的矮屋,还有杨树清瘦而挺拔的枝干，没有叶子的树枝交错在一起，给人迷离之感，几个鸟巢在枝干的云雾之中异常显眼。视野下方是透明的冰面，空灵而莹润。而视野的上方，则全部属于冬季清澈的蓝天，在灰蒙蒙的大地上方，这样的蓝色显得格外具有冲击力。蓝天的近处是浑厚大气的钟鼓楼，而蓝天的远处则是西山优雅流畅的曲线。在这样高远的蓝天下行走，心中又怎不激起一番洒脱的明快呢？

什刹海的冬天还有另一奇景，便是夕阳，什刹海开阔的天空就像是为夕阳而特设的画布一般。我喜欢在冰上看夕阳，冬天的夕阳不如夏日般烈艳，它常常是水一样的橘色或紫色。太阳照在冰面上，形成一道狭长而闪耀的光影，经过冰的反射使阳光更富层次感，好像水彩画里晕染的效果。几棵最高大的树在夕阳中留下剪影，让本以色彩明艳为特点的夕阳，多了几分黑白的干净与简洁，那些枝干就像建筑物的骨架，支撑起了夕阳的神韵。

冬天的风景就是这般深沉与静谧，而正是在冬天的冰冷寂静之中，内心的思绪开始孕育。这些思绪不沉痛，但都在放大着某种活力，带来阵阵喜悦的冲动。所以我在什刹海看到的也不全是冬日的安静之美，寒冷扼杀着生机，却也把每一丝声响都衬托得格外喧嚣。在什刹海，我时常感受到生活秩序井然背后的生机勃勃，像缓缓流动的音乐之中，意外却富有色彩的那几个音符。

冬天的什刹海，也有热闹的一面。前海汉白玉栏杆前狭长的小道上，总挤着一群大爷们。他们兴致起了，便托着沙哑的嗓音唱起了歌。歌声在冰面上空荡荡地回响着，倒令人想起了钟鼓楼钟声鼓声的余音轻响之韵。街道上三轮车穿梭而过，车从身边掠过时，我可以捕捉到车夫兴高采烈地讲解时，对这片土地由衷的热爱。不知哪个胡同口便会坐着两个老头，对着破旧褪色的象棋盘神采飞扬，一个不停地叫着"吃，吃，吃"，把棋子重重砸下，另一个却沮丧地后退着棋子，打不起精神来。冬泳下水的地方也是热火朝天，一群人拉着顿挫而铿锵的北京话高声交谈着，一边卖力拍打着身体，让身体释放出最大的活力。路旁深宅大院的门紧闭着，气宇轩昂的石狮子踏着脚下的明珠，但这些人们却在什刹海营造出一片天地，尽情洋溢着、挥洒着生命的活力。什刹海包容着不同的生命，以它的厚重与淡然，给予每一个走上这片土地的人自信与力量。

现代生活的许多遗憾，在什刹海都可以完成。这里不仅有朗阔的天空与绝美的夕阳，更展示着一种别具一格的生活态度。在这里，生活不需要追逐，不需要压迫，反而是自然地流淌着，激烈地燃烧着。人与自然在这里相映成趣，人的心灵也在这里获得自由与激情。每个人在什刹海，都能找寻到一些失去的东西。

北京城里有很多精彩的地方，但我独爱什刹海的精彩。

（2017年1月4日）

三种秋天

在我看来，北京的秋天可以分成三个阶段——第一场是序曲，暗流汹涌，忽隐忽现；第二场是高潮，浓烈芳艳，波澜壮阔；第三场是尾声，余音如缕，终响穿心。

秋天最初往往是伴着雨来的。九月以后，雨不再是如覆水般短暂暴烈，反而变得绵延、漫长，还有一点刺痛皮肉的寒意。这时植物都还是盛夏的样子，除了几棵早凋的，格格不入地泛着黄色。中秋节以后便开始有落叶了，寒冷的雨水浸湿叶子，走近后便可以闻到枯叶的香气。气温忽冷忽热，秋虫点缀着微冷的星夜。这时有心的人已经开始感受到秋天了，他们把酒对月，他们登高采菊，只是这秋天还实在有些隐秘，除了迎风行走时束紧衣裳，好像秋天还在慢慢孕育，悄悄生长。

或许第二种秋天才是大多数人看到的秋天。"秋高气爽"，"层林尽染"，这些词只能用来形容十月中旬后的日子。这是秋天的萧飒被遮盖在色彩斑斓之下，天空是湛蓝的，空气凉爽干燥，有时还夹着一点穿透皮肤的冷。起初是梧桐树，然后是银杏树、枫树，这些树的颜色是最惹人喜爱的。河边也有美景，芦苇的碎花一株株在风中站立着，发出竹林一样干涩的沙沙声，荷叶和莲蓬已经完全失去水分，干枯成深棕色，在夕阳下形成连片的图景。阳光不知为何看上去是金黄的，温和而明朗，照在层次分明的山坡上。这时叶子还挂在树上，地上只铺了薄薄一层，踩上去没有声响。它们早早地凋落，很少有人顾怜它们，但秋天不能少了它们，否则秋天便成为艳丽的季节了，它深沉而悲哀的气质，就没有人去承受了。

不过，我偏爱的却是第三种秋天。这种秋天要到十一月中旬后，它很短暂，当树上的叶子落光了地上的叶子也安放在麻袋里后，秋天便不复存在了。但在我眼里，这一种秋天却是最得秋的精髓的。这时没有了游人如织，没有了五光十色，秋的静谧和伤感，才可以被体会到。树上的叶子已经很稀松，透过光秃秃的枝干看天空，便忽然感受到了一点冬天的神韵。然而地上却堆满了落叶，有的已经枯腐成泥，有的还是最美的颜色，但谁也抵不过十一月刺骨的北风，于是风吹叶落，一切终结于此时。月亮变得清冷，湖水伴着枯枝的剪影，在夕阳下荡着微波。这时才觉得是淋漓尽致的秋，这时吹着风，呼吸着寒冷微香的空气，才觉得是一个人在时间的长河里奔走，可是就算再极致的年华，也抵不过这一阵秋风的呼啸。我喜欢刮风的晚上，那时我心里总会有一种愁绪，又会有一丝快感，我总想起一些又忧伤又难忘的地方，但它们的形象就像这风一样，只可感知，不可描画。

但我可以吟诵这些诗句——

比如"无边落木萧萧下，不尽长江滚滚来"。

比如"风萧萧兮易水寒，壮士一去兮不复返"。

比如"生如夏花般绚烂，死如秋叶般静美"。

不过那些最深的感动也最难以言状，就像秋天一样，一边灿烂着，一边凋落着，悲欢交织，荒芜而去，直到下一个春天，下一次绽放。

（2015 年 11 月 1 日）

秋行三记

九月三十日那天，气温骤降，再没有人怀疑早已立秋很久的事实了。没必要找已经掉落的柿子叶，也没必要刻意去想什么是"秋高气爽"，秋天的味道，秋天猛烈而温柔的萧瑟，人们很难将自己与季节分开来。

于是，我们一家人，开始了秋天的行走。在这样绚烂的季节里，找寻"秋"不易察觉的美丽。

（一）

十月一日早晨，天空很阴沉，秋雨需要很长的酝酿过程，有时甚至是数天，但它下得也久，也不大，也缠绵。

爸爸妈妈决定去爬山。我本打算窝在家里写作业，却还是被妈妈拉上同行。

去百望山的路上，车窗上开始出现雨花。天色并没有什么变化，雨倒像跟着那一大片厚密的云层来，再跟着云层去到另一个地方。

下车以后，觉得好冷，枯枝枯叶被雨水浸泡的味道，让空气变得清香而充满寒意。其实山色还尚绿，掉落的叶子也是少数，这种味道更像对秋的记忆，只要一点触碰，便涌上心头。秋是真实存在的，可能只是我还看不见吧。

雨点越来越密集，我们带来的那把破伞已经挡不住这冰冷的水了。妈妈买了几件雨衣给我们穿上，我并不喜欢雨衣，虽然刮风时它显然可以隔离掉更多雨水，但它没有雨伞那大大的伞面，可以听见水滴掉落的声音。

除了我们一家人，似乎没有人在上山了。我最喜欢看见孩子藏在爸爸脖子上的伞下，或是被包在爸爸薄薄的彩色雨衣里，那一个小小的人，一定有很温暖的身体，把他的温度，藏在密不透风的油布下，只分享给他的父亲。

找到一个树林稀疏的地方，远处的城市已经被白色的烟雾淹没，只剩近处的几幢楼房，闪着隐约的灰色。

下山的时候，低着头看着路，我喜欢这样的感觉。什么也不必思索，什么也不必顾虑，我只要吸一大口湿润的空气，我只要走完下山的路。

快到山脚的时候，爸爸喊我们抬头——对面的山顶，萦绕着一团朦胧的雾气。"黄山的云雾也是这样的吧"，妈妈说。终于明白为何神仙都住在山上了，那一团藏住山顶的云雾后，谁知是怎样的仙境呢？

已经看见很多次的山，这样仰望时，伴着雨水，还是让我难以相信记忆。

可能那里的仙境只在下雨时才有吧。

或是那里的神仙也沉醉于秋的感觉。

回到车上时，车身上糊满了随雨水而落下的叶子，它们来自旁边的一棵小树。我相信秋不再是一种感觉了，它是真的感染了每一个有生命的事物，或者说，在秋中，我才意识到生命的存在。虽然在枯萎时发现它们，说来有些悲凉。

夏天我们看见地上的影子，却直到秋天，才意识到那是树的叶子。

清理掉车窗上的落叶，车子开动了。袖口和裤子被雨水浸湿了，坐在那里冰凉冰凉的。可还是觉得这冰凉是一种纪念，纪念我在雨中的旅行。

我们去吃了大火锅。沸腾的水给了我们足够的热量，在寒冷的时候，我格外渴望温暖的空气。

（二）

十月二日，天空难以想象的蓝。还舍不得昨天的湿气和寒意，舍不得那弥散在空气里的忧郁和温暖，就被时间推进了另外一种秋日。

下午的旅行和昨日一样，有点一时兴起。先去新家，再去森林公园。

我至今还欠新家一个秋天，春、夏、冬都在这里完整地体验过，唯独对秋天的感受，像落叶一样零零碎碎。新家是我最向往的地方，可能是因为在这里的时间不多，所以想起它，并不亚于想起天堂或桃花源，那里的生活，和我平日过的是完全不同的。

这里的秋天还不是那么不易察觉，冷清的沙滩，杨树叶间暖黄的阳光，已经让新家有了一种秋的意境。

不过这里和我童年时记忆的不一样了，打排球的沙滩只剩薄薄一层，捉小鱼的河畔长了小草，还好大堂里阴湿的气味，并没有因为我的离开而散去。

我丢了好多珍贵的气味。

庆幸这里的气氛没变，或者说我对它的向往还在，我还是这么喜欢这里，爱着这一方小小的土地。

湖边多了一群肥肥的白鹅，院子里的小朋友正在同它们玩。

去森林公园的时候，云朵已经染上晚霞的颜色了，路边开满了大波斯菊，它们有三种颜色，我很仔细地数过。

走了一阵子，在不知不觉中走进了一片银杏林，泥土上已经有几片金色的扇子了，一抬头，稀疏的叶子间挂着一串串白果。

也不知谁提议的，可能是嫌地上的白果太少，妈妈用一瓣柚子皮打起白果来，我和其他人就在地上找着很臭很珍贵的果子。后来爸爸也开始扔，如果运气好，碰到哪个长满果实的枝干，那白果就像下雨一样，打在我的腰背上。

秋天的果实给我们一起欢笑的理由。

天色黑下来以后，爸爸不见了，没想到他竟然找来了一根竹竿，真是把他的执着发挥到了极致。瑟瑟发抖地找到刚才的树，把竹竿轻轻一摇，就听见白果滚落地上的声音。我们打着手电，仔细地在地上寻找掉落的白果，真是像个贼一样，在这里"偷盗"秋天的果实。捡得袋子已满,却兴致犹高,无奈也只好用瓶中的水搓了下手,往林子外走。走的时候,还为这次行动而沾沾自喜,像个孩子一样,傻笑了好久。

上车后,车子平稳地行驶在暗夜中。捧着一袋热热的烙饼,饼里只有咸味和面粉淡淡的香气,但觉得一家人在一起好温暖,多想时光不流逝,永远这样坐在这里,永远像捡白果的时候一样快乐。

我当时就这么想了一路,也说不出别的。很多记忆在眼前浮现,却格外珍惜我还拥有的现在。

(三)

十月三日雾霾,在家里过了一天。四日天气还是阴的,既不是一日的秋雨,也没有二日的晴朗。我们一家骑车去了长安街,路上有点小雨,却不冷,抬头还看得见太阳。这种雨是最令人觉得不爽,又最令人不解的。

从太平桥路上拐过弯来,就看见象征权威的金色栏杆了。长安街是我最喜欢的街道之一。喜欢安立路是因为它现代而有野趣,喜欢府右街是因为它浓密的槐荫高高的红墙,喜欢平安大街因为那是我出生后走的第一条路,喜欢长安街则是因为它的宽阔与庄严。

长安街的灯柱上都左右各挂了一面国旗,广场上摆了大花篮和孙中山先生像。下完雨的天是淡淡的水蓝,自行车道很宽,可以放开双手骑一阵。

转过弯去,不见金色栏杆,不见鲜花满处,庄严的气氛也一下散了。我们骑在一条种满古树的街上,很浓的老北京风情。起初还不甘这么快就离开了那权威的长安街,回到了平民的街道,后来发现这里才更像生活,没有警察的催促,可以任意感受,任意放慢脚步。

晚上路过了西什库和大红罗厂。走过每一个路口都想起一个画面,虚幻不真,历历在目。

天色全黑了。

天气也真的凉了。

我抬头望一望窗外,还看不出秋天的痕迹,连冷风也不过停留了几天,现在我又分不清这是夏天还是秋天了。

墙上的日历,还是去年的十月,日历上画了一些枯叶一样的苞子,那是什么晒干的果实吗?

朋友圈里不停地有人晒去很远的地方旅游,羡慕归羡慕,却觉得自己的假日也很幸福很特别。

——在暖融融的家里,寻找萧瑟寒凉的秋的踪迹。

(2014年10月6日)

泥土的味道

我记得三年前的春节联欢晚会,有一个致敬春晚三十年的专题。那天我第一次听到《故乡的云》,惊讶于这首歌的真挚,爸爸这个批评家也在一旁感叹说,那时的音乐多么能打动人啊。

至今我都认为那是春晚最好的节目,我记得歌词里有一句——"当身边的微风轻轻吹起,吹来故乡泥土的芬芳。"

从小长在大城市里,没有体会过被泥土包围的感觉,也不明白,妈妈为何在听到一首歌时说,想起了站在麦田里的童年。泥土的味道,在我生活的地方,时常在不经意间出现,可遇不可求。可能是水浸湿了草地,也可能只是风掀起了黄沙,我觉得每个季节都是有气味的,至于这气味的不同是否与泥土有关,我也不知道。我也不想去研究季节是否真的有味道,也或许,这只是到了一个季节,心里的滋味吧。

北京的夏天总有暴雨,而且是没有征兆的。天黑了,风起了,雨也便来了。很多时候,天色渐渐阴沉,还来不及点灯,来不及诉说在白天体会黑夜的惊喜,雨便走了,天也晴了。然后打开窗,扑面而来清香的气息,这应该就是泥土的芬芳了。水滋养了泥土的生命,也带来了夏日的凉爽,孩子们都出来了,踩水塘,捉蜗牛,沐浴在泥土的气息中。

冬天的北京干燥少雨,有时盼到春分,才盼来了一场晶莹又易消逝的雪。泥土被雪打湿后也是香的,很微弱的香气。冬天更多闻到泥土的味道,是站在草木枯黄的旷野上,湖面冻成混浊的冰,寒风凛冽,草木在风中摇摆,发出窸窣的声音。在只顾把自己缩在棉衣里的时候,却闻得见泥土的气息,因为土都吹到脸上了,这样干冷、不易传播的味道。北方的冬天全承载在这黄沙里了,只有看见它,才确信这是冬天。

前几日在校园里种小麦,亲手翻开一块土地,不时还能获得几个残破的白薯。很久没有这样感受泥土了,浇上水,泥土又散发出了扑面而来的香气。它是有生命有味道的,但只有水的润泽,风的抚摸,才把它的味道带进我们的心里,在不知不觉间,成为我们与泥土连结的方式。

我还没有体会过远离故乡的感觉,所以泥土的味道勾起我的,更多是惊喜,而不是怀念。不过我相信"一方水土养一方人",土是带着故乡的气息的。就像在南方的外婆家,夏天雨后的泥土味总是杂着湿气,而冬天,也没有那样干爽微香的黄沙。

可能泥土的味道从来装在我们心中吧,从我们生在这片土地开始,它就流淌在我们的血液中。

(2014 年 12 月 9 日)

那个夏天

我想写写那个号手看门人。

他是三中的看门人,夏天里放假总会按时在傍晚吹起号子,但开学后,就再没听见过了。

我为什么要写他,因为他的号声代表了一段时光。

是夏日。

是暑假。

是大红罗厂。

是羊肉串。

是转胡同。

是 Meav。

是在阳台的小桌上写作业。

是玩单反相机。

是那个半地下文具店。

是无圣书院。

是窗前的工地与晚霞。

是在暗夜中边听歌边"认"。

是暴雨。

是看以前的杂志。

是睡小板床。

是写小说（关于拉兰的）。

是想教师节的卡片。

是崔桂花与刘小贱。

是小琼与大富。

是汪赢。

是跟天天骑车去玩。

是跟姣姐在夕阳下的长安街兜风。

是国家大剧院的面具。

是《西游记》。

是看着《西游记》便睡着了。

是对新家的怀念。

是北海公园。

是火烧云。

是飞车买光碟。

是看午弟和伙伴在人行道上跑。

是买菜。

是找路。

是一种说不出名的夏天的感觉。

(2013年3月6日)

乙未春节杂忆

前几日听说北京下雪，赶紧叫好友拍张雪景，抚慰在南方只能看雨的我。所幸上帝还留了一场雪，在今天叫我满足了一番，虽说是一踩下去便露出草地的春雪，却也算不辜负了这个冬天。

今年春节，在姥姥家度过。南方冬天的冷，在我看来比北方更可怕。脸并不会冰冷，却总觉得骨头里都是冷的。直到前两天回家，才半个月来第一次愿意说出"暖和"二字。

春节前的时日很漫长，看不出过年的气氛，我在舅舅家和表妹消磨时光。除了各自一张桌子写作业，还有一件必做的事，列一份名单。这名单的内容每次不同，可以是摩尔庄园、泼妇公司，但这次是后宫。我们睡在一个被子里，关灯后还说话到很晚。有一天我编了一曲《塞壬们的海岸》，两个人莫名其妙笑了一整天。

姥姥家管腊月二十九叫小年夜，那天，桌子上摆了祭祖的菜食，还有很小的碗。似乎许多中国人如今已经不在春节祭祖了，但爸爸还是坚持这个习俗，外公也是。我或许也会坚守吧，但春节一家人聚在一起，不也是它的意义吗？外公带领家里的每个人烧纸钱，磕头，然后向祖先请愿。

做团子是春节必须做的事，从我来的那一天起到除夕，各家多多少少要做些团子，然后亲戚们都去帮忙。在姥姥家的那座小镇里，人们清闲满足，兄弟姐妹间也经常串门吃饭，这和北京的忙碌不同。我这次也放下事情过了回不挂念时间紧张的生活，这样慢慢地过每一天，也何尝不是件乐事？

除夕那天的气氛并没我想象的浓烈，除了不时传来的鞭炮声，还有楼下厨房忙碌时，狗不停地叫，它也知道这是不同的一天吧。五点钟年夜饭做好了，满满一桌菜。在今天的日子里，吃一顿好饭不是难事，但从没有人会忽视年夜饭。可能也只有年夜饭的时候，全家人的心都在这里，因为每个人都珍视这个晚上，期待这顿宴席。大家互相祝福，碰杯，吃饭是理由，重要的是心愿。

吃完饭去阿姨家，所有人都聚在那里。然后回舅舅家看电视、吃零食，一年少有这样清闲的时候。妈妈的手机又响个不停，我一回来，也收到几份祝福。话语并不华丽，却让人觉得不枉这些情谊，可能每段时期记挂的人都不同，但只要记挂过，就不会再忘记。

十二点临近，烟花声盖过电视上的音乐，我也走到窗边，每年这个时候总要感叹，"普天同庆"的夜晚。舅舅家的视野并不好，不像我在家中看见的，远远近近都是烟花。尽管人们说烟花污染空气，或是别的不好，但谁不愿意在除夕夜听到无数的声响呢，若没有这些璀璨，这个夜晚为何让许多人用一年去期待呢？团聚太短暂，长长的分离，因为除夕而有一个结束。但除夕后又是开始。我想节日的意义，之所以人们少不了节日，不就是给平淡的生活，找一个日子，那天不太一样，那天可以让我们因期待而快乐好久。

第二天朋友发给我北京的除夕夜，一样的热闹，一样的烟火绚丽。

大年初一开始走亲访友，从大姨婆家吃到三姨婆家，姥姥家的兄弟姐妹有这样互相请客的习俗。这几顿饭全家族的人都来了，其实我并不喜欢到处吃饭，也并不是大家都十分乐意奔忙，但这就是习俗的微妙，有一种不得不遵守在里面。

大年初五，挨不住南方的寒冷，我病了。初五是迎财神的日子，舅舅家附近的店铺放了一晚上的烟花爆竹，让人烦心却也知那是美好的祈愿。

我走的那一天，妹妹没舍得来送我，她说这下睡觉时没人挤她，却也没人陪她了。两个城市，两个家庭，造就了我们不同的性格，但从小一起长大的姐妹，却终究还是最没有拘束和顾虑，我们一年最多见两次，也许今年她中考完成后，会有机会来北京吧。

我写这篇回忆这点时间，雪已经化了，没人会相信刚才真的下雪了。春雪像节日一样，很短很短，在心中留下的惊喜，却让人快乐很久很久。回头想一想，不论是圣诞节、新年，还是春节，都是难忘的，节日就是相聚的理由吧，之后的每一天再辛苦，却还是因期盼和回忆，变得有种美好的滋味。

（2015年2月28日）

时间都去哪儿了

一年半之前，我陪妈妈签了合同，把旧家卖给了别人。我没想到，三年前那次本以为短暂的离别，竟成了我与这间屋子和这一小方天地的永别。想起过去小小的身影，看到那熟悉的风景人事，仿佛我从未离开过。

时间都去哪儿了？

仿佛嗅到了春天的香气，看见了柔和的光线，我的思绪回到了春天的喷泉旁。我独自一人在院里四处游荡，不时走进草丛采几朵甜蜜的蓓蕾。到了四月，梨花盛开，喷泉红色的地砖上点缀了几点斑白。当斑白褪尽，喧闹的夏天就来了，我会在夜色中跳上一支舞，或是在暴雨倾盆的午后出去散步。但一晃眼，草地变得金黄，银杏叶落满了院子。不久冬天来临，白雪铺在软绵绵的红柿上，平淡了它的光华。

时间都去哪儿了？去到旧家的草木中，去到四季的变换里，去到这个平凡而又特别的院子温柔的怀抱里。

住在旧家的时候，一直是姥姥照顾我，每个清晨和傍晚，都有这一老一小书童或奔忙或闲适的身影。一回到家，我立刻窝在电视前，度过有点冷清的下午。而当油锅的"滋啦"声不绝于耳时，我明白最温暖的夜晚来了，一家人又可以聚在那因为小所以不会将温度散失的客厅。我在旧家还有一群朋友，我们小的时候捡西瓜虫和杨树枝，长大了些就去口字楼"冒险"，或是爬大厦前的石头。当这些伙伴逐渐走远后，我在小学时最要好的同伴又会在周六准时到来，读完书就在羽毛球场地里打排球，就算雨天结了青苔也不放弃。这个约定遵守了一两年，后来虽说要再来，却不可能了。

时间都去哪儿了？去到外婆的蒲扇里，去到昏黄的人影里，去到儿时伙伴清脆如流水的笑声里。

我爸爸十分有毅力，每天八点按时抓我练琴，我一般都是动不动就休息，不时眺望着白墙上慢慢走的时钟。不过有时，我也会陶醉在琴声里，连爸爸也高歌一曲《牧歌》，但那些西方人的练习曲，我的确不太喜欢。我在旧家的时候还每天背书，以前是妈妈管，我经常可以偷看到书上的大字。不过后来爸爸就严格了，他把书合得严严的，尽管被书砸过，但在书房白得发冷的灯光下背书的日子，回想起来还是令人难忘的。

时间都去哪儿了？去到微香的书页里，去到眼泪与笑容里，去到一弓四弦两千日的坚持中。

小学时第一次读朱自清的《春》，为他算的那笔账而流泪——他的日子过去了八千多个，而我在旧家的日子不也有四千多个了吗？那些如此漫长又如此短暂的日子，每每想起，总觉得春风拂面，似一股清凉的泉水流过——好像旧家门前的槐树与桃花，一边是浓荫，一边是艳丽。

时间都去哪儿了？它们去到我童年的背影里，虽然随风而逝，却永恒不灭。

(2014年2月16日)

与玉兰花告别

不知不觉间，春天的脚步走近了，近到再麻木的人也不得不觉得心旷神怡。玉兰花悄悄地盛开，同桌把雪白的花瓣凑到我鼻子下，提醒我去看一看那棵圣洁的树。可当我终于有时间去欣赏时，花朵却已经开始坠落了。

告别，似乎不远了。

三年前的春天，因为不忍心去看搬空的旧屋，只好逃到院子里的玉兰树下。玉兰花静默地开着，开在这条唯一的弯曲小道上。多少个午后，同母亲走在玉兰花的香气中，起先是我坐在自行车上，后来是手拉手直到手挽手，玉兰花总给我们带来瞬间的感叹，像烟火一样绚丽。可如今，我要与玉兰花告别了，摘一朵花瓣，流一滴眼泪，久久沉默的花朵竟开始摇曳。我发誓一定会再回来看玉兰花，一定要永远做一个孩子，不走出童年，可时光的残酷，我怎能掌控？

与玉兰花告别，与童年的玉兰花告别，我不愿意但必须承认，那次告别已成为永别。

另外一次刻骨铭心的告别,是在朋友家的玉兰树下,那棵树的花是紫色的,所以我和朋友都格外喜爱它,相约在那里度过了整个下午。那时临近毕业,我们正充满惆怅却也充满希望,我们嘻嘻笑笑,打打闹闹,如果累了,就站在草地上,闻一闻玉兰花的清香,眼前铺满了迷离的紫色。临走时,她送我一片花瓣,说明年再来赏花,我看了看她的眼睛,转身就离去了——不过是暂别罢了。

直到前两天恍然想起这个未果的约定,才明白这次告别已是永别,那棵玉兰花,友谊的玉兰花。

"年年岁岁花相似,岁岁年年人不同",花朵是最美丽也最短暂的事物,所以有记刻时光的力量。想起与玉兰花的一次次告别,想到一个个曾经丰盈却最终破碎的希望,忽然觉得花儿也老了,也因告别而憔悴了。

如今教学楼前的玉兰花正在绽放,但我待在这里的日子并不多了。夜晚,拖着疲惫的身体走过玉兰花前,香气顿时唤醒了我。多么想以最好的姿态与它告别,用青春的汗水,用绝壁生长的花朵。

希望这次告别,不会成为永别。

(2014 年 3 月 27 日)

威斯敏斯特之行

出　发

2015年9月30日，终于踏上了期待已久的旅程。

好久没有坐飞机了，所以机场的每一样事物都令我好奇。目送我打了彩虹绑带的蓝色箱子上了传送带，就随着队伍去到候机的地方。T3航站楼比英国的机场大得多，需要坐摆渡车才能到达飞机停候的地方。摆渡车有点像火车，但是又像电车一样平滑轻盈，带着我们穿过机场，上升，下降，就好像我儿时常常幻想的那种神奇的车。

两点钟，我们终于下了摆渡车，来到很远的停机位。飞机很高，机翼上的涡轮比我想象的要大得多，站在此处控制塔显得很小，不时有飞机伴随着一阵隆隆巨响消失在天际。

上飞机后安顿好行李，系好安全带，就坐在座位上等待。我的座位在正中央，只看得见机舱内单调重复的座位，旁边的人又不认识，所以我能做的只有等待。但等待也幸福。

没过多久飞机开始缓慢滑动起来，广播里开始播放安全通知。慢慢地，我们滑行的速度越来越快，乘务员坐回到座位上，飞机拐上跑道，开始向天的方向进发。越来越剧烈的震动，越来越强烈的期待，我们的飞机终于离开了这座我们依恋的城市，去向一个陌生的国度。

十个小时的高空飞行是很无趣的，除了看电影，或是看看还未调成伦敦时间的手表，揣度这还生活在原地的亲人正在做些什么。最有趣的事是点开航路图，看我们下方的土地，虽然窗外是不变的云层，但我们却经过了很多不同的地方，每一个地方都有自己的故事。

我在飞行途中几乎没有睡觉，我一直在写故事。八个小时后，开灯了，开始供应晚饭。有人打开舷窗，我伸长脖子看外面，我很惊讶这么高的地方天空竟然也是淡蓝的，而且发着清透的光。

北京时间十二点半，飞机准备降落了，此时我睡意渐浓，但却不想睡去。伦敦的天空很清澈，而且我们到的时候正是日落时分，所以整片天空都被华丽的金光包围着，金光里是等待我们的城市，在遥远的下方依稀可见。日光透过舷窗照到机舱里，为这个睡意惺忪的机舱带来一点期待和惊喜。

终于飞机降落了，空气的味道已经变成全新的了！

我的华裔小伙伴

坐上车，出乎意料的是，我并没有感觉到靠左行驶的特别，加上高速公路的景致和北京很像，除了全英文的指示牌，我真不相信自己在伦敦。和同学聊天聊了一路，感觉到外面渐渐繁华了，往窗外张望，两边都是古典式的石质建筑，配有精美的装饰，此时我相信我到伦敦了，我到了一个不一样的城市。

大巴车停在了路边，一下车就看到了一个古老的门，抬头就是威斯敏斯特大教堂和大本钟，在灯光下熠熠生辉。一群人站在学校的大门口，应该是接待我们的英国伙伴。

Nancy 先认出了我。"Hi, you are Orietta!"她用标准的英式发音和我打招呼。"Do you live far from here?"我问。"No, my mom will come to pick us."她说。然后 Nancy 拿出手机，给她妈妈打电话，她用带着点京腔的标准普通话说："妈，你到哪儿了？"我十分惊讶，我只知道她会讲中文，但实在没料到她讲得这么好。

几分钟后 Nancy 的妈妈到了，她开车把我们接回家。一路上我们努力尝试用英文交流，说不明白了就改成中文。在家里 Nancy 的父母要求她必须说中文，但对于 Nancy 而言中文可能更多地像外语，她并没有称英文为 Mother Language，而是称为 First Language，但她不会写中国字，也读不懂中国的书，没有了解中国文化的环境。虽然她的父母努力让她记住国庆节让她说中文，但对于一个在外国长大的人，她的思考的方式、做事的方式、生活的方式，可能都更偏向于西方，至少这是我的感受。

Nancy 的家离学校不远，一路上经过了白金汉宫、海德公园，伦敦的市中心比北京的更能让你相信这是在英国，两旁的建筑虽然看不太清楚，但依稀可见华丽的轮廓，北京的城中心没有这么高的古建普及率，多年的蹂躏让古色古香仅限于某些区域，在保护古迹方面欧洲人很成功，虽然这也是由各种因素促成的。

"22号，我们到了。"

Nancy家的房子是典型的英式公寓，很窄但很高，类似联排别墅，但每一层除了房间就是又窄又陡的楼梯。Nancy一家人在家里说中文，吃中国菜，各种中国的茶壶、摆饰、书籍也装点着家的各个角落，所以这一周其实我很少感到来到外国，我身边的环境都还是中国的样子。

我的房间在最顶层，爬楼梯确实很累，不过一个人睡一层十分舒适。拉开百叶窗，对面是古老的教堂和另外一栋别墅，路灯的光线冷清地洒在街道上，落叶轻轻盖住了灰色的人行道。我真喜欢这种住在老城区的感觉，很安静，很古朴，但高贵与奢华却是透在骨子里的。住在北京也是这种感觉——皇城脚下，风华暗涌。

伦敦印象

第二天我们走路上学，住宅区很安静，但走到了高楼密集的地方，就看见拿着咖啡和报纸匆匆而过的人群。伦敦中心城区充满了皇室的气息，我们走过的路叫Victoria Street，学校对面还有一个Elizabeth Ⅱ Center，听说英国人的性格是保守的，所以他们很遵守传统，比如我们去的威斯敏斯特大教堂，至今还会按照皇室的礼俗举行婚礼、加冕礼，那天我们还看到了戴假发穿长袍的大法官。但至少威斯敏斯特的学生和老师更是让我感受到英式Gentleman的风度的，他们很优雅，很从容。

说到从容，我的确感觉英国的社会环境和中国不太一样，中国是发展巨变的时代，所以到处都要赶，甚至可能要抢。英国人不会叫服务员的，而是等服务员过来，商店里的售货员服务效率很低，但是服务得很细致、很周到。英国社会已经到了一个走到高处然后平缓下来的阶段了，和中国的充满机遇不同，不同的社会也将不同的性格赋予那里的人们。我在那里经常遇到一件事，就是我急急忙忙排到了最短的队后面，或者找了一个人少的方向，却又被叫回了指定排队处。当然这些也可能只是表象，毕竟我只去了一周，我对那里的社会环境，对那里人的性格，实在没有太多的发言权。

走进校园

今天我们真正走进了威斯敏斯特学校。上午参观了校园，威斯敏斯特的图书馆很舒适，是柔软的、安静的，让人想留下来，而不是借完书就跑掉。几百年来优秀的校友以勋章的方式被安放在学校的礼堂里，这倒和大教堂的纪念方式如出一辙。我们中国人的确没有这个习俗，我们很少会修一个大教堂一类的地方把全国重要的人埋在一起——我们更多地会以家庭的形式聚在一起，而少有如此国家性质的纪念。

威斯敏斯特学校的建筑外表是老式的，但里面却又有现代建筑的舒适——也许这是我们对待古建的一种很好的思路，既不用纹丝不动，也不必彻底推翻。学校的院子里可以看到议会大厦，国旗在金色的尖顶上飘扬。还有一个通道直接通向教堂，所以说这个作为英国文化中心的教堂，是属于这个学校的一部分。

接着我和 Nancy 一起上了历史课和经济课。英国的高中只选四门课，但是学得比我们精细，Nancy 的每一门课都有两三个老师，经济有宏观和微观，历史数学也有两个（我不太清楚具体是什么），每一个老师有一间自己的办公室兼教室，每一间教室都有很个性的布置，比如历史教室贴了一些重大事件的图片，而经济教室却贴了《蒂凡尼的早餐》的海报，我很好奇那是不是和老师的个人爱好有关。每个老师擅长的领域不同，教授的内容也不尽相同。也可能是刚开学的缘故，课的内容很松散，并没有一个必须完成的提纲。学生们很喜欢问问题，老师也喜欢听问题，有时还会有一些 Great questions，所以一节课上有一半以上时间是同学们在说，尤其是历史课。后来 Nancy 和我说那是因为历史需要课下读很多书，课上的性质更多是交流了。经济课是读报纸，我还被邀请读了一小段，老师很惊讶我能分清那上面巨额的数字。但是数学课和我们很像，讲题做题。虽然我已经习惯了中国的填鸭式大班教育，但其实威斯敏斯特这种每个学生都有机会和老师面对面的课堂，应该会让人很有收获。但威斯敏斯特学校在这一点上是比较突出的，Nancy 说她以前待的 City of London 就更多是老师讲，而威斯敏斯特的学生都更有想法。

下午我一个人在校园里走了走。抬头是洁白的威斯敏斯特大教堂，低头则是油绿的草坪上梧桐树的落叶。伦敦街边的树大多是梧桐，和北京的白杨相比更宽阔，也更早开始落叶，所以十月初伦敦就已经是满满的秋意了。我真的很喜欢那里的梧桐树，风姿万种，却又很质朴。

威斯敏斯特学校每周有几个下午是专门用来锻炼的，每个人都要参与。Nancy 参加的是一种英式篮球，我没记住名字。有一些小伙伴去划船，据说是在泰晤士河上。英国有很多学校开展划船项目，牛津也有，所以在河边经常能看到古老的船库，门上贴了学院的徽章。

Oxford

第二天我们坐火车去牛津。牛津大学的界限不是很清楚，或者说整个小镇都是学校的一部分。走在牛津的街上，忍不住按下快门的冲动，因为每一个建筑不是给你惊喜，比如那个用哲学家雕塑做头像的博物馆，就是让你觉得精致。

然后我们去了学校的核心区域，旁边有学院私人的房子，游人是进不去的。牛津的校园更像一个自然公园，有大片的草场用来赛马，有宽阔的河道用来划船，有落满了梧桐叶的泥土路，还有在小溪旁闲逛的鸭子。其实大学不仅仅要有完备的设施和现代化的建筑，还要有拥有历史和故事的古代建筑，有种着梧桐树风尘弥漫的林间小路，有散着步的野鸭，拨着水的木桨，还要有高贵从容的气息，这些事物牛津都有，但很多大学是没有的，那些大学太过匆忙，而没有牛津一般的淡定和高贵——我安安静静活在一方天地，其他事物又与我何干呢？

体验伦敦社交

第三天的晚上我和Nancy还有她妈妈去了Sotheby，今天是印度的新年，所以举办了印度艺术品的展览，邀请我们的印度先生站在门口迎接客人。我是第一次参加这种社交晚会，侍者走在人群中，热情地请你喝水或是品尝印度特色的小吃，看画只是一个契机，更重要的是社交。

永远的魅影！

星期六我终于实现了梦想，第一次看了现场版的音乐剧——《The Phantom of the Opera》。伦敦西区是音乐剧的圣地，每一个剧院都有自己的保留曲目，比如 Her Majesty's 剧院的舞台，就是专属于《歌剧魅影》的。很有意思的是，《歌剧魅影》在伦敦演了三十年了，居然还在每天上演，而且座无虚席，除去我这样的外国游客，我想伦敦人应该都至少看过几次那些经典的剧目，可能于伦敦人而言看剧是一种常态，一种生活方式。现场的效果和录影带上的很不一样，虽然看不到演员的表情，但是声音却是环绕的，更容易感受到剧中的氛围。看到最后我既震撼，又感动，我后来发现这次的魅影扮演者是最近刚刚回归的 JOJ，我感叹自己的幸运，第一次就碰到了这么经典的演员。那天以后我就彻底迷上这部剧了，经常拿着 CD 里的剧本研究，这部戏除了音乐水准很高之外，之所以可以让人们看了一遍又一遍而不厌倦，就是因为这个故事有很多种理解，故事里的人物也性格很复杂，有想象的空间，所以每一遍看都会发现一些新的情感。我绝对不会后悔再看几次。

英伦的博物馆

然后我们去了大英博物馆、国家美术馆，虽然很多东西是抢过来的，但是换一个角度看，当时如果放在原地很可能也是被毁坏。大英博物馆里的希腊雕塑，国家美术馆里的印象派画作给我印象很深。

致　谢

最后我来感谢一下这次出访中给我帮助的人。首先是 Nancy 一家人，他们真的很亲切，很关心我，以至我这么多天都没有感觉我离开了家。然后我们的带队老师魏华老师和赵悦老师，他们一直挂念着我们，最后一天我和同学们走散了，给大家添麻烦了，魏老师一直告诉我以后这种情况该怎么办，真的感谢他的教导。然后是给我们上课的威斯敏斯特的老师们，Mr. Page，还有王海彤老师，感谢他们的陪伴和指教。李娜老师一直给我们办签证，做各种准备工作。还有同学们互相的帮助和包容，还有爸爸妈妈给我的支持。

（2015 年 10 月 18 日）

又及：2016 年 4 月，Nancy 到北京四中交换，就住在我家。我教她包饺子，她最喜欢吃的居然是茴香馅饺子。爸爸还给她讲中华传统文化，给她送了关于这方面的书，叫她以后有机会做一下中英文化的比较研究。妈妈则给她的家人带了中国的绿茶和紫砂。我们都希望，我们所传递的中国味道，能成为 Nancy 的珍贵回忆，让她时常记起这里有她的祖国。前几天，Nancy 来信告诉我，她如愿以偿，考上了剑桥大学，她真的很棒，我深深地祝福她！

(2017 年 4 月 20 日)

后　记

　　我出身在一个书香家庭，家中举目所见，尽是书籍。我的爸爸妈妈从我很小的时候起就带我读书、背诗，我们一起沐浴在孔子庄严神圣的荣光里，一起遨游在唐诗清丽高远的曲调里，一起谈论人生，一起思考社会。我想这一对理想主义的北大人所赋予我的，不仅仅是可以背诵《论语》、《大学》、《中庸》、《老子》，可以熟读《孟子》、《庄子》、《诗经》，更是自由独立的思考、永不停歇的探索、高远博大的胸襟与关心慈悲的情怀，这些东西长在我的心里，流淌在我的血脉里，不论将来我从事什么行业，做什么样的事情，都将影响着我的选择，铺垫着我的人生。

　　一个人可以为一个人奋斗，也可以为一群人努力。把自我生命放到更大的视野中去完成，才可远离狭隘与局促。既要对历史有了解与认知，也要接纳不同的思想，更要对社会有舍我其谁的责任感。这样的人生，既是自我实现的，又超越了自我实现，而成为了更宏大事物中的血脉,从这里流向远方,从过去流向未来。正是基于这样的关怀之心,我把目光投向了传统文化研究,更踏上了行走社会了解人群的旅程。

我在初二的时候,就对所读经典中高频率出现"尧舜禹"这一现象产生好奇,利用半年课余时间展开研究,写成两万字的论文《尧舜禹时代何以成为儒家政治之最高理想》。我认为其原因有四:絜矩之道、仁政、民信之、无为而天下治,而其当代价值有三:正身之道、治国之道、中土之道。高一阶段的研究性项目,我选择的课题是我读《诗经》。和《诗经》结缘是很久以前的事,可能因为《诗经》更像歌吧,贴近土地和生活的歌,我就是喜欢她,喜欢那种又平淡又美好的感觉。高二阶段的研究性项目,我选择的课题是对中国人影响至深又遭受批评甚多的"孝道",我企图通过对"孝道"内涵与古代影响的挖掘,构建其当代意义。

此外,因为对当今医患关系的困惑,我采访了身边的三位医生,并作为实习小医生亲历了手术室的开膛剖腹。这两段经历带给我的,绝不止是近两万字的采访报告《关于生命,关于责任》,更是对医者身上所背负责任的深深敬重。我还和我的同学一起,去条件艰苦的山西天镇县二十里铺学校支教七天,担任初中语文老师。我希望文学的美可以为那里的孩子打开人生的窗口,播下生命的火种。我的人生也因为那七天的失望与希望而增加了一份责任,那就是为消除落后,尤其是观念上的落后而努力。我还去英国威斯敏斯特中学做交换生,近距离感受欧洲文化。

我一直喜欢思考,善于感受。我的思考和感受,既有细腻如《相片》中的年华流转，时光定格；《雪夜》中灯光下雪花泄落成川，心形图案不知如何玩赏；《见证》中水花变幻万千，看尽人间浮华喧闹；《什刹海》中夕阳洒满冰面，在冷清的冬日中调制出一幅具有张力的图景；《三种秋天》中秋天由起而落，由繁华而衰败的乐章。也有绮丽如《真正的音乐》中竹林笛声清幽曼妙，琵琶曲百转千回、荡气回肠；《艺术的反叛》中音乐如何由宗教走向人，人的情感，人的愿望；《文字如歌》中点点滴滴的雨营造出点点滴滴的情思，交交错错的田创造出交交错错的生活；《与玉兰花告别》中一树树繁花烘托出一次次思念。更有深沉如《阅读悲剧》悲哀到悲痛到悲壮的转折；从《流浪》中的无枝可依，到《精神的故乡》中兜兜转转寻觅到野花坡、醉翁亭与神庙；《徘徊》中反思自我与外界关系，《问》中追问物质与精神的矛盾，《谜》中调和理想与现实。思考和感受给了我更丰富的人生，或者说思考和感受是我生活的基石，是反思后更加笃定而坚韧的前行。这些思考和感受汇集成册，就是我的文集《重返诗经的原野》。

　　其实写作一直长在我的生活里，我还能想起我在夏日的清晨拿着一支笔，一张纸，坐在盛新楼的浓荫里，回忆着童年悠闲而满载欢声笑语的夏日。我也能想起站在盛新楼的门口，望着秋雨拍打大地，惊起水花点点，远方的青松隐隐浮现。我也还记得，从盛新楼古朴的窗户看到雪花飘落，木头的窗框像画框一样，凝固一幅曼妙的画面。那时候我们每天要交日记，于是我的手背上就经常写满了一日的所见所闻和所思所想，比如今日的天空是什么颜色的，比如今日的雨是温和还是壮烈，比如今日的云是闲庭信步者还是燃烧生命的殉道者，比如脑海中闪现的诗，比如心底里飘出的旋律。如今回头看我那时的文字，虽然深刻不如今日，但那份对世界柔和的端详，激烈的探寻，却是如此珍贵而难以忘怀。我想这样的经历塑造出了一颗敏锐的心灵，盛新楼前的寒来暑往，给我雪水一般清澈灵秀的滋养，也使我拥有一份圆融与通达，温和从容，处变不惊。

那时写作于我而言是直觉上的需要，我看到了，我感受到了，于是我就要写下来，这是一个很不经意的过程。但我高中以后的写作发生了一些变化，一是心境变迁，随着人的成熟而改变的是心灵体察世界的方式，直觉的已难以满足我更丰富更深刻的需要；二是当人意识到需要在群体中寻找适应后，写作的意义也会改变，我除了将其视为美的纪念，更将其视为发现自我、认识自我、反思自我、找寻自我的途径，文字中的我与生活中的我，是我的内在与外在，它们共同构成了完整的我，但又不尽相同。

我体验过迷失。我不能面对生死存亡的沉痛，我不能珍视自己身上独特的东西，我曾经用别人的逻辑来左右自己的选择，我压抑过自己，怀疑过自己的追求，质问过自己的理想。但最近我发现不知从什么时候起从内心深处生出一份笃定，他人夸赞炫耀的东西我不再有任何触动。多少人的人生沦落到"以心为形役"，拼上性命所求得的，终有一日"浪淘尽"，所以那不应该是人生真正要求索的东西。我要求索的是真理，是体悟，是独立自由的心灵，是于他人、于自我、于文化、于灵魂有益的事业，隽永而深邃。而人之体历生之繁华，生之落寞，死之哀婉，死之沉静，原来是于大喜大悲、大起大落中寻找真挚而恒久的所在，失去过才知安静之可贵，怀疑过才知理想之伟大。

我想我现在能有这份笃定，这份沉静，与我在写作上所花的心力是密不可分的。写作,还有阅读的过程,实际上是在逼迫自己变得深刻。许多问题说话时可以敷衍而过,但习惯敷衍便会习惯不思考,就像洪流容易卷走根基不稳的树木。心中的根基不稳,一样也易被卷入外界的洪流之中。那样的生命,苍白、怯弱、寡淡,甚至成为丑与恶的协作者。阅读中我看见人生,我感受那些伟岸而鲜活的灵魂,写作中我直面沉痛与困顿,然后创造光明与辉煌。这个过程像蝴蝶破茧,冲破束缚有艰辛有徘徊,但茧外熠熠生辉的是崭新的世界。

每个人都有黑暗,认识黑暗,否定,叹息,冲破黑暗,猛进,高歌,盼望他日可得"无数心花发桃李"之修养、心性!

感谢生命中的所有人!

2017 年 4 月 22 日

跋　致十八岁的正蒙

陆丽云

亲爱的正蒙：

外面云开雾散了，灿烂的阳光又重新普照大地，北京的冬天又恢复了她一贯的样子——朗阔清明。我愿意用你在《什刹海》这篇文章里的这个词来形容北京的冬天，这是我见过最有气魄的词！

是的，我的女儿，正蒙，就是一个有气魄的女子。当妈妈给你写这封信时，我眼前就是你早上匆匆走进电梯的样子。虽说高三的生活累，高三的生活忙，高三的生活有压力，但我看到，越累、越忙、越有压力，你也越昂扬、越奋发、越沉着。你不断地规划落实，不断地反思总结。在起起落落的成绩背后，我看到的是你不断地突围，不断地走向开阔从容。我想高考的意义就在于此吧。在这场全面塑造人的磨练中，你做得非常的出色，充分彰显着大将的气度，妈妈为你喝彩，为你感到骄傲！

十八岁,这是多么令人欣羡、值得庆贺的年龄!这就是为什么妈妈也忙里忙外,那么有仪式感地,在心里庆祝我的女儿到了这个年龄!因为你的十八岁,仿佛让妈妈也回到了十八岁。我记得在那一年,我坐着绿皮火车,一日一宿,终于来到了梦想中的北京,北京和我想象的一样,天高云阔,北大也和我想象的一样,古老却又充满了自由奔放的气息。那时候,每天神采飞扬,每天在心里升腾的都是希望。虽然外表土得掉渣,但我的心却是大的、豪迈的。我对自己说:别人可以做到的,我也一定可以做到!

所以,今天,妈妈想和你说的第一句话就是:祝贺你步入青春年华!青春无畏,青春无悔……几乎所有有关青春的字眼都指向美好,就像绚烂的盛夏,你尽可以轻舞飞扬,酣畅淋漓。除了道一声"珍重",我真的想不出别的词来表达我祝福又羡慕的心情。我想起《康熙皇帝》里的一个场景,孝庄太后指着太和殿,对第一次上朝的小皇帝玄烨说:"从此,天由你扛,地任你踏,你只管昂首挺胸,往前走吧!"

我为什么单挑这个场景来说呢,因为作为妈妈,我非常理解孝庄此刻的心情。或者说,我的女儿成年了,我此刻的心情,和孝庄是一样的。这里面有三层意思。第一,你想要多大的天空,那你就要负多大的责任;第二,你想要走多远的路,这个路就在你脚下,任由你去开发;第三,我们希望于你的人生态度,就是昂首挺胸,勇往直前。

顶天立地,昂首立于天地之间,然后自强不息,厚德载物,在我看来,这正是上天赋予我们人的使命和意义。往圣先贤正是用这样的"浩然之气",为我们渺小的人类注入了伟大和永恒。

当然,顶天立地并不是一定要干出惊世伟业,平凡的人也一样可以顶天立地、气宇轩昂。中国古人讲，修身齐家治国平天下，这个顺序一定是不能颠倒的。内圣而后外王，也是这个道理。一定要从眼前的事情做起，从身边的人对待起。到妈妈这个年龄就明白了，生活本身就是修行，夫妻要齐心协力，孩子要培养好，朋友要相处久，单位的小团队要和谐有战斗力，都需要良好的修养。否则你简直是作茧自缚，是只大鹏也难以展翅。所以说有了宽厚、勤奋、坚毅、勇敢、担当、慈悲等等修养，才可以气定神闲，走得更远。

写到这里，我想起我的女儿，恰恰是宽厚、勤奋的，也表现出能坚持、敢担当等可贵的品质。真的，每每想到此，我的心里都是很踏实的，我相信，有了这些，连老天都会保佑我的女儿，给你无穷的力量，助你点燃自己，放飞梦想，在照亮更多人的同时，成就你的幸福人生。

这就引出了妈妈想对你说的第二句话，那就是：感谢你为我和爸爸带来的光亮和幸福。十八年，六千五百七十个日日夜夜，刚生你的时候想想这样漫长辛劳的日子真是不敢想，现在想来却是弹指一挥间。你的每一个成长瞬间，连同我们的每一个努力、每一次思考和每一份心情，都深深地刻在了我们的记忆里，成为我们生命不可分割的一部分。今天，看着站在我们眼前的你，那么的沉静，那么的美，妈妈真的是无比的幸福，仿佛时光倒流，重新活过一回。我想生儿育女的意义就在于此吧，看着生命经我的手，一层一层地绽放，然后传递下去。感谢你，丰富和温暖了我们的生活！

不止于此，妈妈感谢你，还因为你让我成长为母亲，遇见了更好的自己。到现在我都清晰地记得，不到两岁的你，很容易高热惊厥，你的体温忽的一下就三十九度以上了,而我的手却忽的一下冰凉,心里更是拔凉拔凉的,我害怕,我怕我承受不了你再度惊厥的后果,我更是忽然意识到有一些事情我是无能为力的。但就在你的小手握住了我的手,你清澈的眼睛看过来,我定住了,有一股莫名的勇气从我心里升起,我想,不管发生什么,我都一定会尽全力保护你。直到今天,我还是这么想,此生,我一定会尽全力陪伴你。是你,让我成为一个勇敢的母亲!

在养育你的过程中,我对人生重新做了思考。当你呱呱坠地,就像林徽因的诗里所描述的那样,你的笑响点亮了四面的风,你是新鲜初放芽的绿,是一树一树的花开,是燕在梁间呢喃。你点燃了一个母亲所有的爱、暖和希望。但是在喜悦的同时,我还是手足无措的,我第一次真切地意识到,生命可以这样的小,这样的柔弱,它的长大,要经过那么多的日日夜夜,一个一个的阶段,那么在这个过程中,我要对你说些什么呢?我要做些什么呢?怎样才算一个生命更好的成长呢?为什么起点都是天真无邪,到最后却踏上不同的方向,走出了不同的轨迹呢?如果说年轻时还为赋新诗强说愁过,但当你被交托到我手里,我才真正开始思考人生的价值和意义。而且,当我想清楚了宽厚、坚毅、勇敢、慈悲等等对人生幸福至关重要,我就身体力行,首先用这些要求自己、修炼自己。直到我今天清醒地意识到,所谓家庭教育,其实就是父母的自我成长。孩子是上天赐给我们最珍贵的礼物,助我们完成自己的。所以我想说,母女缘分,真是世界上最深的缘分,我对此深怀感激!

特别是陪伴你走过青春期的日子,可以说,你开始牵引着我,不断地打开视野,走向开阔。十几岁的你让我很是惊讶,或者我确实是忘了,一个正当青春年华的人儿,竟然可以这么的诗意纵横、思想深邃。季节的变换在你的心头幻化出不同的情思,他人的人生也可以在你的人生里演绎着不同的感悟。你可以听出雨的差别,可以用空气的味道来辨别时光。你追寻宇宙,叩问人生,几乎是天真地,触及人类文明史上一个又一个难解的追问,一颗又一颗伟大的心灵。但你的回答,宁静,安详,带着天生的和谐,几乎直抵文化的灵魂深处。所以,与你聊天,读你的文章,都是在启发我、开导我,让我越来越相信,你们这一代人,比我们更有爱心和责任感,也更懂得事业和生活。

这几年,我们一起经历了多少个选择呀,包括上不上道元,学文还是学理,要不要学医,今后的专业方向到底如何定。如果说十五岁的你拒绝道元的免试邀请选择中考,我还只是佩服你的勇气;你为了确定是否学医,找了几个协和的学长去了解情况,又自己跑去采访三位医生,去医院做实习小医生,我开始认真地看你;到这一次整理你的文章出版,一遍一遍看你的诗意青春的感受和思考,我才真正的豁然开朗。你们是有权利也有能力选择自己想要的人生的一代,所有对你们的担心,都是因为我们这些生长在旧时代的人,还没有进入新时代。是我们太狭隘了,看不到你们的未来。意识到自己的狭隘,是另一种形式的开阔,我非常开心。从此,我可以踏实地,看你的背影走出我的视线,走向无穷的远方和无数的人们。

第三句话,说期待吧。一定要幸福!如果用一句话概括我的期待,那只能是这句了。但什么是幸福?怎样算是幸福?从古至今,这是人们不变的追寻和困惑。不同的人,可能也会给出不同的解答。不信你去网上搜一下，以《论幸福》为题目的书籍和文章有多少。你在你的这个文集里不也贡献了一篇吗？在这儿，妈妈不想对"幸福"下定义，我想这个定义还是留待你用一生去诠释吧。妈妈只想告诉你，在你的文章里，妈妈看到了许多幸福的画面，像在阳台上晒太阳听音乐，和家人一起在雨天寻找秋的踪迹，在盛新楼前的长凳上盼望一个熟悉的身影，在什刹海的冰面上飞翔，一个转瞬即逝的春雪之夜，等等等等。这些画面让我确信，幸福真的可以很简单很简单，她和物质无关，只要你有一颗真的、善的、善于发现美的心。我非常庆幸，在我们可以陪伴你的时光里，我们珍视了这些，让童年的宁静悠远长在你的心田，以后不管你遇到什么困难，你都可以到这里寻找初心。相信我，那是美好和力量的家园。

　　但是，不要把幸福等同于一帆风顺，而把苦难直接划入不幸。那真是太肤浅，曲解了上天的好意。到妈妈这个年龄就明白了，没有一帆风顺的人生，困难乃至苦难，往往是人生不得不尝的一味药。但既然是药，就一定是苦口而有益。你们写作文用烂的孟子的那几句"天将降大任于斯人也，必先苦其心志，劳其筋骨，饿其体肤"，妈妈至今读来都是至理名言，都是为了"动心忍性，增益其所不能"呀。就像老话说的，不苦，身上哪会有。勇敢、坚毅等等品质，都一定是在一次一次的磨练中得到的。甚至宽容、慈悲，也一定是在体会到自己的不容易之后，对他人生出来的。

　　所以不要害怕困难，那都是在自我完成的路上，上天赐给你的锦囊。更不要害怕苦难，在苦难发生的地方，多少心灵突破了自我的限制，达到了人类精神的至境，为人类留下了一个一个美好的家园，就像你的文章里写到的庄子、陶渊明、李白、曹雪芹、叶嘉莹，等等。至于你说的生死存亡，你放心，往圣先贤，所有人类自由独立的心灵，都为此苦恼过，追寻过，又最终得到开解，安顿此生。是的，只有思考过这些问题，才可以排除很多很多的烦恼和干扰，才真正知道我们想要怎样的人生，我们的使命是什么。但千万不要着急哟，这个答案需要用一生去寻找，而且一定是在不断的践行中，才会越来越清晰。如果美好那么容易得到，就不显弥足珍贵了，也就人人都是圣贤、都是佛陀了。妈妈只告诉你，妈妈不仅在书里读到过，而且在身边遇见过很多这样高尚的人，比如汤爷爷，比如王爷爷。参加他们的葬礼，我真的相信，死亡不过是另一个美好的开始。

正蒙，把你的目光望向远方，开始你的梦想之旅吧。壮游的人生才可能壮阔，你只管听从内心的声音，往前走吧！

深深地拥抱你，祝福你，我的孩子！

永远爱你的妈妈
初稿于 2017 年 1 月四中成人礼前
修改于 2017 年 4 月 24 日

图书在版编目（CIP）数据

重返诗经的原野 / 张正蒙著. -- 北京：新星出版社，2017.5
ISBN 978-7-5133-2669-8

Ⅰ.①重… Ⅱ.①张… Ⅲ.①中国文学－当代文学－作品综合集 Ⅳ.①I217.2

中国版本图书馆CIP数据核字（2017）第107734号

重返诗经的原野

张正蒙　著

责任编辑：冯文丹
责任印制：李珊珊
封面设计：曹　春
封面题词：林　阳

出版发行：新星出版社
出 版 人：谢　刚
社　　址：北京市西城区车公庄大街丙3号楼　　100044
网　　址：www.newstarpress.com
电　　话：010-88310888
传　　真：010-65270449
法律顾问：北京市大成律师事务所

读者服务：010-88310811　service@newstarpress.com
邮购地址：北京市西城区车公庄大街丙3号楼　　100044

印　　刷：北京盛通印刷股份有限公司
开　　本：880mm×1250mm　　1/32
印　　张：10.75
字　　数：228千字
版　　次：2017年5月第一版　2017年5月第一次印刷
书　　号：ISBN 978-7-5133-2669-8
定　　价：39.00元

版权专有，侵权必究；如有质量问题，请与印刷厂联系调换。